論創海外ミステリ
310

ブランディングズ城の救世主

P・G・ウッドハウス
佐藤絵里［訳］

論創社

Service with a Smile
1961
by P. G. Wodehouse

目次

主要登場人物

クラレンス・スリープウッド……第九代エムズワース伯爵。ブランディングズ城主
レディ・コンスタンス（コニー）・キーブル……エムズワース伯爵の妹
ジョージ・スリープウッド……エムズワース伯爵の孫息子
フレデリック（フレッド）・オルタモント・
　コーンウォリス・トウィッスルトン……第五代イッケナム伯爵。エムズワース伯爵の友人
ポンゴ・トウィッスルトン……イッケナム伯爵の甥
ダンスタブル公爵（アラリック）……レディ・コンスタンスの幼なじみ
アーチボルド（アーチー）・ギルピン……ダンスタブル公爵の甥
ジェイムズ（ジミー）・スクーンメイカー……アメリカの大富豪。レディ・コンスタンスの友人、イッケナム卿の旧友
マイラ・スクーンメイカー……ジェイムズの一人娘
ラヴェンダー・ブリッグズ……エムズワース伯爵の秘書
ビーチ……ブランディングズ城の執事
ジョージ・シリル・ウェルビラヴド……ブランディングズ城の豚係
カスバート（ビル）・ベイリー……牧師補。ポンゴの学友、マイラ・スクーンメイカーの恋人
ティルベリー卿……マンモス出版社の社主
ミリセント・リグビー……ティルベリー卿の秘書。アーチボルドの恋人

ブランディングズ城の救世主

第一章

1

朝の陽射しが、ブランディングズ城と、そこに起居する多彩な人々の上に降り注いでいた。第九代エムズワース伯爵クラレンスが代々の先祖から受け継いだこの城で、彼らは朝食の消化を終え、さまざまな活動に勤しんでいた。記録の正確さを期するため、まずはその顔ぶれを確認しておこう。

執事ビーチは配膳室でアガサ・クリスティの小説を読んでいた。運転手ヴァウルズは正面玄関前に停めた車内でガムを噛んでいた。ダンスタブル公爵は招待なしに押しかけて長逗留中で、暇乞いをする気配も見せず、応接室〈琥珀の間〉の外のテラスで『タイムズ』紙のページをめくりながらくつろいでいた。エムズワース卿の孫息子ジョージは十二歳の誕生日に贈られたシネ・コダックのカメラを携えて敷地内を歩き回っていた。彼が撮影しているのは――注目に値することではないが――西の森に住むウサギの一家だ。

エムズワース卿の妹、レディ・コンスタンスは、自室でアメリカの友人ジェイムズ・スクーンメイカーに手紙を書いていた。エムズワース卿の秘書ラヴェンダー・ブリッグズは、城の外で主人を探していた。そして、当のエムズワース卿は、スクーンメイカー氏の娘マイラを伴ってブランディングズ城のエンプレス（女帝）の本丸へと向かう途中だった。エンプレスはシュロップシャーの農業品評会肥満豚部門で三度、銀の優勝メダルに輝いた、ぴか一の雌豚である。伯爵がマイラを連れているのは、このところ彼女がいささか意気消沈しているように見えるからだった。彼は自らの経験から、朝食後にエンプレスを見ることほど人を元気づけ、頬にバラ色を取り戻してくれるものはないと知っていた。

「あそこがエンプレスの住まいだよ」キンポウゲとヒナゲシが点々と咲く小さな牧草地を横切りながら、伯爵がもったいぶって指を差す。「そして、その横に立っているのがうちの豚係、ウェルビラヴドだ」

マイラ・スクーンメイカーは、大切な最愛の友人の棺に付き従うかのようにうつむいて歩いていたが、指差された方向を、気がなさそうにちらりと見た。小柄で華奢な、美しい娘で、もっと陽気なら、もっと美しく見えただろう。眉を寄せ、唇を固く結んで、ジョージ・シリル・ウェルビラヴドに向けられた大きな茶色い瞳には悲しみがたたえられている。その悲しげな瞳は、おこぼれを期待して食卓に近づいたのに肉をもらえなかったダックスフントを思わせた。

「フーリガンっぽいわね」ジョージ・シリルをとくと検分した挙句、マイラが言った。

「ん？　何？　何と？」耳慣れない言葉に、エムズワース卿が聞き返した。

「あんな男、ちっとも信用できやしない」

エムズワース卿の頭にひらめくものがあった。

「おお、あなたも聞いたのだね、少し前にあいつがここを去って隣のサー・グレゴリー・パースロクのところへ行きおったことを。むろん、けしからん不忠な所業だ。だがな、ああいう手合いにはよくあることだ。きょうび、昔ながらの封建精神は失われてしまった。まあ、それもこれも過ぎたこと。戻ってきてくれたのは僥倖であった。かけがえのない男だからな」

「そう、それでも、私なら、あんな男、誰が何と言おうと金輪際信じるものですか」

いつものエムズワース卿なら、どこの誰が何と言ったのか彼女に真顔で尋ねようとするだろう。しかし、道の先でエンプレスが待っているのだから、それどころではない。伯爵は可能な限りの速歩で急ぎ、優しげな目はもうすぐ味わえる喜びを待ち望んで輝いていた。

豚舎の手すりに背中を預けていたジョージ・シリル・ウェルビラヴドは、近づいてくる主人を見て驚きのあまり口笛を吹きそうになった。

「おやおや、こいつはたまげた！」彼は心の中でつぶやいた。「何と、驚き桃の木山椒の木！」

豚係をこれほど驚かせたのは、上流社会の一員でありながら普段は服装にてんで無頓着で、シュロップシャーのワーストドレッサーとして名高い雇い主が、今日は頭のてっぺんから足の先までサヴィル・ロウの一流品できめていたからだ。『テイラー・アンド・カッター』誌の辛口ファッション評論家でさえ、伯爵の控えめでありながら見事な装いには難癖をつける点を一つも見つけられなかっただろう。伯爵の普段着であるだぶついたフランネルのズボン、両肘に穴の開いたおんぼろ狩猟服、身なりに頓着しない浮浪者でさえ見向きもしないような帽子を見慣れた人間にとって、まさに瞠目に値する装いだった。

第九代伯爵の外観がこのように変化し、豚係が驚いて目を瞬くほど眩い姿となったのは、不意に洒落っ気が芽生えたからではない。ホールをぼんやりと歩き回るマイラ・スクーンメイカーに遭遇したときに伯爵が自ら説明したように、そのような物々しい格好をしているのは十時三十五分発の汽車でロンドンへ向かうからで、それというのも、国会の開会式に出席するよう妹のコニーに命じられたからだ。ただ、なぜ自分が臨席しないと国会が開会できないのか、伯爵にはとんとわからなかった。

貴族院議員のなかでも出不精では右に出る者のないエムズワース卿は、ロンドンを毛嫌いしていた。友人のイッケナムが何を好んであのおぞましい街を訪れるのか、さっぱりわからない。イッケナムに言わせれば、ロンドンこそ彼のよき資質を余すところなく引き出し、魂を咲き誇る花のごとく膨らませ、懐の深さを存分に発揮させる唯一の場所だそうだが、そう言われてもエムズワース卿は戸惑うばかりだ。彼のほうは、ブランディングズ城以外に望むものは何もなかった。たとえ妹のコンスタンスと、秘書のラヴェンダー・ブリッグズと、ダンスタブル公爵がいようと、そして、コニーが彼の拒否権をものともせずに教会少年団に湖畔でのキャンプを許可しようと、城が好きなのだ。教会少年団に好感を抱く人は多いが、伯爵はそのなかには含まれない。コニーが独断で彼の屋敷に少年たちを野放しにしたせいで五百人が一斉に甲高い声で叫んでいるかのように感じられるときさえあり、苛立たしいこと、このうえなかった。

しかし、この朝、伯爵の心には、それら若きフーリガンをめぐる不穏な考えが入り込む余地はなかった。先日の日曜学校のパーティーの最中に伯爵のシルクハットをロールパンの一撃で吹き飛ばしたのは連中の一人だと強く疑ってはいたものの、エンプレスとの面会が迫っている今、過去の過ちを思い煩う暇はない。夢のような美豚と相まみえようというときに、世俗の些事など頭に浮かぶはずがなかった。

エンプレスの本丸に到着するや、伯爵はジョージ・シリル・ウェルビラヴドに向かって、総天然色の見事なテクニカラー映像を見た人のように微笑んだ。おかしなことだ。この豚舎の司令官の容姿は、マイラ・スクーンメイカーがほのめかしたとおり、目に快いものではない。陰気なやぶにらみだし、鼻の骨はマーケット・ブランディングズのパブ〈グース・アンド・ガンダー〉（「雌ガチョウと雄ガチョウ」）で政論の最中に殴られたせいで折れていたし、体中が泥まみれだった。体臭もかなりきつかった。しかし、エムズワース卿がこの田吾作をうっとりと見つめるのは、彼の容姿でも発散する匂いのせいでもなく、彼がそこに存在するからだった。この豚舎の御大《おんたい》が帰還し、再びエンプレスにかしずいていることを実感して胸がいっぱいになったのだ。ジョージ・シリルは、いつでも逮捕できるよう警察が網を広げて待ち構えている男にそっくりかもしれないが、その卓越した資質は誰にも否定できない。彼は自分の豚を熟知していた。

　そこで、エムズワース卿は微笑むと、会議に出席する政治家さながら、きわめて礼儀正しく話しかけた。

「おはよう、ウェルビラヴド」

「おはようございます、旦那様」

「エンプレスは変わりないかね？」

「絶好調です、旦那様」

「よく食べているか？」

「ものすごい勢いで、旦那様」

「たいへん結構。食事はとても大切なのだよ」エムズワース卿がそう説明しても、マイラ・スクーンメイカーはどんよりした目でこの高貴な動物を見るだけだ。「旺盛な食欲を保たねばならん。もちろん、ヴォルフ＝レーマンは読んだろうな。ヴォルフ＝レーマンの給餌基準によれば、豚が健康でいるためには一日に五万七千八百カロリーを摂取せねばならず、その中には蛋白質が四ポンド五オンス（一ポンドは〇・四五キログラム、一オンスは約二十八グラム）、炭水化物が二十五ポンド含まれていなければならんのだ」

「そうですか」マイラが言う。

「秘訣はアマニ粕。それと、ジャガイモの皮だ」

「そうですか」マイラが言う。

「豚のことなら何でも訊いてくれたまえ」エムズワース卿が言う。「むろん、スキムミルクも。わしはロンドンに何泊かせねばならん、ウェルビラヴド。エンプレスは頼んだぞ」

「エンプレスが元気でいられるよう、抜かりなく世話をします、旦那様」

「上々、上々、上々だ」エムズワース卿は繰り返す。「上々」と言い始めると止まらないたちで、放っておけばしばらく言い続けていただろう。だが、そのとき、この小集団に新顔が加わった。背が高く高慢そうな若い女性で、キツネ目型の眼鏡ごしに世界を見る眼差しには、妙に人を怖気づかせるものがある。生徒がサボっている現場を取り押さえた厳しい家庭教師のような冷たい眼差しで、彼女は第九代伯爵を見た。

「失礼ですが」彼女は言った。

その声は、眼差しと同じくらい冷たかった。ラヴェンダー・ブリッグズは、エムズワース卿に反感を抱いている。これまでの雇い主全員に対しても同じで、とりわけエムズワース卿の前の雇い主、マンモス出版社のティルベリー卿には反感を抱いていた。彼女は秘書としての仕事は誠心誠意こなしたが、賃金の奴隷になっている現状に耐えられなかった。望みは、起業してタイピング事務所を経営すること。しかし、開業資金はなかなか得られそうになく、そのせいで夜は眠れず、昼の言動が刺々しくなってしまう。共産主義への傾倒のせいで鼻をへし折られたジョージ・シリル・ウェルビラヴドと同様に、彼女は周囲の裕福な人間を非難がましく見ていた。彼らを「金満遊民」と呼ぶときもあった。

エムズワース卿はエンプレスの背中を杖の先で撫で、その愛撫でメダリスト豚をたいそう喜ばせていたが、秘書の声に、ハッとして振り向いた。呪いをかけられたシャロットの姫もこんなふうに振り向いたに違いない（イギリスの詩人アルフレッド・テニスン〔一八〇九－一八九二〕の詩「シャロットの姫」より）。どういうわけか、伯爵はこの秘書の声に不意打ちされるたびに幼少期に逆戻りし、ジャムを盗んでいるところを当局に見つかったときの気分を味わった。

「あー、何だね？　おお、おはよう、ミス・ブリッグズ。いい日和ですな」

「仰せのとおりです。レディ・コンスタンスのお言いつけで参りました。お出かけのお支度をする時間だそうです、エムズワース卿」

「何と？　何だと？　まだ時間はたっぷりあるぞ」

「レディ・コンスタンスのお考えは違うようですが」

「もう荷造りは済んでいるだろう？」

「仰せのとおりです」

「そうか、それでは」

「車は玄関に来ております。それから、レディ・コンスタンスのお言いつけで、伯爵様に――」

「うむ、わかった、わかった」エムズワース卿は不機嫌そうに言い、わざわざ二度目の「わかった」を付け加えた。「いつも何かある、いつも、いつもだ」とつぶやいて、またもや同じことを考えた。これまで秘書を何人も雇ってきたが、悪しき思い出のある、あの有能なバクスターでさえ、人生から喜びを奪う技においては、この生意気な女の足元にも及ばぬ。強硬な反対意見を表明したにもかかわらず、コニーは独断でこの女を採用した。この女はいつも彼を追い回し、邪魔をし、不意に目の前に現れて、あれをしろ、これをしろと要求する。ラヴェンダー・ブリッグズ、コニー、公爵、湖畔で叫び怒鳴るいまいましい少年たちのせいで、ブランディングズ城の暮らしは耐え難くなりつつあった。

伯爵は憂鬱な気分でエンプレスに最後の未練がましい一瞥を投げかけると、ふらりふらりとその場を離れた。それまで大勢の人間が夢想してきたように、国会を開く理想的な方法は、議事堂の真下に爆弾を置き、ボタンを押すことだと考えながら。

2

ダンスタブル公爵は『タイムズ』紙で読みたい記事を全部読んでしまい、クロスワードパズルを解こうとしたが身が入らず諦めて、テラスを後にし、レディ・コンスタンスの居間へ向かった。誰かと話がしたかった。彼の見解では、コニーは他のあらゆる女と同様に馬鹿だが、誰もいないよりはましだった。

公爵は大柄のがっしりした体格で、頭は禿げ、鼻は大きく、出目で、連隊上級曹長やセイウチが好むモジャモジャした白い口髭を生やしている。他人の城館に押しかけて長逗留するとき以外はウィルトシャー（イングランド南西部の州）が居住地だが、地元ではお世辞にも人気があるとは言えない。隣人たちの間では、海辺の避暑地のサメさながら、いかなる場合でも可能な限り迅速に回避せねばならない存在と見られていた。尊大な態度と専横的な性格が相まって、友情とも人望とも無縁な男である。

公爵は目指す場所に到達してノックもせずに部屋へ入り、レディ・コンスタンスが机に向かって書き物に熱中しているのを見ると、「ホォイ!」と叫んだ。

アメリカ西部の豚寄せ業の専売特許であるその単音節を間近な背後から浴びせられ、レディ・コンスタンスは、川を遡上する鱒《ます》よろしく跳び上がった。だが、彼女は城の女主人《ホステス》である。相手は幼い頃から人を苛立たせて何も感じない輩だから、苛立ちを隠す必要はないにもかかわらず、感情を押し隠し、ペンを置いて、努めて朗らかな微笑を浮かべた。

「おはよう、アラリック」

「おはようとは、何のつもりだ? まるで今日初めて顔を合わせたみたいに」女性の知性の低さを再認識しつつ、公爵が言う。「朝食の席で会っただろう? 馬鹿なことを言うな。意味も何もありゃしない。何をしている?」

「手紙を書いているの」

「誰に?」知りたいという渇望を会話より優先させるのが、この男の流儀である。

「ジェイムズ・スクーンメイカーに」

「誰だ、そりゃ?」

「マイラのお父様」

「ああ、そうか、いつかロンドンで君と一緒に会った、あのヤンキーだな」公爵は、リッツ・ホテルで彼ら二人の水いらずの昼食に、招待なしに割り込んだことを思い出した。「あのカボチャ頭の男か」

レディ・コンスタンスの頬が熱っぽく紅潮する。紅潮した頬が彼女の凛とした美しさをさらに際立たせた。カボチャなどと茶化されて彼女が気分を害していることに、公爵以外の人なら誰でも気づいただろう。彼女にとってジェイムズ・スクーンメイカーはきわめて大切な友人で、もしも海に隔てられていなければ、それ以上の存在になる日が来るかもしれないと考えるときさえあった。彼女は鋭く切り返した。

「カボチャ頭なんかじゃありません！」

「むしろ特大のタマネギ頭か？」公爵は両者を天秤にかけてから言った。「そうかもしれん。いずれにしても間抜けなアホだ」

　レディ・コンスタンスはますます紅潮した。こんなことは初めてではない。二人のつきあいは、彼女がおさげ髪を結い、彼が小公子ばりのスーツ姿で民衆の暴動を誘発しかねない所業に明け暮れていた四十年ほど前から続いている。こういう家柄に生まれなければ、この男の禿げ頭に何か硬い物を叩きつけてやれるのに、と彼女は思った。肘の近くには、その欲求を申し分なく満たしてくれるであろうペーパーウェイトがある。しかし、一連の淑やかな家庭教師たちによる行き届いた躾のおかげで、彼女はあえて物理的自己表現には及ばず、代わりに高飛車な物言いを武器とした。

「何かご用、アラリック？」兄のクラレンスをしばしば縮み上がらせてきた冷ややかな声だ。

　公爵はエムズワース卿ほど冷気に敏感ではなかった。他人の声の冷ややかさなど、ものともしない。長い人生の中でいろいろな呼ばれ方をしたが、彼をオジギソウのごとく敏感だと表現した人間は一人もいなかった。

「話し相手が欲しくてね。このどうしようもない城では話し相手がさっぱり見つからん。もうここには来ないかもしれんな。たった今エムズワースを試してみたが、脳たりんよろしくキーッと叫んだだけだった」

「きっと、あなたの言うことが耳に入っていなかったのよ。クラレンスがいつも夢見がちで上の空なのは、知っているでしょう」

「夢見がちも、上の空も、糞食らえ！　あいつは馬鹿だ」

「そんなことはないわ！」

「いや、そうに決まっている。俺が馬鹿なやつを見て、馬鹿だとわからないと思うか？　親父も馬鹿だった。弟のルパートも。甥っ子たちもしかり。リッキーを見ろ。詩を書いてオニオンスープを売っている。アーチーを見ろ。芸術家だと。そして、エムズワースが一番ひどい。さっきも言っただろう、ものも言わずにキーッと叫んだだけで、あのクラリッサ・シューキーパーとかいう娘と行っちまった」

「マイラ・スクーンメイカーよ」

「どっちでもいい。あの子も馬鹿だ」

「あなたの目には、誰も彼も馬鹿なのね」

「そうともさ。近頃はゴキブリほどの知性のあるやつにさえ、めったにお目にかかれん」

レディ・コンスタンスはうんざりした様子でため息をついた。

「そのとおりかも。ゴキブリはよく知らないけれど。どうしてマイラの頭がおかしいと思うの？」

「あの娘はまともな話ができん。キーッと叫ぶだけだ」

レディ・コンスタンスは眉をひそめた。うら若い客人のプライバシーをこの男に打ち明けたら、ところ構わず言いふらされるに決まっているが、それでも、あの娘がまともな精神状態でないなどという評判を立てられてはいけない。

「マイラは今、落ち込んでいるの。不幸な恋愛のせいで」

公爵はこの話題に飛びついた。いつだって猫のように知りたがりなのだ。口髭を鼻まで吹き上げ、目をひんむいた。

「何があった？　男に捨てられたのか？」

「いいえ」

「男を捨てたのか？」

「いいえ」

「ともかく、どっちかがどっちかを捨てたんだろう」

レディ・コンスタンスは、ここまで話したからには全部話すしかないと感じた。さもなければ、この男はそこに突っ立ったまま昼まで質問し続けるだろうし、今は手紙を書き終えてしまいたい。

「私が止めたの」彼女は簡潔に言った。

公爵は口髭をぷっと吹いた。

「君が？　なぜ？　君には関係ないだろう？」

「とんでもない、大ありよ。ジェイムズ・スクーンメイカーはアメリカへ帰るとき、お嬢さんを私に託したの。私はマイラに責任がある。だから、あの子がその男とつきあっていると知ったとき、とるべき道は一つだけ——ブランディングズ城へ連れてきて、彼から引き離すことだった。お金もなければ見込みもない、ないない尽くしの男よ。マイラが彼と結婚したら、ジェイムズは私をけっして許さないでしょう」

「その男と会ったのか？」

「いいえ。会いたくもない」

「おおかた、まともな英語も話せない柄の悪いやつだろう、夕食にココアと燻製ニシンを食うような」

「いいえ。マイラの話ではハロー校とオックスフォード大学の出身ですって」

「それこそ最低だ」そう言う公爵はイートン校とケンブリッジ大学の出身である。「ハロー校のやつらは全員人間のクズで、オックスフォードはもっとひどい。そんな男の魔の手から引き離したのはお手柄だ」

「私もそう思ったわ」

「そのせいで、あの娘は葬式みたいな顔で黙りこくってこの城をふらついているのか？　そいつから気を逸らせて、別の男に関心を持つように仕向けろ」

「私も同じことを考えた。それで、アーチーをこのお城に招待したの」

「どのアーチー？」

「あなたの甥っ子のアーチーよ」

「なんてこった！　あの糞ったれを？」

「糞ったれなんかじゃないわ。とっても美男だし、とっても魅力的」

「あいつが誰かに魅力を振りまいたことがあるのか？　俺にはないぞ」

「だから、マイラに魅力を振りまいてくれればと思って。私、近距離恋愛の信奉者なの」

公爵は難しい熟語は苦手だったものの、彼女の目指すところはわかるような気がした。

「要するに、アーチーがここにしばらく居候《いそうろう》していれば、そのニシン食いのろくでなしを追っ払えるんだな？　あの娘の父親は億万長者だろう？」

「億万どころか、数億万じゃないかしら」

「それじゃ、アーチーのやつに言ってやれ。あの娘っ子を速攻でつかまえろと」公爵は意気込んで言った。甥のアーチーはマンモス出版社に雇われていた。おつむの軽いイギリスの大衆に毎日、毎週、毎月の読み物を供給する、あの大企業だ。しかし、本人の力量不足による薄給を補うために、いまだに公爵が小遣いを与えざるを得ない。公爵は吝嗇な男で、他人の給料を補うために小遣いをむしり取られるのが何よりも嫌いなのだ。家計のお荷物の甥っ子を厄介払いできるという明るい見通しに、公爵は大きく見開いた目を輝かせた。「手抜きは一切するなと、あいつに伝えろ」と念を押す。「靴下を引き上げ、あらゆる手を尽くせと伝えるんだ。それから……ええい、くそ！　お入り、邪魔者め」

ドアがノックされたのだ。入ってきたラヴェンダー・ブリッグズは、あたかも有能さが眼鏡をかけて歩いているように見えた。

「エムズワース卿を発見いたしました、コンスタンス様。車の用意ができているとお伝えしました」

「あら、ありがとう、ミス・ブリッグズ。どこにいました？」

「豚舎のところに。他に何かご用はございますか？」

「いいえ、ありがとう、ミス・ブリッグズ」

ドアが閉まるや、公爵の叫び声が炸裂した。

「豚舎のところだと！　知らなかったのか！　用があるのに姿が見えないとき、あいつは必ず豚舎であの豚を眺めている。ストリップでも見るように、うっとりとな。男があんなふうに豚を崇拝するのは健全ではない。豚を崇拝するイスラエル人の話が聖書になかったか？　いや、あれは黄金の子牛か。

ている。

だが、趣旨は同じだ。いいか……」

彼は言葉を切った。ドアがまた開いた。エムズワース卿が戸口に立ち、温和な顔に焦りをにじませている。

「コニー、傘が見つからん」

「もう、クラレンスったら!」いつもながらこの家長に腹を立てつつ、レディ・コンスタンスは彼を玄関ホールの戸棚へ急き立てた。そこが傘の置き場所であることを、彼は百も承知のはずである。

一人残された公爵はしばらく室内をぶらぶらし、口髭を噛みながらジロジロと周囲を眺め回した。引き出しを開け、本を見渡し、写真を眺め、ペンとペーパーナイフをいじった。スクーンメイカー氏の写真を取り上げ、彼の頭をカボチャになぞらえたのはきわめて適切だったと考えた。レディ・コンスタンスが書いていた手紙も読んだ。そして、この部屋が提供する娯楽という娯楽を味わい尽くすと、腰を下ろしてエムズワース卿とエンプレスについての物思いに身を委ねた。

来る日も来る日も、どこからどう見ても、あの薄気味悪い食用豚に関わっているせいで、あの男はいよいよ馬鹿さ加減を増す一方だ、間違いない。しかも、公爵の見るところ、彼はそもそも最初から十分に馬鹿なのだった。

3

傘を握りしめたエムズワース卿を乗せて自動車が正面玄関の前から走り去り、レディ・コンスタンスは、たった今戦艦を進水させた人のように、ぐったりと疲れ果てて立っていた。主人の出発に立ち会った執事ビーチは、敬意と同情を含んだ目で彼女を見た。彼もまた疲労を感じていた。エムズワース卿を旅立たせた後はいつもそうだ。

マイラ・スクーンメイカーが姿を現した。可憐な花々で飾り立ててこそいないが、シェイクスピアの有名な悲劇『ハムレット』第四幕第五場の狂乱するオフィーリアのような風情だ。

「あら、どうも」彼女はうつろな声で言った。

「あら、マイラ、ここにいたのね」レディ・コンスタンスはぼろ雑巾状態を脱して女主人の顔を取り戻しながら言った。

「今日の午前中は何をする予定なの？」

「わかりません。手紙でも書こうかしら」

「私も書き終えなくてはいけない手紙があるの。あなたのお父様宛てよ。でも、こんなに素晴らしいお天気だから、外に出るほうが気持ちがいいのではなくて？」

「どうかしら、わかりません」

「そうしましょうよ」

「どうかしら、わかりません」

レディ・コンスタンスはため息をついた。しかし、女主人は朗らかでなくてはならない。だから、朗らかに続けた。

「エムズワース卿をお見送りしたところなの。ロンドンへ出発したのよ」

「ええ、ご本人から聞きましたわ。ロンドン行きがあまり嬉しくなさそうでした」

「そうなのよ」そう言うレディ・コンスタンスの顔に苦々しい表情が浮かぶ。「それでも、貴族院の一員として折々の務めは果たさなくては」

「豚が恋しくなるでしょうね」

「数日会えなくても、どうにかやっていくでしょう」

「お花も恋しくなるでしょうね」

「ロンドンにだって花はいくらでもありますよ。とにかくあそこへ行って……あら、大変！」

「どうかしました？」

「クラレンスにハイドパークのお花を摘まないよう念を押すのを忘れたわ。あの人、きっとあの公園へふらふら入っていってお花を摘むに決まっている。以前、そうやって逮捕されそうになったもの。ビーチ！」

「はい――？」

「明日、エムズワース卿が電話してきて、留置場にいるから保釈してほしいと言ったら、すぐに弁護士事務所に連絡するよう言ってちょうだい。リンカーンズ・イン・フィールズ（ロンドン中心部にある広場）のシュースミス・シュースミス・シュースミス・アンド・シュースミスよ」

「かしこまりました」

「私は留守にしますから」

「承知しております」

「あの人、弁護士事務所の名前を忘れているに決まってるから」

「殿のご記憶を蘇らせます」

「頼みましたよ、ビーチ」

「しかと承りました！」

マイラ・スクーンメイカーは女主人をじっと見ていたが、声をやや震わせながら言った。「お留守になさるのですか、レディ・コンスタンス？」

「シュルーズベリーのヘアサロンへ行かなくてはいけないの。それから、向こうのお友だちと昼食を。もちろん、夕食までには帰ります。さあ、そろそろ戻って、あなたのお父様へのお手紙を書いてしまわなくては。あなたからよろしくとお伝えしますね」

「ええ、お願いします」と言い、マイラはエムズワース卿の書斎へ急いだ。そこには電話がある。愛する男の電話番号は心に刻まれていた。彼は今、オックスフォード時代からの友人、イッケナム卿の甥ポンゴ・トウィッスルトン宅に滞在中だ。しかし、今の今まで、電話をかけるチャンスがなかった。

電話の前に座って用心深くドアに目をやる。エムズワース卿は出かけたとはいえ、ラヴェンダー・ブリッグズがいつ何時、不意に入ってくるかわからないからだ。遠いロンドンからの呼び出し音が響いた後、ようやく声が聞こえた。

「ダーリン！」マイラが言う。「あなたなのね、ダーリン？　私よ、ダーリン」

「ダーリン！」心のこもった声だ。

「ダーリン、ねえ、素晴らしいことが起きたの。レディ・コンスタンスが明日、ヘアサロンへ行くの」

「あ、そう？」その声は少しばかり当惑しているようだ。それじゃあいい一日になりそうだね、と言っていいものかどうか迷っているらしい。

「もう、わからないの？　鈍いんだから！　彼女はシュルーズベリーへ行く用事があって、一日中留守になるから、私がロンドンへ駆けつければ、私たち、結婚できるのよ」

　電話線の向こうに、しばしの沈黙があった。声の主が息を詰めたらしいことがわかる。相手はわれに返ると「なるほど」と言った。

「嬉しくないの？」

「それは嬉しいさ！」

「嬉しそうには聞こえない。ねえ、ちゃんと聞いて。私、ロンドンにいる間に、念のため登記所を探し回ったの。ウィルトン街に一カ所あったわ。明日、二時ちょうどにそこで会いましょう。もう切らなくちゃ。誰か来るといけないから。さよなら、ダーリン」

「さよなら、ダーリン」

「それじゃ、明日、ダーリン」

「よしきた、ダーリン」

「さよなら、ダーリン」

　マーケット・ブランディングズの電話局で交換手たちが聞いていたら、お茶とクランペット（イギリス風パンケーキ）を囲みながらおしゃべりするときの格好の材料にされるだろうと、受話器を置きながら、マイラは考えた。

第二章

1

「それじゃ」ポンゴ・トウィッスルトンは灰皿の上で煙草をもみ消しながら、静かな満足感を声ににじませて言った。「そろそろ失礼しなくちゃなりません。待ち合わせがあるので」

彼は叔父のイッケナム卿に〈ドローンズ・クラブ〉で昼食をおごり、実にうまく役目を果たしたと感じていた。エムズワース卿と同様に議会の開会式に臨席した叔父は、その経験を面白おかしく語ってくれた。行進を先導する四人のパーシヴァント（紋章官補）すなわちルージュ・クロワ・パーシヴァント、ブルーマントル・パーシヴァント、ルージュ・ドラゴン・パーシヴァント、ポートカリス・パーシヴァントの外見をこの親族がこき下ろすのを聴くのは愉快だったが、それ以上に喜ばしかったのは、こうして聞き役を務めれば、食事が終わった後、この親族が言うところの愉快かつ有益な午後に引きずり込まれる恐れがないからだ。そうした午後を叔父と共に過ごすのは、百発百中、血も凍る苦行となる。何年か前にドッグレースに同行した際の記憶は、とりわけ鮮烈だ。

第五代イッケナム伯爵フレデリック・オルタモント・コーンウォリス・トウィッスルトンは、ある思慮深い評者がかつて語った言葉によれば、人生の黄昏にありながら、若き日の腹囲と共に、陽気な熱中と、少しばかり浮ついた学生気質をそのまま保っていた。彼を知る人でこの描写に反論する者は一人もいないだろう。親族が相次いで死去したために爵位を相続する以前、アメリカで過ごした若かりし頃は、カウボーイや、ソーダ水の売り子や、新聞記者や、モハヴェ砂漠の探鉱者など、さまざまな生業《なりわい》を経験し、職場だった牧場や、ドラッグストアや、新聞社や、砂漠を一つ残らず、全力を尽くして賑わせてきた。今日、頭髪は白髪混じりとなったが、いかなる環境に身を置こうと、力の及ぶ範囲を賑わせることが彼の目標である。甘美と光明を振りまく、あるいは彼自身がしばしば言うように、微笑んで奉仕することが好きなのだ。長身と気品ある容貌に恵まれ、小粋な口髭を生やして、目には豊かな機知と冒険心が映し出されている。その目が今、甥に向けられ、失望と非難の色をたたえていた。血と肉を分けたこの若者に、もっと多くを期待していたらしい。

「私を置いて行くのか？　なぜだ？　楽しみにしていたのに――」

「わかっています」ポンゴはピシャリと言った。「一緒に愉快かつ有益な午後を、とおっしゃりたいのでしょう。しかし、愉快かつ有益な午後はお休みです。人に会う約束があるので」

「犬のことで？」

「犬というよりは――」

「相手に電話して、延期しなさい」

「できません」

「相手は誰なんだ？」

「ビル・ベイリーです」

イッケナム卿は驚いた顔をした。

「そうか、彼は戻ってきたのか？」

「は？」

「家を出たと思い込んでいた。そのことで奥さんもかなり気を揉んでいたように記憶しているぞ」

ポンゴは、現実のビルと、流行歌「帰っておくれビル・ベイリー」のビルを、叔父が混同しているのだと気づいた。高齢者にはありがちなことだ。

「ああ、彼は、本当はビルじゃありません。本名はカスバートだったかな。だけど、苗字がベイリーだと、ビルって呼びたくなるじゃありませんか」

「もちろんだ、身分ある者として致し方ない。お前の友だちか？」

「親友です。オックスフォードで一緒でした」

「ここへ来てわれわれと合流するように言いなさい」

「無理です。ミルトン街で会うことになっていますから」

「それはどこだ？」

「サウス・ケンジントンです」

イッケナム卿は唇をきゅっと結んだ。

「サウス・ケンジントン？　むき出しの罪悪が暗い路地をのし歩き、力だけが正義となる場所。そんな男とはつきあうな。そのうち道を踏み外す」

「道を踏み外させるような男じゃありません。なぜかって？　牧師補だし、それに、これから結婚するんですよ。待ち合わせはミルトン街の登記所です」

「お前が証人になるのか?」

「そのとおり」

「それで、花嫁は誰なのだ?」

「アメリカ娘です」

「いい娘か?」

「ビルは彼女を褒めていますよ」

「彼女の名前は?」

「スクーンメイカーです」

イッケナム卿は椅子の上で跳び上がった。

「こいつはたまげた! まさか、あの小さなマイラ・スクーンメイカーでは?」

「小さいかどうかは知りません。まだ会ったことがありませんから。でも、たしかに名前はマイラです。どうして――彼女をご存じなのですか?」

イッケナム卿の端正な顔に優しい表情が浮かぶ。彼は懐かしそうに口髭をひねった。

「彼女を知っているかって! 数えきれないほど風呂に入れてやったものさ。もちろん、最近のことではなく、ずっと昔、ニューヨークで自活していた頃のことだ。ジミー・スクーンメイカーは当時、私の無二の友だった。私は最近、神の国アメリカにあまり渡っていない。お前の叔母さんがいい顔をしないのでね。それで、ジミーはどうしているだろうと、よく思ったものだ。あの頃、彼は金融界の大物になってやると私に約束した。まだ若かった当時でさえ、彼はくわえた葉巻に指で触らずに着火することができた。それが大立者になる第一歩だと、皆が知っていた。今頃はウォール街の風雲児となり、隔週ごとに上院委員会の調査を受けないと気が済まないかもしれん。ともかく、この件は実に奇妙に思える」

「何が奇妙なのです？」

「彼の娘が登記所で結婚するという件だよ。彼女なら盛大な結婚式を挙げると思っていた。合唱団つきで、花嫁介添人や主教が何人もいて、豪華絢爛に飾り立てた式を」

「ああ、なるほど」ポンゴは相手の肩越しに辺りを用心深く見渡した。声が聞こえる範囲内には人の姿はない。「ええ、そう思われるでしょうね。ところが、ビルの婚儀はごく隠密に静粛に執り行わざるを得ないのです。真実の愛の道程は平坦ではありませんでした。地獄の番犬どもに邪魔されました」

「地獄の番犬どもとは、どんな者どもだ？」

「一頭の番犬と言うべきでした。叔父さんもご存じの人。レディ・コンスタンス・キーブルですよ」

「何だと、懐かしいコニー？　その名を耳にすると香《かぐわ》しい思い出がどれほど蘇ることか。覚えているかな、ブランディングズ城へ乗り込んだときのことを。私がイカれた医者サー・ロデリック・グロソップの名を騙《かた》り、お前が甥のバジルになりすまして」

「覚えていますとも」ポンゴは激しく身震いしながら言った。叔父の口の端にのぼったその訪問のせいで、彼は何カ月も悪夢にうなされたのだ。

「幸福な日々、至福の日々だった！　あの滞在を大いに楽しんだよ、もう一度やりたいくらいだ。清々しい空気、愉快な人たち、時にはエムズワースの豚を見て気分転換——すべて相まって、体に活力が湧き、心からは憂いが雲散霧消した。ところで、コニーはこの件にどう関わっているんだい？」

「あの人が結婚に異議を申し立てたのです」

「まだ話が見えてこんな。なぜ彼女がそのような立場に？」

「こういうことです。あの人とスクーンメイカーは古くからの友だちで――全部ビルから聞いたので、正確な情報だと思います――、スクーンメイカーが娘にロンドンの社交シーズンを経験させたいと希望して、娘をレディ・Cに委ねたのです」

「そこまではよくわかった」

「そして、ロンドンの社交シーズンもまさにたけなわという頃、レディ・Cは、令嬢がビルとつきあっていることを知ったのです。ビルが牧師補であるという事実を確認するや、レディは烈火のごとく怒り狂いました」

「牧師補が嫌いなのか？」

「そう思いますよね」

「おかしいな。私も彼女には嫌われている。実に気難しい女だ。牧師補のどこがいけない？」

「それは、牧師補が揃いも揃って金欠だからですよ。ビルは文無しです」

「わかってきたぞ。つましい求婚者か。どういうわけか、世間にはつましい求婚者によからぬ偏見を持つ者があまりに多い。私の場合も、まさにそうだった。お前のジェイン叔母さんに求愛していたとき、彼女の両親は事態をどれほど悲観していたか。ところが、彼らは赤面することになる。ある日突然、私がきわめて高貴な身分である伯爵となり、洗礼名を四つ持ち一階の戸棚の中に小冠をぶら下げている、どえらい男となったからだ。彼女の父親は、当時ソーダ水の売り子をしていた私を見下して『あの能なし』とよく呼んでいたらしい。しかし、私が小冠を頭の後ろに載せ、デブレット貴族名鑑を小脇に抱えてパーク・アヴェニューの住まいを訪れて自己紹介したときは、まるで違った。結婚を承諾して葉巻まで勧めてくれたよ。ビル・ベイリーが伯爵になる可能性はないのだろうな、おそらく」

「ええ、伯父やら従兄弟やらを五十七人ほど殺さない限りは」

「牧師補にはそんな真似はできんな。それで、コニーはどんな手段を？」

「哀れな乙女をブランディングズ城へ引っ張っていき、それ以来、マイラはそこから一歩も出られずにほとんど幽閉状態、一挙手一投足を監視されているらしい。しかし、彼女はなかなか賢く冷静な娘のようです。レディ・Cが髪を整えるためにシュルーズベリーへ行き夕食まで戻ってこないことをスパイから聞きつけ、ビルに電話して、その日は自由になるからロンドンへひとっ走りして彼と結婚すると言ってきた。ミルトン街の登記所で落ち合いましょう、そこなら計画が迅速かつ安価に実行できるからって、彼女が言うんです」

「なるほど。実に抜け目ない。私は常々、結婚は駆け落ちに限ると思っとる。虚しい儀式も装飾もなし。とどのつまり、数えきれないほどの主教を教会に詰め込む必要があるか？　主教は一人見れば全員見たも同じというのがわが持論だ」イッケナム卿はここで息を継いだ。「さてと」腕時計を見ながら言う。「われわれもそろそろ出発しようじゃないか。遅れてはいけない」

ポンゴは絶句した。彼の敏感な耳には、叔父の発言が二人の愉快にして有益な午後の始まりを意味するように感じられてならなかった。数年前、この親族は、まさにこんな調子の声で言った。ドッグレースを覗いてみようじゃないか、庶民の心を知るには彼らの単純な娯楽を彼らに交じって体験するのが一番だ、と。

「われわれ？　叔父さんは行きませんよね？」

「むろん、行くさ。証人は常に一人より二人のほうがよろしい。しかも、小さなマイラが――」

「彼女が小さいと保証はできませんが」

「体の大きさはどうあれ、マイラは、銃撃隊に囲まれたときに私が手を握ってやらなければ、けっして私を許さんだろう」

　ポンゴは下唇を噛んで、あれこれと素早く考えを巡らした。

「まあ、いいでしょう。でも、おふざけはなしで」

「おいおい！　まるで、そのような神聖な場面でこの私が悪戯をしでかそうと目論んでいるみたいじゃないか。むろん、お前のビル・ベイリーとやらが彼女にふさわしくないとわかれば、待ったをかけるだろう。分別のある人間なら誰だって、そうする。彼はどんな男だい？　生っ白くてひ弱で、いつも疲れ気味で、テノールの高い声で礼拝の特禱（短い祈りの言葉）を暗唱するようなタイプか？」

「生っ白くてひ弱だなんて、とんでもない。オックスフォードで三年間、ボクシングの選手でした」

「ほう？」

「しかも、対戦相手をたちどころにやっつけていましたよ」

「それなら万事よし。その男を温かく受け入れることになろう」

　期待は裏切られなかった。カスバート・ベイリー師は、たちまちイッケナム卿の承認を得た。イッケナム卿の好みはがっちりした体格の牧師補で、ビルはまさに大型徳用サイズの牧師補であり、教区の背教者に対して、光を見るか、目に一発お見舞いされるか選択を迫りそうなタイプだった。ポンゴはミルトン街へ向かう道すがら、それまでの情報に加えて、ビル・ベイリーが最近着任したボトルトン・イーストの教区で誰からも敬意を払われていると言っていたが、イッケナム卿はそれも当然だと思った。的確な左フックに続き鋭い右フックを顎先に食らわせることができそうな青年なら、自分も最大の敬意を持って遇するだろう。粗探しの好きな人はカスバート師を見て、ヘビー級世界チャンピオンの挑戦者のような容姿が聖職者にふさわしくないと思うかもしれないが、彼のゴツゴツした顔立ちと逞しい両肩に目をやれば、たちまち畏怖の念に打たれずにはいられないだろう。そして、明らかな誠実さと純朴さを好きにならずにはいられないだろう。近寄り難い外見の下に優しい魂が隠されていることを知って、イッケナム卿は、小さなマイラは賢明な選択をしたと思った。

三人は楽しく語り合い始めたが、二言三言交わすやイッケナム卿の目に明らかになったのは、神に仕えるこの青年が極度に神経を張り詰めていることだった。理由は難なく察せられた。すでに二十分ほどが経過していたのに、花嫁となる人が姿を現さなかったからだ。婚礼の日に約束の場所に新婦が現れないという事態は、何よりも確実に新郎の意気を挫く。

十分後、ビル・ベイリーは立ち上がった。無骨な容貌に苦悶の表情が浮かんでいた。

「彼女は来ない」

イッケナム卿は、まだ早いなどと的外れな意見を述べて彼を宥めようとした。ポンゴも何とかして力になろうと、外に出て通りの両方向をくまなく見て彼女の姿を探そうと言った。ポンゴが出て行くのと同時に、嘆き悲しむ青年はうつろなうめき声を上げた。

「僕のせいで気が変わったに違いない」

イッケナム卿は同情しつつも困惑し、眉を上げた。

「どういうことか、わからんな。君のせいで気が変わった？　なぜ？」

「電話での話し方です。その、彼女の発案に少々引っかかるところがあって。何となく、これほど重大きわまりない段階に、熟考せずに進むのは不適切な気がしたのです。要するに、僕は彼女に与えられるものをほとんど持っていません。牧師館に住めるまで待つべきではないかと考えていました」

「なるほど、わかった。良心の呵責だね」

「はい」

「彼女にそう言ったのか？」

「いいえ。でも、僕の声の調子がどこか変だと気づいたはずです。嬉しくないのかって尋ねられましたから」

「それで、何と答えたのかね？」

「『それは嬉しいさ！』」

イッケナム卿は首を振った。

「もっといい返事があったな。少なくとも『そーれは嬉しいさあ！』と、大げさに、音を伸ばして言ったかい？　明るく、そう、声を弾ませて？」

「いいえ、残念ながら。だって――」

「わかるよ。良心の呵責だな。君の中の牧師補が顔を出したというわけだ。君はその傾向と闘わなくてはならん。若きロキンヴァー（ウォルター・スコットの物語詩『マーミオン』中、他の男と結婚寸前の恋人をさらう騎士）は良心の呵責があったと思うか？

若きロキンヴァーの詩は知っているね？」

「ああ、はい。子供の頃、よく暗唱しました」

「私もだ。そして、盛んな拍手喝采を浴びたものさ。まあ、『冬の海を航海しゅ、る　帆船ヘシ、ユ、ペラシ、ユ号』（アメリカの詩人ヘンリー・ワーズワース・ロングフェロー［一八〇七―一八八二］の詩「ヘスペラス号の難破」より）の暗唱のほうがいいという評者もいたが。あの頃、私は前歯がなくてね。ともかく、良心の呵責にもかかわらず、君はこの結婚届出所にやって来た」

「はい」

「そして、君が私に与えた印象からすると、君は、戸籍係に仕事を始めさせることを心から望んでいる」

「はい」

「良心の呵責を克服したのだね？」

「はい」

「わかるよ。私も同じ経験をした。当時私が克服した良心の呵責を端から端まで伸ばしたら、ロンドンからグラスゴーまで届いただろう。ああ、ポンゴ」戸口に現れた甥にイッケナム卿が言った。「何か報告は？」

「何もありません。見渡す限り、女性の姿はまったく見えません。ビル、地平線を眺めている間に思いついたんだが」

「おそらく私が思いついたことと同じだね」イッケナム卿が言う。「レディ・コンスタンスの気が変わってシュルーズベリーのヘアサロンへ行かなかったというのだろう」

「そのとおり。そして、彼女が城にいる限り、仔猫ちゃんは――」

ビルの無骨な容貌に不快な表情が浮かぶ。

「仔猫ちゃんなんて呼ぶのはやめてほしい」

「彼女が城にいる限り、君の愛しい人は当然ながら脱出できない。おそらく明日、事情を説明する手紙が届き、次の機会を提案してくるだろう」

「うん、きっとそうだ」ビルは少し表情を明るくして言った。「しかし、それなら電報をくれたはずだ」そう言い添えると、またどんよりと沈み込む。

イッケナム卿は父親が息子にするように、ビルのがっしりした肩を軽くたたいた。

「いや、考えてもごらん！　彼女にそんなことができたか？　マーケット・ブランディングズ郵便局までは城から二マイル（一マイルは約一・六キロメートル）もあるし、ポンゴも言うように、彼女は一挙手一投足を監視されている。手紙だって、無傷で前線を突破して手元に届いたら儲けものだ、おおかた湯気を当てて糊を剝がして検閲されるんだから。私が君だったら、少しも気にしないさ」

「気にしないよう努めます」ビルが部屋中を揺るがすようなため息と共に言った。「さて、とにかく、ここにぐずぐずしていても仕方がない。気が滅入るばかりだ。ご足労ありがとう、ポンゴ。ご足労ありがとうございました、イッケナム卿。お時間を無駄にさせてしまい、申し訳ありません」

「いやいや、愉快な仲間と共に過ごす時間はけっして無駄ではない」

「ええ。ええ。そうですね、おっしゃるとおりです。さて、それでは失礼します」

彼の後ろでドアが閉まると、イッケナム卿はため息をついた。ビルほどの勢いはなかったが、同情がたっぷり込められたため息だ。彼の心は、若き聖職者のために嘆き悲しんでいた。

「気の毒に」イッケナム卿は言った。「結婚式を迎える心の準備は花婿にとって常に困難で、最も強靭な男にとってすら大きな重荷となる。ようやく準備ができたところで花嫁と落ち合うことができなければ、魂の苦悩はいかばかりか。そのうえ、当局による監視が緩む可能性がたとえあるにしても、いつになるやら皆目わからんだろう。コニーが看守の鍵束を握っているなら、脱獄は生易しくない」

ポンゴはうなずいた。彼の心も、打ちひしがれた友のために嘆き悲しんでいた。

「まったく」ポンゴが言う。「どうやらビルは難しい立場にいるようですね。そして、状況をさらに厄介にしているのは、アーチー・ギルピンがブランディングズ城に滞在中だということです」

「誰が？」

「ダンスタブル公爵の甥です」

「リッキー・ギルピンの弟か？」

「そうです。会ったことがありますか？」

「いや、一度も。もちろんダンスタブルは知っている。リッキーもだ。しかし、そのアーチボルドはまったく未知の存在だ。彼がブランディングズ城にいると誰から聞いた？」

「彼です。本人から聞きました。昨日ばったり会ったら、午後の汽車で城へ行くと言っていました。すごく嫌な予感がします」

「なぜだ？」

「だって、くそっ、一緒にあそこに閉じ込められたら、彼女がビルからアーチーに乗り換えないとも限りません。あいつはすこぶる美男子ですからね。ビルはそうとは言えないでしょう」

「うん、ビルの顔は美しいというより面白いというところだな。ワイオミングの牧場の同僚をちょっと思い出させるよ。若い頃、雇われカウボーイをしていたその牧場で、文才のある別の同僚が、彼の顔は目を瞠《みは》るほど醜いと言っていた。ビルも、これまで幾多の目を瞠らせてきたに相違ない。だが、あの小さなマイラ、私がバスタオルに包《くる》んで膝の上であやしたマイラが、外見だけを重視する女に育ったはずはない」

「わかりませんよ。女の子は繊細で彫りの深い顔に惹かれるものです。それに、外見はさておき、彼は芸術家です。芸術家というのは、女の子に対して猫にマタタビと同じ効果を発揮する何かを持っているらしい。そのうえ、アーチーの婚約者の知り合いを知っているという男からたまたま聞いたのですが、つい最近、彼は婚約を破棄されたらしいのです」

「本当か？」

「相手はミリセント・リグビーという娘です。アーチーはティルベリー卿のマンモス出版社が発行する新聞の一つで仕事をしていて、彼女はティルベリーの秘書なのです。その男から聞いたのですが、その知り合いいわく、リグビーという娘本人から、アーチーに絶縁状を渡したと聞いたそうです。それが何を意味するか、わかりますね？」

「何が何だかよくわからん」

「おつむを使ってくださいよ、フレッド叔父さん。ガールフレンドから振られたら、どうするかご存じでしょう？　速攻、別の女の子に求婚します。シチューの中のタマネギは彼女だけじゃないってわからせるために」

イッケナム卿はうなずいた。そんな行動をしたのはずいぶん昔のことだが、そう、彼もかつては楽園に暮らしていたのだ。「ああ、若さよ、若気の至りよ！」と胸の内で呟き、グリニッチ・ヴィレッジのおぞましい女を思い出して軽く身震いした。ネックレスと腕輪だらけで髪はモジャモジャの女、そのサンダル履きの足元にわが心を投げ出したのだ、ポンゴの叔母さんとなるジェインから二度目の絶交を言い渡されて。

「うむ、わかってきた。つまり、アーチボルドが脅威となるわけだな。ビルのためにもいささか不安にならざるを得ない。ところで、どこに行けばビルに会える？」

「僕のアパートに泊まっています。なぜです？」

「ちょくちょく目をかけてやって、元気づけてやらねばならないと思ってな。ドッグレースにでも連れて行ってやるか」

ポンゴはポプラの葉のごとく身を震わせた。イッケナム卿につきあってドッグレースに行った午後のことを思い出すたびに、ポプラの葉のごとく身が震えるのだ。ただ、あの場合、叔父さんがしばしば指摘するように、もう少し物わかりのいい警官なら戒告だけで満足しただろうに。

2

英国貴族院議員としてそつがないイッケナム卿は、国会の開会式に臨席するよう召集がかかると、かけがえのない古着店、コヴェント・ガーデンの〈ブラザーズ・モス〉で式服《ローブ》と小冠を借りる。いつでも、誰でも、どんな衣装でも、どこにでも行けるように用意できるというのがこの店の謳い文句だ。この店があればこそ、装束の不備を咎められずに済んでいる。甥と別れたあと、イッケナム卿はその店舗へ、スーツケースを提げて赴いた。スーツケースの中身を返却してわずかばかりの料金を支払ったとき、やはりスーツケースを提げた、ひょろりと背の高い男がふらふらと入ってきて、それを見たイッケナム卿は思わず歓声を上げた。

「エムズワース！　わが朋輩よ！　また会えるとは何たる僥倖。やはり衣装一式を返却に？」

「え？」誰かから不意に話しかけられると、エムズワース卿はいつも「え？」と言う。「おお、ごきげんよう、イッケナム。ロンドンにおるのか？」

イッケナム卿はそのとおりだと請け合い、エムズワース卿は自分もだと言った。その事実を確認すると――「君も午前中、あれに出たのだね？」と言った。

「そのとおり」イッケナム卿は答える。「しかも、見事ないでたちでね。イングランド広しといえども、古着をまとい滑稽な被り物を頭に載せて、私より粋に見える者はないだろう。行進が始まる直前、ルージュ・クロワがブルーマントルに言うのが聞こえたよ。『そっちを見るなよ、あそこにいる男は誰だい？』ブルーマントルは小声で答えた。『全然知らないが、見るからにあっぱれな伊達男だ』。とはいえ、豪華な衣装を脱ぐとほっとするな。それにしても、会えて嬉しいよ、エムズワース。エンプレスは元気かい？」

「え？　ああ、上々、上々、上々だ。うちの豚係ウェルビラヴドに託してきた。あの男には全幅の信頼を寄せておる」

「それは結構。さあ、喉を潤しながら愉快なおしゃべりといこうじゃないか。すぐそこのちょっとしたバーを知っているんだ」イッケナム卿が言った。彼はどこにいようと、すぐそこのちょっとしたバーを知っている。「何だか疲れているようだな。朝から着飾って澄ましていたせいで疲労困憊か。ウイスキーをちょいとソーダで割ってひっかければ、すぐに目力も戻るさ」

すぐそこのちょっとしたバーに腰を下ろし、イッケナム卿は相手をいささか心配そうに眺めた。

「うん。思ったとおりだ。いつもの陽気さが見えない。難行苦行だからな、国会の開会式は。普段ならパスするところだ、君もそうだろう。今日はどうして来たんだい？」

「コニーが有無を言わせなかった」

「わかるよ。レディ・コンスタンスほど些事にこだわる人間はいないだろう。むろん、魅力的な女性だがね」

「コニーが？」エムズワース卿は驚いて言った。

「まあ、誰の好みにも合うというわけではなかろうが」イッケナム卿は相手の声がかなり疑念を含んでいることを察知して言った。

「ところで、どうだい、ブランディングズ城の様子は？　万事順調だろうね？　君のあのささやかな陋屋《ろうおく》を、いつも地上の楽園と見ているよ」

苦笑いをする能力はエムズワース卿には備わっていなかったが、彼は力の及ぶ範囲内で最も苦笑いに近い、哀れっぽいうめき声を発した。妹のコンスタンスと、公爵と、ラヴェンダー・ブリッグズがいて、教会少年団が野放しにされているブランディングズ城を、地上の楽園と描写するのは皮肉が過ぎると感じたのだ。彼はしばらく黙り込んだ。

「どうすればいいかわからんのだ、イッケナム」陰鬱な思考の列車が終着駅にたどり着くと、伯爵は言った。

「どうすればいいかって？　もう一杯やろうじゃないか」

「いいや、いいや、ありがたいが、遠慮する。こんな陽の高いうちからアルコールの刺激に身を任せるのは性に合わん。わしが言っていたのは、ブランディングズ城の現状についてだ」

「芳しくないのか？」

「呆れるほどだ。新しい秘書が来たが、これまでで最低なのだよ。バクスターよりひどい」

「ほとんど信じられん」

「本当だ。ブリッグズという名の若い女。その女に迫害されておる」

「クビにしろよ」

「できるものか。コニーが雇ったのだ。そのうえ、ダンスタブル公爵が城に居座っておる」

「何だって、またか？」

「そのうえ、教会少年団が庭園でキャンプしている最中で、四六時中叫んだり喚いたり。わしのシルクハットにロールパンをぶつけたのも連中の一人に決まっておる」

「シルクハット？　シルクハットなんか、いつ被った？」

「日曜学校のパーティーで。コニーは、日曜学校のパーティーではいつもわしにシルクハットを被らせる。お茶の時間にテントに行き、万事順調か確認しようとテーブルの間を歩いていたら、子供が投げた堅焼きロールパンが帽子を吹き飛ばしおった。犯人があの教会の少年どもの一人でないとは絶対に言わせんぞ、イッケナム」

「しかし、法廷で通用するような証拠はないのだろう？」

「え？　うむ、ない」

「残念だ。どうやら、城全体がとんでもない悪魔の島と化してしまったらしいな。城主らしく毅然としているのが難しいのも、もっともだ」イッケナム卿の目に怪しい光が宿っていた。甥のポンゴなら、それに気づいただろう。それは、その目の持ち主が愉快かつ有益な午後に繰り出そうと提案するときによく見られる光だった。「私の見るところ、君に必要なのは傍らで味方をしてくれる頼もしい盟友だ。秘書を大人しくさせ、コニーの目を真っ直ぐに見てたじろがせ、公爵を遠ざけ、甘美と光明を一面に振りまく盟友だよ」

「ああ！」エムズワース卿はため息まじりに声を発し、そのユートピア的夢想に心を委ねた。

「ブランディングズ城に来てほしいかい？」

エムズワース卿は跳び上がった。ひどく動揺したときの常で、鼻眼鏡が鼻からずり落ち、紐の先でゆっくりと踊っている。

「来てくれるのか？」

「このうえなく喜んで。いつあちらへ帰るんだい？」

「明日だ。何と礼を言えばいいか、イッケナム」

「どういたしまして。われら伯爵は団結しなくては。一つだけ頼みがある。友人を連れて行ってもいいかな？　厚かましい頼みだとは思うが、彼はブラジルから帰国したばかりなので、私がいなければロンドンで心細い思いをするだろう」

「ブラジル？　ブラジルにも人が住んでおるのか？」

「それなりにいるようだよ。彼は数年間、向こうに住んでいた。ブラジルのナッツ業界にコネがあってね。実際の仕事についてはよく知らんが、おそらく、彼がナッツを圧搾機に入れてあの独特な形にしているのだと思う。まあ、私の勘違いかもしれんが。それでは、連れて行っていいな？」

「どうぞ、どうぞ、どうぞ。喜んで、喜んで」

「君にとって賢明な決断だ。彼のおかげで情勢全般が好転しないとも限らないからな。その秘書と恋に落ちて結婚し、彼女をブラジルへ連れて行くとか」

「なるほど」

「あるいは、珍しいアジア産の毒薬で公爵を殺害するとか。他にも何かと役に立つだろう。滞在させてよかったと、きっと思うはずだ。躾は行き届いているし、君が食べる物なら何でも食べる。明日、どの汽車に乗るつもりだい？」

「パディントン発十一時四十五分だ」

「われわれも合流するよ、親愛なるエムズワース卿」イッケナム卿は付け加えた。「二人とも勇気凜々。ことに私はいかなる運命にも怯まずに立ち向かう覚悟ができている。さて、失礼して早速友人に電話し、荷造りを始めるよう伝えるとしよう」

3

数時間後、ポンゴ・トウィッスルトンが〈ドローンズ・クラブ〉の喫煙室で夕食前の疲労回復剤を流し込んでいると、喫煙室のウェイターがやって来て、彼との面会を求める紳士がホールで待っていると告げたので、平穏な気分に影が差した。〈ドローンズ・クラブ〉のメンバーに面会を求める紳士が訪れる場合、その訪問は、供給した物資の請求書にまつわる思いがけない送金の必要を招くものと相場が決まっているし、彼も自らの経済状況がいささか秩序を失っていることは承知していた。

「背が低くて小太りの人かい？」ポンゴは恐る恐る尋ねた。ヒックス・アンド・エイドリアン商会の店員はたしかそんな外見だった。あの店にはシャツの生地や靴下や下着のツケが相当たまっている。

「とんでもない。背が高くて美しい痩身の人だ」ウェイターの背後から朗々とそう述べる声がした。「すらりとした、という表現が適切であろう」

「やあ、どうも、フレッド叔父さん」ポンゴはほっとして言った。「別の人かと思ったものですから」

「別の人でなくてよかったな。いつ何時であろうと何なりとお役に立つイッケナムさ！　ポンゴよ、勝手ながら入ってきたぞ、甥の歓迎を確信しているからな。われらイッケナム家の者はホールで待つのを好かん。プライドが許さん。何を飲んでいる？　同じものを頼む。動脈を硬くするのはわかっているが、やはり濃いのがいい。今夜はビルと一緒ではないのか？」

「ええ。彼はボトルトン・イーストへ取りに行かなくちゃいけない物があったんです」

「その後、会っていないのか？」

「ええ、僕はアパートに戻っていませんから。夕食をご馳走しましょうか？」

「まさにそう提案しようと思っていたところだ。しばらく会えなくなるからな。明日ブランディングズ城へ行く」

「え……何と？」

「うむ、お前と別れたあと、エムズワースとばったり会って、城へ数日、あるいはしばらく来てくれないかと頼まれた。困っているらしい、気の毒に」

「何か問題でも？」

「何もかもが問題らしい。新しい秘書にはいじめられる。ダンスタブル公爵は城に根が生えてしまった。レディ・コンスタンスは彼のお気に入りの帽子を取り上げ、その帽子にふさわしい貧者に与えた。だから、肘が抜けた狩猟服も取り上げられるんじゃないかと彼はビクビクしながら暮らしている。かてて加えて、教会少年団も頭痛の種だ」

「はあ？」

「わかるだろう、彼を助けようとすれば、大忙しになる。何らかの策を講じてそのうるさい秘書を追っ払い――」

「教会少年団？」

「――公爵をウィルトシャーの領地へ送り返し、コニーに歯止めをかけ、教会の少年たちに神を恐れる心を叩き込む。壮大なる計画だ。小人にはとてもこなせまい。幸いにして、私は小人ではない」

「教会少年団って何です？」

「お前は教会少年団員ではなかったのか?」

「いいえ」

「今の子供たちの多くがそうだ。片田舎の教区ごとに寄り集まる。そして自らを教会少年団と称しているのだ。コニーが彼らに湖畔でキャンプするのを許可した」

「それで、エムズワースは彼らが気に入らない?」

「彼らを気に入るのは母親だけさ。そう、エムズワースは少年団を白い目で見ている。彼らは風景を台無しにし、粗野な叫び声で空気を汚し、直近の日曜学校のパーティーでは硬いロールパンをぶつけて彼のシルクハットを吹き飛ばしたそうだ」

ポンゴは訳知り顔で首を左右に振った。

「日曜学校のパーティーにシルクハットを被って行くべきではありませんね」彼は、かつて牧師の娘たちの魅力に参って一度ならず誘い込まれてしまったその種の催しに、思いを馳せていた。サマセットシャーのメイドン・エッグズフォードで、この小村の農民たちの魂を厳しく審査するP・P・ブリスコウ師の娘アンジェリカ・ブリスコウへの熱愛ゆえに、頭を袋に突っ込んで子供たちに棒で突かれる羽目になった思い出は、けっして記憶から消せない。「シルクハットとは!　よりによって!　やってみろと言わんばかりじゃないですか」

「無理強いされたのだよ。彼は布の帽子《キャップ》を被りたかったのだろうが、コニーが許してくれなかった。彼女が言い出したらきかないのを、お前も知っているだろう」

「手強い女性です」

「実に手強い。彼女がビル・ベイリーを気に入ってくれることを願おう」

「何ですって?」

「ああ、言っていなかったかな? ビルは私と一緒にブランディングズ城へ行く」

「何と!」

「うん、エムズワースが親切にも、彼も招待してくれた。われわれは明日十一時四十五分に出発する、ジプシーの歌を口ずさみながら」

ポンゴの目に恐怖の色が浮かぶ。ギクリとして、思わずレモンピール入りのマティーニをこぼしそうになった。フレッド叔父さんのことは好きだが、イギリスの将来を担う青年たちのためには、叔父さんを鎖に繋いでめったに解き放つべきではないという見解は、改められない。

「いや、まさか!」

「何か困ったことでもあるか?」

「お願いですから……何と言えば……お願いですから、気の毒なビルをこの恐ろしい試練にさらすのはやめていただきたい」

イッケナム卿は眉を上げた。

「なあ、ポンゴよ、若い男が愛する娘と一つ屋根の下で過ごすのを試練と言うなら、お前は私が思っていたよりずっと情緒に欠けるようだな」

「ええ、そう思ってもらって結構。彼の可愛い仔猫ちゃんがあそこにいるのは、わかります。ただ、到着して二分と経たないうちに、レディ・コンスタンスにズボンの尻をつかまれて放り出されるなら、行く意味がないじゃありませんか?」

「そのような事態に陥る心配はない。お前さんは、ブランディングズ城の実情をずいぶん誤解しているようだな。あの洗練された館を、まるでバワリー地区（ニューヨーク、マンハッタン南端の治安の悪い界隈）の酒場みたいな、始終スイングドアから死体が放り出されて歩道に転がっているような場所だと思っているらしい。そんなことがあそこで起こるはずがない。われわれは一つの大家族のようなものさ。平和と善意に満ち満ちている。お前が一緒に来られないのは残念だ」

「僕はここで結構です、せっかくですが」ポンゴはそう言いながら、かつてあの城で体験した山場のいくつかを思い出し、かすかに身震いした。「それでも、しつこいようですが、レディ・コンスタンスがベイリーの名を耳にすれば――」

「いや、それはあり得ない。私のような抜け目ない男がその点を見逃すと思うか。彼はカスバート・メリウェザーと名乗る。その名前を書き取って暗記するよう言っておいた」

「彼女は感づくでしょう」

「その可能性はない。誰が告げ口する？」

ポンゴは口論を切り上げた。言い争っても無駄だとわかっていたし、この状況の明るい面にたった今、気づいたからだ。すなわち、明日からは、愛すべきだが白髪を増やしてくれるこの親族から百マイル以上離れていられる。そう考えると俄然、元気が出てきた。過去の実績に鑑みれば、遠からず、老いてなお盛んな破壊者が地獄を見るのは必定で、とどのつまり文明は揺らぎ、月は血の色に染まるであろう。しかし、肝心なのは、そうなるのがエムズワース卿の領地の居城であって、ロンドンではないことだ。有名な聖歌の作者もいみじくも言っているではないか。平安、まったき平安は、愛する者たちが遠く離れて初めて得られるものだと（正しい歌詞は「愛する者が遠く離れているのに、平安、まったき平安が得られましょうか？」）。

「さあ、中へ入って夕食にしようじゃないか」叔父さんが言った。

第三章

1

エムズワース卿が魅力的な旅の道連れである理由は、一つには、どんな旅でも、出発後まもなく安らかな眠りについてくれることである。彼と客人たちをマーケット・ブランディングズへ運ぶ汽車が、約束をけっして違えない鉄道当局の公約どおり十一時四十五分にパディントン駅を滑るように出発すると、十二時十分には、彼は仰向けに座席に身を預けて目を閉じ、小さく笛を吹くような音の合間に時おり鼻を鳴らしていた。おかげで、イッケナム卿は一行の年若いメンバーに心おきなく話しかけることができた。企みが進行している最中には、盗み聞きされる危険は避けねばならない。

「緊張しているか、ビル？」カスバート師の心情を思いやって尋ねる。旅が始まったときから、彼が時おり電流を通したカエルのようにビクビクとしており、目が潤みがちであることに、イッケナム卿は気づいているようだ。

ビル・ベイリーは深呼吸した。

「初めての説教をするために、震える足で説教壇を上ったときのような気分です」

「よくわかる。世の中に出たての若者がカントリーハウス(田園の城館)に偽名で滞在するとなれば、何より素晴らしい社会勉強になるとはいえ、少なからぬおののきを覚えるのが常だろう。ポンゴは勇敢なる家門の一員ではあるが、サー・ロデリック・グロソップの甥バジルとしてブランディングズ城へ連れて行ったときは君と同じような心持ちだった。私はポンゴに、まるでハムレットだな、と言ったものさ。やはり不機嫌で往生際が悪く、隙あらば汽車を降りてロンドンまで歩いて帰ろうと考えていることがうかがえたからな。百戦錬磨のわが身には、本名で他人の城に滞在するのは冒険からはほど遠い。焼けた煉瓦の上を歩く猫のようなあの感覚はとうに忘れてしまったが、新人にとってこの種の体験がすこぶる試練に満ちたものとなるのは想像に難くない。説教はうまくいったんだろう?」

「いやあ、聴衆が説教壇に押しかけるほどではありませんでした」

「謙遜が過ぎるぞ、ビル・ベイリー。きっと感激した聴衆が通路を転がり回って担架で運ばれたんだろう。このブランディングズ城訪問も大勝利となるのは間違いない。私がいったい何をしようとしているのかと、君は訝《いぶか》っているだろうね。実際、具体的な目的があるわけではないが、君にとって肝心なのは、例のアーチボルド・ギルピンから目を離さないことだと思う。彼の評判は散々聞いているからな。ポンゴの話では芸術家だというが、それがどれほど危険な人種か、君も知っているだろう。彼から目を離すな。彼が夕食後、マイラを湖畔の散歩に誘って、月の光が湖水を照らすのを見に行こうと言うたびに——月の光は教会少年団も照らすはずだ、湖畔でキャンプしているらしいからな——、君もそぞろ歩きの仲間に入れてもらえ」

「はい」

「その意気だ。そして、いかなる場合も同じようにしなさい、彼がいかなる甘い誘いを君の……仔猫ちゃん、と言うのが君らの使う単語かね？」

「僕の使う単語ではありません。ポンゴの使う単語で、その件に関しては彼と話し合うべきでした」

「失礼。うむ、こう言うべきだった。彼がいかなる甘い誘いを、君の愛する女性にしようとしても、常に変わらず断固たるやり方で対処せねばならん。まあ、その方法は君に任せるとしよう。ところで、二人の馴れ初めを聞かせてもらおうじゃないか」


　ビル・ベイリーのような無骨な容貌は甘い感情を映す鏡にはなり得ないとはいえ、優しげと言ってもいい表情が浮かんできた。ビルは感傷的なため息を漏らしたが、その音はイッケナム卿の耳には届かなかった。ちょうどその瞬間、二人のホストが不意に、アマニ粕を見たブランディングズ城のエンプレスよろしく鼻を鳴らしたからだ。


「〈ライムハウス・ブルース〉という歌を覚えていますか？」

「風呂でよく歌うよ。ところで、話題が変わったのかな？」

「いいえ。僕が言いたかったのは、マイラはその歌をアメリカで聞いたことがあって、それに、『ライムハウスの夜』（イギリスの作家トマス・バークの一九一六年出版の短編集）という本も読んで、それで興味津々、その場所を見てみたくなったのです（ロンドン東部のライムハウス地区は貧しく治安も悪かった）。ライムハウスは僕の職場ボトルトン・イーストの隣で、その日はたまたま友人を見舞いに行きました。彼は聖歌隊の男の子たちにカリオカ（サンバに似たダンス）の踊り方を教えようとして足首を捻挫したんです。歩いていると、ちょうど彼女がバッグをひったくられた現場に遭遇しました。それで、当然ながら、不届き者にパンチを食らわしてやりました」

「その不運な男をどこに埋めたんだ？」

「いえ、それほど強烈なパンチではなく、バッグをひったくるのがどれほど悪いことかをわからせる程度ですよ」

「それから?」

「ええ、まあ、一つのきっかけが次へつながり、そんなこんなで」

「なるほど。それで、近頃の彼女はどんなふうだい?」

「彼女をご存じですか?」

「彼女が子供の頃、われわれは昵懇の仲だったのだよ。彼女は私をフレッドおじさんと呼んでいた。その頃の彼女は本当に可愛らしかった。今でもそうだろう、きっと」

「はい」

「よかった。幼いときは魅力たっぷりなのに、大きくなるにつれて輝きを失い、台無しになってしまう子供はあまりに多い」

「はい」

「だが、彼女は違うんだね?」

「はい」

「今でも愛くるしいのだね?」

「はい」

「それで、君は、彼女の髪から抜き取った小さなバラの花のためなら死んでもいいのだね?」

「はい」

「彼女のためなら、たとえばレディ・コンスタンスに難癖をつけられるような危うい事態にも、敢然と立ち向かえるね?」

「はい」

「親愛なるビル、君の対話法には」イッケナム卿はビルを満足げに見ながら言った。「大いに感心し、これまでの計画を変更すべきだという結論に至った。当初の計画では、城に着き次第、私がブラジルに関する意見を君から引き出し、君は向こうでしてきた冒険の数々を面白おかしく語って皆を魅了し、パーティーの主役になるはずだったが、そういう手法は不適切だと感じ始めた」

「ブラジル？」

「うむ、そういえば、まだ君には言っていなかったな？　エムズワースには、君がそこから来たと言ってある」

「なぜブラジルなのです？」

「まあ、思いつきさ。しかし、君を卓越した語り手に仕立て上げる計画は変更だ。こうして君と愉快な会話を交わした今、君のイメージは静かなる強者《つわもの》、目には遠い眼差しを宿し、無口で、口を開いたとしても発するのは単音節という男だ。だから、誰かにブラジルのことをあれこれ訊かれたら、ただ唸《うな》りなさい。われらがホストのように」そう言いながら、イッケナム卿は、まさにそれを実践しているエムズワース卿を指し示した。「むろん、残念な面もある。ブラジルの蟻《あり》については二、三、面白い話があって、受けると思ったんだが。ここで言ってしまうが、なんと、あいつらは目に入るものを何でもかんでも食べてしまう。ブランディングズ城のエンプレスと同じだ」

その栄えある名の響きがエムズワース卿のまどろみに浸透していったらしく、彼は目を開けて姿勢を正し、まばたきした。

「エンプレスのことで何か言ったかな？」

「このメリウェザーに、エンプレスがどれほど素晴らしい生き物か教えていたんだ。シュロップシャー農業品評会の肥満豚部門で銀の優勝メダルを史上初めて、三年連続受賞した唯一の豚だとな。そうだね、メリウェザー?」

「はい」

「彼もそうだと言っている。いの一番にエンプレスを彼に見せなくては」

「え? ああ、もちろんだ。うむ、そうだとも、そうだとも、そうだとも」エムズワース卿は喜色満面で言った。「君も来るだろう、イッケナム?」

「悪いが、すぐには行かない。エンプレスを称賛することでは人後に落ちない私だが、あの懐かしい館に着いたら真っ先に、美味しいお茶を飲んで一息つきたいよ」

「お茶?」エムズワース卿はその言葉に戸惑ったように訊き返した。「お茶? ああ、お茶か? うん、もちろん、お茶だ。わしは飲まんが、コニーが毎日、午後にテラスで飲んでおる。あいつが相手をしてくれるだろう」

2

レディ・コンスタンスが一人でお茶を飲んでいると、イッケナム卿がやって来た。彼が近づいてきたので、レディ・コンスタンスは口に運ぼうとしていた胡瓜《きゅうり》のサンドイッチを下ろし、歓迎していると見えないこともない微笑をどうにか浮かべた。イッケナム卿に会えて嬉しいと言えば言い過ぎになるし、すでに兄のクラレンスには、彼がイッケナム卿を——友人と共に——招待したことの愚かさについて、自らの心の内を明かしていた。それでも、ダンスタブル公爵への対応でしょっちゅう思い知らされたように、彼女は女主人であり、女主人というものは感情を隠さなくてはならない。

「またお目にかかれて、とても嬉しゅうございますわ、イッケナム卿。お越しになれて、本当にようございました」その口調は、歯軋りを伴ってはいなかったものの、温かさからはほど遠かった。「お茶を召し上がりますか、それとも、別のものを……。何かお探しですの？」

「大したことではありません」そう言うイッケナム卿は、何か足りないと言わんばかりにキョロキョロと周囲を見回している。「わが小さき友マイラ・スクーンメイカーに会えると思っていたのだが。彼女はアフタヌーン・ティーをしないのかな？」

「マイラは散歩に出かけました。あの子とお知り合い？」

「マイラが子供の頃、とても仲よくしていました。彼女の父親とは親しい友人でして」

レディ・コンスタンスの物言いに表れていた冷ややかさが、いくらか和らいだ。この男がたった一度の短い滞在中、甘美と光明を振りまきながら、俗世からかけ離れたブランディングズ城の平安に何をもたらしたかを彼女はけっして忘れなかったが、ジェイムズ・スクーンメイカーの友人とあらば、多くを許さざるを得ない。親しみさえ感じさせる声で、彼女は尋ねた。「あの方に最近、お会いになりましたの？」

「いいや、何年も会っておりません。彼は多くのアメリカ人と同様に、アメリカで暮らすという不幸な習慣から抜け出せないのです」

レディ・コンスタンスはため息をついた。彼女もまた、ジェイムズ・スクーンメイカーのそうした気まぐれを嘆いていたのだ。

「さらに、わが愛する妻は、私がニューヨークの誘惑にさらされるよりもハンツのイッケナム館で静かな田園生活を送ったほうが安全だと感じており、それが正しいかどうかは別として、大変遺憾ながらジェイムズとは別々の道を行くことになりました。知り合ったとき、彼はウォール街のさる会社の若手社員でした。今では金融界の大立者になり、きっと唸るほど金があるのではないかな」

「かなり成功なさったようですわ、たしかに」

「昔から、そうなることを予見しておりました。当時はまだそこまで出世していませんでしたから、彼が同時に三台の電話で話すのを見たわけではありませんが、そういう日が必ず来て、彼は難なくそうするとわかっていましたよ」

「あの方は少し前にこちらへいらしたんですのよ。マイラを私に預けて帰られました。娘にロンドンの社交シーズンを経験させたいとおっしゃって」

「いかにも彼らしい、思いやりのあることだ。マイラはロンドンを楽しみましたか？」

レディ・コンスタンスは眉をひそめた。

「残念ながら、一緒に数週間ロンドンで過ごしたあと、彼女を連れ帰らざるを得なくなりました。とんでもない若い殿方との交際が発覚したからです」

イッケナム卿の発した「おっと！」にはショックと恐怖が込められていた。

「あの子は婚約したと言いました。もちろん、許されるわけはありません」

「なぜ許されないのです？」

「相手は牧師補なのです」

「すこぶる立派な牧師補を何人も知っていますよ」

「少しでもお金を持っている牧師補をご存じ？」

「いや、知りませんな。あまり金持ちでないことが多いですな。手技に優れた牧師補なら日曜日の献金袋からいくらかくすねるでしょうが、安定的だがささやかな収入にしかなりません。マイラはプッツンしたのでは？」

「何とおっしゃって？」

「自ら選んだ男から引き離されて情緒不安定になっていませんか？」

「ふさぎ込んでいるようです」

「マイラに必要なのは、若い仲間です。友人のメリウェザーを連れてこられたのは誠に幸いでした」

レディ・コンスタンスはぎょっとした。彼の友人のメリウェザーのことをしばし失念していた。

「エムズワースがエンプレスを見せに行きました。長い汽車旅のあとで元気を回復するにはそれが一番だという考えでね。メリウェザーはきっとあなたのお気に召しますよ」

「そうですか？」レディ・コンスタンスは、その点は大いに疑わしいと見ていた。第五代イッケナム伯爵フレデリックの連れならば、英国貴族の面汚しである彼自身と同様、人間失格というタイプだろう。彼女にとってかけがえのない人と彼がかつて親しかったことを知って瞬間的に生じたかすかな愛想のよさは消え失せ、前回彼がこの城を訪れたときの記憶だけが残った。こんなにはっきりと覚えていなければいいのに、と思う。イッケナム卿と多少なりとも縁があった多くの人と同様に、彼女も過去の出来事を忘れたかった。ポンゴ・トウィッスルトンなら、その気持ちがよくわかっただろう。

「メリウェザーさんとは長いおつきあいですの？」

「子供時代から。むろん、彼の子供時代ですよ、私のではなく」

「ブラジルのご出身とか」

「ええ、『チャーリーの叔母さん』（十九世紀末にイギリスで初演された戯曲Charley's Aunt。登場人物チャーリーにブラジル在住の叔母がいる）みたいに。しかし――」ここでイッケナム卿の声が深刻な調子になった。「できれば、何があろうと、彼にブラジルの話はしないでいただきたい。彼の人生に起きた凄まじい悲劇の舞台なので。彼の若妻がアマゾン川に落ちてワニに食われてしまったのです」

「なんて恐ろしい」

「彼女にとってはそうですが、もちろん、ワニにとってはその逆でした。あらかじめお知らせしたほうがいいと思ったものですから。皆さんにもお伝えいただけますか？　やあ、ダンスタブル」

　テラスへのし歩いて来た公爵は、例のごとく目をむいて彼の顔を見た。

「やあ、イッケナム。また来たのか？」

「そのとおり」

「老けたな」

「精神は違う。心はいまだ幼子のままだ」

「皆に何を伝えるって？」

「ああ、立ち聞きしていたのか。友人のメリウェザーの話をしていた。レディ・コンスタンスがご親切にも私と共にご招待くださった」

　ビルの滞在についてのこの説明にレディ・コンスタンスが鼻を鳴らしたと言えば、言い過ぎだろうが、彼女が鼻で笑ったのは間違いない。彼女は何も言わずに胡瓜のサンドイッチを一切れ、これ見よがしに口に入れた。この件に関して、兄のクラレンスと二人きりの折に言わねばならないことがもっとあると、彼女は考えていた。

「そいつがどうした?」

「彼にブラジルの話をしないでくれと、レディ・コンスタンスに念を押していたのだ。君も覚えておいてくれたまえ」

「どうして俺がそいつにブラジルの話なんか持ち出すんだ?」

「彼が向こうで長く暮らしたと知れば、話を聞きたくなるかもしれん。その話を持ちかけられると、彼は遠い目をして、苦しげにうめくだろう。彼の若妻はアマゾン川に落ちたんだ」

「馬鹿なことをしたもんだ」

「そして、ワニに食われた」

「ふん、その間抜け女は、そんな当たり前のことも予想できなかったのか? コニー」そもそも興味を持てない話題を切り捨てて、公爵が言った。「食べ物を詰め込んでる場合じゃないぞ。一緒に来てくれ。ジョージのやつが映画用カメラで俺たちを撮影したいんだと。アーチボルドと外の芝生にいる。俺の甥のアーチボルドには会ったか?」

「いや、まだだ」イッケナム卿が応える。「ぜひお目にかかりたいよ、楽しみだ」

「何だって?」公爵が疑い深げに言う。

「君の甥っ子とあれば、ぜひ」

「ああ、何が言いたいかわかったよ。しかし、期待するな。俺みたいな男じゃない。馬鹿なやつさ」

「まさか?」

「ここにいるコニーよりも脳みそが足りないうえに、彼女と違って、馬鹿さ加減の言い訳もない。女じゃないからな。コニーは彼をあのシューキーパー嬢と結婚させたがっているが、あんな糞ったれと結ばれたい娘がいるとは、とても思えん。あいつは芸術家だ。絵を描いている。芸術家がどんなものか、知ってるだろう。あの何とか嬢はどこだ、コニー？　ジョージはあの娘を撮影したいらしい」

「湖の方へ行ったわ」

「ふん、俺が迎えに行くと思っているなら大間違いだ」公爵は威張って言った。「ジョージにはあの娘なしでやってもらおう」

3

湖を見下ろす高台に、ささやかなギリシャ神殿もどきが建っている。地主たちが屋敷内にささやかなギリシャ神殿もどきをこぞって建てた時代に、エムズワース卿の祖母が造らせたのだ。その前にある大理石のベンチにマイラ・スクーンメイカーが座り、眼下の湖水に浸かってじゃれている教会の少年たちに目を向けていたが、彼女の目は何も見ていないようだった。元気はつらつとはとても言えない。実際、眉をひそめ、三日前にエムズワース卿がエンプレスの豚舎に連れて行ったときと同様に唇を固く結んでいる。

大理石の床に足音がしたので、彼女はふと、われに返った。振り向くと、背が高く立派な風采の男性が立っていた。頭髪は白髪まじり、粋な口髭を生やし、彼女に愛想良く微笑みかけている。

「やあ、こんにちは、マイラちゃん」

男性はまるで旧知の間柄であるかのように話しかけてきたが、彼女のほうは、彼に会った記憶がまったくない。

「あなた、誰？」マイラは言った。ぶっきらぼうな尋ね方だったので、もう少し礼儀正しい言い方を思いつけばよかった、と思った。

　男性の目に非難がましい色が浮かぶ。

「君はそんなことを言う子じゃなかったよ、私が背中を石鹸で洗ってやっていた頃は。『石鹸で洗うのはフレッドおじさんが一番じょうずね』と言ったものだ。君の言うとおり、私はコツを心得ていたからね」

　歳月がマイラから去り、彼女は入浴中の子供に戻った。

「まあ！」マイラは感極まって叫んだ。

「思い出したようだね」

「フレッドおじさん！　信じられないわ、ずっとご無沙汰していたのに、こんな所でまたお会いできるなんて。でも、本当はトウィッスルトンさんとお呼びしなくてはいけないのよね」

「そんな呼び方をしたら、深刻な社交上のしくじりになりますぞ。最後に会ってから、私はずいぶん出世したのだよ。刻苦勉励し、階段を一歩ずつ上って、目も眩む高みへ到達した。イッケナム卿という人が今日、城を訪れる予定だと聞いただろう。この私こそ音に聞こえたイッケナム卿。しかも、男爵や子爵の端くれではないぞ。いいか、れっきとした伯爵、正真正銘、折紙付きだ」

「エムズワース卿みたいに？」

「うむ。ただ、おつむはこちらのほうが冴えている」

「そう言えば、おじさんが出世したとか父が言っていたのを思い出したわ」

「お父さんの言葉に誇張はない。彼はどうしている？」

「元気よ」

「絶好調かい？」

「ええ、そうよ」

「君より元気なのだね、マイラや。そこに座る君をずっと見ていたら、ロダンの『考える人』を思い出した。ビル・ベイリーのことを考えていたのかい？」

マイラはビクリとした。

「まさか――」

「ビル・ベイリーを知っているのかって？　知っているとも。甥のポンゴの友人で、私の見るところ、これまで説教をした牧師補のなかで最高の牧師補だ」

快い思い出のある人と再会した感動がマイラの表情から失せていき、冷ややかな高慢が取って代わった。不本意ながら下々のクズどもに配慮せざるを得ない王女であるかのような表情だ。

「意見を述べる権利は誰にでもあると思うけれど」彼女はぎこちなく言った。「私は、彼がドブネズミだと思うわ」

イッケナム卿は聞き違いかと思った。若い恋人同士がさまざまな愛称で呼び合うことは知っていたが、「ドブネズミ」が愛称になるとは思わなかった。

「ドブネズミ？」

「そうよ」

「なぜそんなふうに呼ぶんだい？」

「あの人がしたことのせいよ」

「何をしたんだ?」

「というより、むしろ、しなかった」

「まるで謎かけだ。もっとわかりやすく言ってくれるかい?」

「わかりやすく言えばいいのね、わかったわ。彼は私をすっぽかしたの」

「まだ要領を得ないな」

「わかったわ、全部知りたいなら話しましょう。私が彼に電話して、ロンドンへ行くから結婚しましょうと言ったのに、彼は登記所に現れなかったの」

「何と!」

「たぶん怖気づいたのじゃないかしら。嬉しくないのかって私が訊いたときに彼が『それは嬉しいさ』と言った、その言い方から察するべきだった。登記所で何時間も待ったのに、彼はとうとう現れなかった。私を愛してるって言ったくせに!」

イッケナム卿が戸惑いを覚える機会はそう多くなかったが、今は、この会話に求められる知的水準に自分が達していないように感じられた。

「とうとう現れなかった? われわれは同じ男の話をしているのか? 私が話しているのはビル・ベイリーという新進気鋭の若き聖職者のことで、昨日、登記所で、私は彼と丸々四十五分間を一緒に過ごしたぞ。証人の一人となって場を盛り上げるために」

マイラは目を丸くした。

「おじさん、どうかしているんじゃない?」

「そう非難されることもままあるが、的外れだ。並外れているだけだよ。なぜそんなことを言う？」

「彼が登記所に来たはずはないわ。来たら、目に入らないはずがないもの」

「君の言うとおり、見過ごすはずのない男だ。目を引くと言ってもいい。しかし、誓ってもいいが、私は――」

「ウィルトン街の登記所にいたと？」

「もう一度言ってごらん」

「何をもう一度言うの？」

「『ウィルトン街』」

「なぜ？」

「たった今ひらめいた仮説を検証したかった。われわれを悩ませていた謎が解けた気がする。人は、ことに気が昂っているときは、電話で『ウィルトン』と言われたら『ミルトン』と聞き間違えやすい。音響効果の悪戯だね。ミルトン街の登記所で、ビルと、甥のポンゴと、私は、瞬き一つせずに待っていた。皆、君が現れなくて嘆き悲しんだよ」

マイラ・スクーンメイカーは顔面蒼白になった。イッケナム卿を見つめる彼女の目は、公爵と同じくらい出目になっている。

「まさか、本当に？」

「本当だとも。われわれは、その結婚式場で待っていた――」

「おお、何てこと、危機一髪だったわ！」

イッケナム卿はその見解に同意できなかった。

「おっと、私の意見は違うよ。ビル・ベイリーとは知り合って間がないが、さっきも言ったとおり、彼にはきわめて好印象を抱いた。立派な心を持つ青年に思えた。ボトルトン・イースト在住者の魂の欲求は、彼のような牧師補の手によってつつがなく満たされるだろう。彼への気持ちがぐらついているのではないだろうね?」

「もちろん、ぐらついてなんかいないわ」

「それなら、どうして危機一髪だったと感じる?」

「だって、すっぽかされたと思って、彼にものすごく腹を立てて帰ってきたから、アーチー・ギルピンから求婚されたとき、危うく承諾しそうになったの」

イッケナム卿の顔に憂慮の色が浮かんだ。芸術家という人種は実に仕事が速い、と思った。

「だが、承諾しなかったのだね?」

「ええ」

「うむ、してはいかん。そんなことをすれば、ビルの滞在が台無しになるからな。彼にはブランディングズ城で楽しく過ごしてほしい。君には言っていなかったかな? うっかりしていた。私は、ここへビルを連れてきたのだよ。もちろん名を伏せてね。君が彼に会いたいだろうと思って。私はいつも、できる限り甘美と光明を振りまこうと奮闘している。それに関しては苦情もいくらかあったが」

第四章

1

カントリーハウスを訪ねる際にイッケナム卿が習わしとしているのは、何をおいてもまず周囲を見回してハンモックを探すことだった。朝食を済ませたらそこへ退散し、横たわって沈思黙考する。彼は詩にうたわれたアブ・ベン・アデム（イギリスの批評家・随筆家・詩人リー・ハントの詩「アブ・ベン・アデム」〔一八三四年〕より）と同様に同胞を愛する男ではあったが、朝食後は同胞を避けることを金科玉条としていた。その得難い時間には一人で瞑想に耽りたいからだ。彼の会話の才気に触れたい者は誰であれ、それが発揮される昼食の席まで待たざるを得ない。

ブランディングズ城の芝生上にそのようなハンモックを発見していた彼は、到着した翌朝、その上で体を伸ばし、この世のあらゆるものと和やかな関係を結んでいた。よく晴れた暖かい日だった。西から微風が優しく吹いてくる。小鳥がさえずり、蜜蜂はブンブン飛び回り、昆虫たちも羽音を立てて田園地帯でなすべきさまざまな仕事に精を出している。厩の前では、低い植え込みの陰になって見えないが、誰か——おそらく運転手のヴァウルズ——がハーモニカを吹いていた。そして、城の窓の一つからは、タイプライターをカタカタ打つ音が遠くかすかに聞こえ、仕事の奴隷たるラヴェンダー・ブリッグズが今週の給料を稼ぐために何らかの秘書業務に励んでいることがうかがえた。心穏やかにくつろぎながら、イッケナム卿は夢想に浸った。

彼には心にかかることが山ほどあった。甘美と光明を振りまく専門家として、解決が難しい問題にしばしば直面してきたが、これほど問題が山積していることはめったになかった。レディ・コンスタンスについて、ラヴェンダー・ブリッグズについて、ダンスタブル公爵について、そして教会少年団についてじっと考えていると、ポンゴに言ったように大忙しで知恵を最大限に絞ることになりそうだった。

そういうわけで、ビル・ベイリーに関しては心配なさそうなのがありがたかった。ブランディングズ城の住人たちの小さな輪にうまくなじんでくれたおかげで、当初の不安は和らいでいた。たしかに、彼に対するレディ・コンスタンスの挨拶はいささか冷ややかな口調だったが、そんなことは織り込み済みである。ありがたいことに他の面々は、エムズワース卿を筆頭として、彼を歓迎した。昨夕エンプレスの住まいを訪れた際、ビルがこの女帝豚についてちょうど適切な発言をしたらしいのだ。もちろん、エムズワース卿の承認はブランディングズ城ではあまり重みを持たないにしても、何がしかの意味はある。

横たわってエムズワース卿について瞑想していると、まさにその当人が芝生を横切る姿が目に入り、イッケナム卿は度肝を抜かれて起き上がった。驚愕したのは、相手がそこにいたからではない。カントリーハウスの主には自邸の敷地内の芝生を横切る十全の権利がある。イッケナム卿が驚いたのは、彼が濡れていたからだ。いや、「濡れていた」という言葉では足りない。エムズワース卿は頭のてっぺんから足の先までずぶ濡れで、ヴェルサイユ宮殿の噴水さながら水を撒き散らしていた。

イッケナム卿は当惑した。この城主が時おり湖で水浴びをするのは知っていたが、朝食の直後に服を全部着たままそうするのは前代未聞だった。そこで、昼のカクテルの時間までは何があろうとハンモックから出ないという日頃の方針をかなぐり捨て、彼の後を追い始めた。

エムズワース卿はかなりのスピードで城へ向かい、声が届くところまで距離を縮められないうちに屋内へ入ってしまった。イッケナム卿は、濡れた男は寝室へ向かうに違いないと鋭い推理を働かせ、追いかけていった。寝室で裸のエムズワース卿がバスタオルで体を拭いているのを発見すると、イッケナム卿は直ちに、このような場面では誰しも思いつく質問をした。

「おいおい、一体どうした？　湖に落ちたのかい？」

エムズワース卿はタオルを置いて継ぎはぎのあるシャツに手を伸ばした。

「え？　あ、やあ、イッケナム。君が湖に落ちたって？」

「君が落ちたのかって訊いたんだ」

「わしが？　いいや」

「まさか、芝生の上で見かけたときに君がびしょ濡れだったのは、発汗のせいではないだろう？」

「え？　いや、わしはほとんど汗をかかん。だが、湖に落ちたのではない。飛び込んだのだ」

「服を着たまま？」

「そう、服を着たまま」

「何か特段の理由があって飛び込んだのか？　それとも、そのとき、ふとその気になったのか？」

「眼鏡を失くしていたのだ」

「それで、眼鏡が湖にあるかもしれないと思った？」

エムズワース卿は、説明が明瞭でなかったことに気づいたようだった。彼はしばらくの間、ズボンを穿くのに手間取っていた。長い脚をどうにかズボンに収めると、説明した。

「いいや、そういうわけではない。しかし、眼鏡がないと、ものがちゃんと見えん。それに、あの少年の発言が正しくないと疑う理由はなかった」

「どの少年だい？」

「教会少年団の子だ。彼らのことは話したぞ、君が覚えているかどうかわからんが」

「覚えているとも」

「誰かが靴下を修繕してくれるといいのだが」エムズワース卿は本題からしばし脱線した。「ほら、穴がいくつもある。何を話していたかな？」

「教会少年団の子の発言」

「ああ、そう、そう、そのとおり。うん、何もかもがすこぶる妙だった。わしが湖まで行ったのは、少年たちにもう少し静かにしてくれないかと頼むためだった。不意に、一人がこちらへ駆けてきて、尋常ならざることを言ったのだ。『ああ、伯爵、どうかウィリーを助けてください！』」

「会話を始めるには奇妙なやり方だな、たしかに」

「その子は水の中の物体を指差していたから、わしは総合的に考えて、彼の仲間の一人が湖に落ちて溺れかけているに違いないという結論に達した。それで、飛び込んだ」

イッケナム卿は感心した。

「立派な行いだ。悪ガキどもに痛い目に遭わされた人間の多くは、ただ岸辺に立ってあざ笑うだけだろうからな。少年には感謝されたかい？」

「靴が見つからん。ああ、よかった、ここにあった。今何と言った？」

「その少年は息を切らしながら礼を言ったのかい？」

「どの少年？」

「君が命を救った少年さ」

「ああ、それを説明しようとしていたのだ。それは少年ではなかった。浮いている丸太だった。わしはそこまで泳いで行き、落ち着けと叫んでから、自分の苦労が無駄だったと気づいて、非常に気を悪くした。それで、わしがどう考えているか、わかるか、イッケナム？　実はそもそも本当に例の少年の勘違いだったのか、強く疑っておる。彼は水中の物体が仲間の一人ではないことを百も承知で、わざとわしを騙したに違いない。うん、そうだとも、わしは確信している。理由を教えてやろう。わしが水から上がると、彼は他の数人の少年たちと寄り集まって、皆でわしを笑ったのだ」

　イッケナム卿には容易に想像できた。彼らはおそらく、やがて自分の孫たちにこの話をして笑うだろう。

「何を笑っているのか尋ねると、昨日の午後起きた何か可笑しいことのせいで笑っているのだと答えた。やつらの話はどうも信用できん、と思った」

「無理もない」

「何から何まで、きわめてけしからんと感じておる」

「当然だ」

「コンスタンスに言いつけるべきだろうか？」

「私なら、もっと勇気ある行動に出るな」

「だが、どんな？」

「ああ、よく考えないといかん。この件について熟考し、何か思いついたら知らせるよ。一列に並べてショットガンでなぎ倒すというのは想定外かね？」

「え？　そうだな。あまり勧められる方法ではないかもしれん」

「目立ちすぎるかな？」イッケナム卿は言った。「おそらく君の言うとおりだろう。忘れてくれたまえ。別の方法を考えよう」

2

　カントリーハウスの滞在客は、かねてより精神のバランスが大いに疑われてきた主人が着衣のまま湖に飛び込んだと知れば、いやでも懸念を抱く。頭を振る。唇を引き締めて眉を上げる。そして、主人の身に何かが起きた結果、たがが外れてしまったのだろうと考える。エムズワース卿の英雄的行為を知ったダンスタブル公爵も、そのように反応した。

　公爵はその話を、エムズワース卿の孫息子ジョージから聞いた。ジョージは赤毛でそばかすのある小柄な男の子で、彼と公爵の間には、最も似つかわしくない二人の間に時おり生じる、あの奇妙な友情が芽生えていた。ジョージは近隣三州でおそらく唯一、ダンスタブル公爵との会話を楽しむことができる人間だった。相手の魅力がどこにあるのかと尋ねられたら、公爵がしゃべるときに口髭が吹き上がるのを見るのが好きだと答えただろう。彼はその光景に飽きることがなかった。

「ねえ」公爵が座っているテラスにジョージがやって来て言った。「最新のニュースを聞いた？」

このいまいましい館で卵を好みの加減に茹でさせることは永遠に不可能なのかと考え込んでいた公爵は、われに返った。彼の口調は苛立っていた。まだ幼いジョージの高い声が不意に耳に入り、舌を嚙んでしまったからだ。

「いきなり耳元でキーキー言うんじゃない、坊主。まずラッパでも吹いてからにしろ。今何と言った？」

「最新のニュースを聞いた？って訊いた」

「最新の何だって？」

「一面のニュース。大スクープ。お祖父ちゃまが湖に飛び込んだ」

「何の話だ？」

「本当だよ。どこもかしこもその話で持ちきりさ。目撃した庭師から聞いたんだ。お祖父ちゃまは湖のほとりを歩いていて、急に立ち止まると、一瞬考えた。そして、飛び込みの選手みたいに両手を大きく広げてダイブしたんだって」ジョージは言い、期待のこもった眼差しで口髭を見つめた。

期待は裏切られなかった。口髭は突風の前の枯葉のように踊った。

「湖に飛び込んだのか？」

「うん、そうしたんだって、アニキ」

「アニキなんぞと呼ぶんじゃない」

「わかったよ、ボス」

公爵はしばし葉巻を吹かした。

「その庭師が、伯爵が水中に飛び込むのを見たというのだな」

「イエス、サー」

「服を着たままで？」

「そう。衣《ころも》をまとったまま、飛び込んだ」ジョージは前の学期に、白いハツカネズミを教室に持ち込んだために、シェイクスピアの『ジュリアス・シーザー』のその有名なくだり（第一幕第二場、キャシアスの台詞）を五十回書かされたのだ。「すごく活発だよね？　そう思わない、一世紀もののお祖父ちゃまにしては」

「一世紀ものとは、どういう意味だ？」

「だって、もうすぐ百歳でしょ」

「あいつは俺と同い年だぞ」

「へえ？」ジョージは、公爵がとうに齢百《よわい》を超えていると思っていた。

「しかし、一体全体、何だってそんなことをしたのだ？」

「さあ、やってみたくなっただけかも。あーあ――ぼくがカメラを持ってそこにいればなあ」ジョージはそう言うと、行ってしまった。公爵はこの衝撃的な展開についてしばし深く考察してから立ち上がり、足音も荒く、レディ・コンスタンスを捜しに出かけた。今聞いた事実から、トップ会談が必要であると確信したのだ。

彼女は自分の居間にいた。同席しているラヴェンダー・ブリッグズの姿はまるで眼鏡とノートが座っているように見える。秘書の業務の一端として、全般的な指示を仰いでいるところだった。

「ホォイ！」彼の声が、防音壁を破るかのように轟いた。

「もう、アラリックったら！」レディ・コンスタンスは跳び上がり、困惑して言った。「ぜひノックしていただきたいものだわ」

「『もう、アラリックったら！』はもう沢山だ」公爵はこの種のことに関しては常に頑固だった。「しかも、ノックする意味がどこにある？　きわめて重大な件に関して君と話がしたい。しかも内輪の話だ。お前は出ていけ」とラヴェンダー・ブリッグズに言った。目下の者にはぞんざいな男なのだ。

「エムズワースのことだ」

「彼のどんなこと？」

「彼のどんなことか、すぐに教えてやるよ、このアホ面《づら》した女が出ていったらな。こいつが耳をそばだてて割り込んできたら、話を全部聞かれちまう」

「外してください、ミス・ブリッグズ」

「仰せのとおりに」ラヴェンダー・ブリッグズはそう言うと、肩をそびやかして出ていった。

「本当に、アラリックったら」ドアが閉まると、レディ・コンスタンスは幼なじみならではの率直さで言った。「あなたのマナーときたら、豚並みね」

公爵はこの批判に激しく反応した。ハムの塊のような手で机をバンと叩くと、インク壺と、写真立て二つと、バラを活けた花瓶が次々と倒れた。

「豚！　それこそキーワードだ。ここへ来たのは豚の話をするためだ」

レディ・コンスタンスはむしろインク壺と、写真立て二つと、バラを活けた花瓶の話をしたかったが、彼はそんな隙を与えなかった。昔から止めるのが難しい男なのである。

「あれが諸悪の根源だ。あいつにまったく悪い影響を与えとる。そんなインクにかまけていないで、俺の話を聞け。俺は、あいつを今日《こんにち》のあいつにしたのは、豚だと言いたい」

「あら、まあ！　誰を今日のあいつにしたというの？」

「エムズワースだよ、もちろん、この馬鹿め。誰の話をしていると思ったんだ？　コンスタンス」公爵は持ち前のよく通る大きな声で言った。「前にも言ったが、もう一度言う。エムズワースを脳病院に入れたくなかったら、あの豚をあいつの人生から排除せねばならん」

「そんなに怒鳴らないで、アラリック」

「怒鳴るさ。この件に関しては強く思うところがある。豚があいつの脳みそに影響しているのだ、もともと足りない脳みそにな。あの豚をダービーに出場させたいと言ったことを覚えているか？」

「その話は彼にしました。そんなことは言わなかったそうよ」

「ふん、彼は言ったね！　この耳ではっきりと聞いた。ともかく、その件はどうあれ、彼がイカレかけているのは否定できないし、それは豚のせいだと俺は考えている。豚こそ、あいつが精神のバランスを欠いた根本原因だ」

「クラレンスは精神のバランスを欠いてはいません」

「バランスを欠いていない、そうか？　君はそう思うのだな。今朝の事件はどうだ？　湖は知っているな？」

「もちろん、湖は知っているわ」

「あいつはそのほとりを歩いていた」

「なぜ湖のほとりを歩いてはいけないの？」

「歩いていけないとは言っていない。俺としては、あいつが湖のほとりをヨロヨロになるまでほっつき歩いたって構わない。ただし、服を全部着たまま飛び込んだとなると、少しは考えざるを得ない」

「何ですって！」

「あいつがそうしたと、ジョージの坊主が教えてくれた」

「服を着たまま？」

「衣をまとったまま」

「まあ、本当に！」

「なぜそれほど驚くか、わからん。俺は驚かなかったぞ。気の毒にはなったが、驚きはしなかった。前々から、こんなことが起こるような気がしていた。豚と始終つきあっているせいで知力が鈍った人間がいかにもしそうなことだ。だから豚を片づけろと言っている。豚を処分する、それですべて丸く収まる。エムズワースを正気に戻す術があるとは言わない、奇跡を期待しても仕方ないからな。しかし、あいつを常に浮き足立たせているあの豚さえいなければ、症状はぐっとよくなるはずだ。頭がだいぶはっきりして、馬鹿さ加減も和らぐだろう。ほら、君も何か言わんか。ただ座っているだけではどうにもならんぞ。行動だ、行動」

「どう行動するの？」

「誰かに数ポンドつかませて、あの気色悪い豚をくすねてどこかへ追っ払ってもらおう。そうすれば、エムズワースに悪影響を及ぼさなくなる」

「まさか、アラリック！」

「それしか道はない。あいつはあの動物を売ろうとはしない。昔、何度も頼んだ。『五百ポンド現金で払ってやるよ、あのブーブー鳴く脂肪の塊に』とな。俺は言ったよ、『お前がうんと言いさえすれば、あの胸くそ悪くなる動物をすぐさまウィルトシャーの屋敷へ送り、輸送費も全部こっちが持ってやる』と。あいつは断ったうえに、ひどくヘソを曲げた。あれは頭に血が上っとる」

「でも、あなた、豚は飼っていないでしょう」

「むろん、飼っていないさ。それを忘れるほど間抜けじゃない。だが、そのために五百ポンド払う用意はできている」

　レディ・コンスタンスは目を瞠った。

「クラレンスのために？」驚いて尋ねた。この客人にそれほどの利他精神があると信じてはいなかったのだ。

「いや、まさか」公爵は自分がそのような動機を持てると思われたことに気を悪くして言った。「あれでちょっと金儲けができるのさ。あの動物に二千ポンド払ってもいいという人間を知っている」

「驚きだわ！　誰が……あら、クラレンス！」

　部屋へ飛び込んできたエムズワース卿は何らかの強い感情にとらわれているのが一目瞭然だ。穏やかな目は鼻眼鏡を通してギラギラと光り、体は音叉のごとく小刻みに震えていた。

「コニー」その叫び声からは、彼がかなり追い詰められていることがわかる。「あのいまいましい子供たちをどうにかせんか！」

　レディ・コンスタンスはうんざりしてため息をついた。またもや朝から忍耐力を試される羽目になった。

「子供たちって？　教会少年団のこと？」

「え？　そう、まさしく。あいつらを城の敷地へ入れたのが間違っていた。今さっきわしが見つけた一人は、何をしていたと思う？　何の用もないのにエンプレスの豚舎で手すりから身を乗り出し、紐にくくりつけたジャガイモを彼女の鼻先にぶら下げて、届きそうになるとぐいと引き上げてお預けにしたのだ。おかげでエンプレスはこれから何日も消化不良に陥るだろう。どうにかしろ、コンスタンス。あの子供は取り押さえて、厳しく罰する必要があるぞ」

「もう、クラレンスったら！」

「つべこべ言うな。あいつはきつく懲らしめてやらねばならん」

「話は変わるが」と公爵が言った。「お前のあの臭い豚を売ってくれないか？　六百ポンド出す」

エムズワース卿は憤慨して相手を見つめた。鼻眼鏡の奥で目が熱い光を放つ。ジョージ・シリル・ウェルビラヴドでさえ、公爵にこれほどの嫌悪感を抱かないだろう。

「もちろん、売るものか。もう十回以上言っただろう。何があろうと、エンプレスを売ろうなんて夢にも思わん」

「六百ポンドだぜ。さあ、これが最後のチャンスだ！」

「六百ポンドなんぞ要らん。金ならたんまりある、たんまりな」

「クラレンス」レディ・コンスタンスも話題を変えて言った。「今朝、服を全部着たままで湖に飛び込んだというのは本当なの？」

「え？　何？　そう、たしかに。服を脱ぐまで待てなかった。ただ、それは丸太だったが」

「何が丸太だったの？」

「子供だ」

「どの子供？」

「丸太だ。ええい、ここで話していても埒《らち》が明かん」エムズワース卿は苛立たしげに言い、急いで出て行ったが、戸口で振り返り、レディ・コンスタンスに、どうにかしろと繰り返した。

公爵は口髭を数インチ（一インチは二・五四センチメートル）吹き上げた。

「見たか？　だから言ったろう？　完全に気がふれている。ほとんどせん妄状態だ。危害を及ぼすのも時間の問題だろう。ところで、俺は、あの肥えた豚に二千ポンド出すと言う男の話をしていたのだ。昔、ロンドンで暮らしていた若い頃の知り合いだ。当時はパイクと言う名だった。われわれはスティンカー（「悪臭を放つ人・鼻持ちならない人」の意）・パイクと呼んでいた。その後、新聞やら雑誌やらを出して一財産つくり、爵位まで手に入れた。今じゃティルベリー卿と称している。君も会っただろう。あいつはこの城に滞在したことがあると言っていた」

「ええ、長くはいなかったわ。弟のギャラハッドが昔、彼を知っていたとか。ミス・ブリッグズはここへ来る前、彼の秘書だったのよ」

「ミス・ブリッグズはどうでもいい、あんな眼鏡女、糞食らえ」

「ついでに言っただけよ」

「二度と言うな。何を言おうとしていたか忘れちまったじゃないか。ああ、そうだ。この間、スティンカーにクラブでバッタリ会って話しているうちに、俺がブランディングズ城へ行くと言ったら、豚の話になった。あいつはバッキンガムシャーの屋敷で豚を飼っているらしい。いかにもあいつらしい馬鹿げた趣味だ。それで、エムズワースの気色悪い豚を一眼見たときから、欲しくてたまらなくなったそうだ。わざわざ俺に、あの豚を自分の養豚場に加えるためなら二千ポンド出すと言ってきた」

「奇特な方！」

「千載一遇のチャンスだ」

「クラレンスにも道理をわからせなくては」

「誰にそれができる？　俺には無理だ。たった今、あいつが話すのを聞いたろう。それに、あの生き物をくすねるのは君にもできないだろう。もうどうにもならん。協力体制ってものがない、それがこのどうしようもない城の欠点さ。俺がまたここへ来る可能性はいたって低いぞ。君には寂しい思いをさせるが、致し方ない。悪いのはそっちだ。散歩してくる」公爵はそう言うと、その言葉どおり出ていった。

3

エムズワース卿は精神構造に攻撃的性質をほとんど持たない男だった。信条は共存共栄。彼の心を波立たせるものはほとんどなく、例外は妹のコンスタンス、秘書のラヴェンダー・ブリッグズ、ダンスタブル公爵、そしてありがたいことに今はアメリカにいる次男坊フレデリックだけだ。唇からは「平安」という語が自然に出てくる。

ところが、教会少年団に鎧を貫通されたことにより芽生えた反感は、あたかも特許を取得した肥料を施された灌木のごとく、彼の内部で伸長していた。そして、彼はあの若き不良どもに負わされた傷についてどす黒い考えを巡らせていたのだ。

シルクハット事件は見逃してやってもいい。あの種の被り物を頭に乗せた男性が目の前にいて、手近に硬いロールパンがあれば、年端のいかない少年たちが冷静な判断力を失うのは、ほぼ必定である。湖から上がった彼を迎えた少年たちの楽しげな笑い声はナイフのように心を切り裂いたものの、百歩譲って、許してやってもいい。しかし、ブランディングズ城のエンプレスの眼前にジャガイモをぶら下げ、彼女が食いつこうとすると引き上げて、彼女の繊細な消化系の調子を乱したのは、一線を越えていた。ハムレットなら言うだろう、彼らの罪は悪臭を放ち、天まで臭うと（シェイクスピア作『ハムレット』第三幕第三場、クローディアスの台詞）。そして、もしも天がしかるべき罰を下さないとすれば——今のところ当局が動く兆候はまったく見られない——、別の誰かが対応せねばならん。その誰かとは、間違いなくイッケナムだ。さっき彼が立ち去ったとき、イッケナムは現状を分析していた。そろそろ彼の豊かな知能が適切な報復法を探り当てた頃ではあるまいか。

そこで、エムズワース卿はレディ・コンスタンスの私室を出ると、ハンモックのところまで行き、哀れっぽい声でことの次第をイッケナム卿の耳に入れた。彼の反応はエムズワースを失望させなかった。鈍感な人間なら一笑に付すであろうところ、イッケナム卿は真剣そのものだった。少しも緩めない口元が、城主の話に滑稽さをみじんも見出していないことを示していた。

「ジャガイモ？」イッケナム卿は眉を寄せて言った。

「大きなジャガイモだ」

「紐につけて？」

「そう、紐につけて」

「そして、それを引き上げた？」

「何度も。エンプレスはさぞ悔しかったに違いない。ジャガイモには目がないからな」

「それで報復したいのだな？　何か対抗手段が必要だと思うのか？」

「え？　そう、いかにも」

「打ってつけの方法がある」イッケナム卿は励ますように言った。「それを伝授しよう。いいか、これは単なる提案だが、私が君の立場にあれば、きっとこうするな」

「どうするのだ？」

「時機をうかがい、夜明け前にこっそり湖畔へ下り、彼らのテントのロープを切るのだ。今よりも少し若く意気盛んな頃、オールダーショット（ロンドンの南西にある町で、軍事訓練所を含む大規模な陸軍基地がある）のパブリックスクール・キャンプでよくやった。丁重な仕返しになるはずだ」

「おお、その手があった！」エムズワース卿は言った。

彼の口調は不意に活気づいた。四十六年の歳月が消え去った。四十六年前、オールダーショット基地のイートン部隊の年少組だった頃、その種の行為に巻き込まれたことがある。当時は受ける側であって、仕掛ける側ではなかった。イートン校を毛嫌いする別の学校の若き無法者たちが、彼が仮眠をとっていた衛兵テントのロープを切断したのだ。不意にキャンヴァス地の繭にがんじがらめに閉じ込められたときの気持ちは、今でもはっきりと覚えている。全生涯――当時は十五年ほどだった――が目の前を通り過ぎていった。同じ体験をあの教会少年たちにさせようと提案したイッケナムがいつもながら優れた実践的感覚を見せてくれたことを、エムズワース卿は痛感した。

少しの間、彼の穏やかな顔は輝いていた。そして、その顔から光が消えた。コニーの不興を買うのが必至である企てに手を染めるのは賢明だろうかと、自問したのだ。恐ろしいほど鼻が利くコニーは何でもお見通しだから、この大義ある復讐の行為が兄の仕業だと嗅ぎつけたら……。

「よく考えてみるよ。ヒントをありがとう」

「お安いご用だ」イッケナム卿は応じた。「暇な折にじっくり考えるといい」

第五章

1

公爵は歩いているうちにエンプレスの豚舎まで来た。そこで葉巻に火をつけ、手すりに寄りかかり、美豚が遅い朝食をとるのを眺めた。

ダンスタブル公爵とブランディングズ城のエンプレスの間には、かなり豊満な体型以外は、共通点がほとんどなかった。彼らの魂が交流することはない。したがって、それから十分間は心が通うこともなく過ぎた。公爵は黙って葉巻を吸い、エンプレスはひたすら、一日分で五万七千八百カロリーに及ぶ栄養の摂取に専念した。

エムズワース卿にはとても信じ難いことだろうが、この優等豚を見ていると、公爵は憂鬱な気分に沈んだ。眺めているうちに、称賛ではなく怒りが込み上げてきた。ウィルトシャーの自宅へ運べばきっかり千四百ポンドを銀行の残高に加えてくれるバークシャー種の雌豚がここで餌を貪っているのに、運搬する望みがないと考えたからだ。そう思うと心臓を刃物で一突きされたような気がした。

口髭を燃やしそうなところまで吸った葉巻を放り投げると、公爵は不機嫌そうに一声唸って背筋を伸ばし、高貴なる動物が蛋白質と炭水化物を貪るのに任せて立ち去ろうとした。そのとき、「失礼ですが」と声がし、振り返ると、ついさっき持ち場へ追い払ったアホ面の女がいる。

「失せろ！」彼としては丁寧に言った。「俺は忙しい」

気弱な女性なら怖気づき、恐れ入って撤退するところだが、ラヴェンダー・ブリッグズはすっくと立ち、少しもうろたえずに威厳と冷静さを保っていた。いかに頭が禿げ上がって口髭が白くなった男であろうと、マンモス出版社のティルベリー卿に仕えてきた女性を怯ませることはできない。

「公爵様に申し上げたいことがございます」彼女の声は冷静で平板で、ケンジントン（ロンドン中心部の裕福な地区）で育って秘書養成学校に何年も通った者にしか出せないものだった。「申し上げたいことというのは相手の顔が紅潮して紫に近い色になりつつあるのにも構わず、彼女は続けた。「エムズワース卿のこの豚についてでございます。先ほど、たまたま公爵様がレディ・コンスタンスにおっしゃっていたことが耳に入りました」

公爵のウェリントン公爵風の鼻の先を、髪の毛がハラリとかすめた。

「ふん、立ち聞きか？　鍵穴に耳をつけていたのか？」

「仰せのとおりです」公爵の嫌みな口調にびくともせず、ラヴェンダー・ブリッグズは答えた。彼女はその昔、嫌みの大家たちの言葉を散々浴びせられたのだ。「公爵様はレディ・コンスタンスに促しておいでした、誰かを買収してこの動物を盗ませろと。あの方のお返事は――」秘書はノートに書きつけた速記のメモを見た――「『まさか、アラリック！』、つまり、そのようなことを考慮なさるご覚悟がないという意味です。私にご提案くだされば、あんなつれない返事をお聞きにならずに済んだのに」

「どんな返事だと？」

キツネ目型の眼鏡の奥に一瞬、軽蔑の色がちらついた。彼女の交際範囲においては文学的隠喩を持ち出せば打てば響く反応があるのに、面前の相手がまったく無反応なので、見下すような目になったのだ。公爵を無教養な田舎者の老人とあからさまに呼びはしなかったものの、彼を見る目からは、明らかにそうした非難の色が読み取れた。

「引用です。『おお、魂はなんとつれない返事を受け取ることか、われわれのこの人生において確信に燃えているときに』ジョージ・メレディス（一八二八—一九〇九、イギリスの詩人、小説家）の詩『現代の愛』第四十八連です」

公爵は頭がくらくらし始めたが、その軽いめまいと同時に、不本意ながらこの眼鏡女に対する敬意が芽生えていた。第四十八連とか何とかいう話だけならば、たんに女というもののわかりきった馬鹿さ加減を改めて示す例に思えるが、彼女の物言いからは、言うべきことがまだあり、いずれ有意義な本題に入りそうな印象を受けた。その印象は、彼女が言葉を続けるにつれて強まった。

「私たちがビジネス上の円満な協定を結ぶことができれば、私がこの豚を連れ出して公爵様のお住まいに連れて行けるようお手配いたします」

公爵は目を瞬いた。よりによってこんなことを持ちかけられるとは、夢にも思わなかった。エンプレスに目をやって体重が何トンか目測し、それからラヴェンダー・ブリッグズを見ると、好対照というべきか、この秘書はあまりにか細かった。

「お前が？　馬鹿を言うな。お前に豚が盗めるものか」

「もちろん、荒っぽい仕事は助手に業務委託いたします」

「誰に？　俺はやらんぞ」

「公爵様を念頭に置いていたのではございません」

「それなら、誰を？」

「これ以上具体的詳細を申し上げるのは控えたく存じます」

「なるほど。名が明かされなければ、罰せられないというわけか？」

「仰せのとおりです」

思慮に満ちた沈黙が訪れた。ラヴェンダー・ブリッグズは眼鏡をかけた彫像のように身じろぎもせずに立ち、公爵は新しい葉巻に火をつけてふかした。そのとき、エムズワース卿が現れた。牧草地をいつものぎこちない足取りで歩いてくる。彼の友人や取り巻きはその足取りを見るたびに、ゼンマイを途中までしか巻いていない機械仕掛けの玩具を思い出す。

「畜生！」公爵が言う。「エムズワースが来やがった」

「仰せのとおりです」ラヴェンダー・ブリッグズが言う。この会談を延期してより適切な時と場所で行うべきであるのは、彼女には明らかだった。それに、何よりも、謀略は秘密裏に練らなくてはならない。「公爵様、後ほど私のオフィスにお運びいただけますか」

「それはどこだ？」

「ビーチが案内してくれるでしょう」

十五分ほど後で、公爵が執事の案内でたどり着いた秘書室は廊下の突き当たりの、オランダ式庭園に面した小部屋だった。秘書自身と同様、この部屋もきちんと片づき、飾り気がなく質素だ。タイプライターの載った机とテープレコーダーの載ったテーブルがあり、壁際には書類整理棚、椅子が机の向こうに一脚、手前にも一脚あって、いずれも固く実用本位だ。この部屋で唯一、美を許容されているのは、窓際に活けられた生花だった。公爵が入っていくと、彼女は机の向こうの椅子に座っていた。公爵はもう一脚の椅子を疑いの眼差しで眺め、貴族のなかで最大級の臀部を支え切れるか訝りつつ腰を下ろした。

「今さっきお前が言ったことを考えてみた」公爵が言った。「俺の代わりに豚を盗んでくれる件だ。お前が言っていた助手の件。確実に雇えるのか?」

「確実です。実際、助手は二人必要になりましょう」

「ほう?」

「一人が押して、一人が引くためです。特大サイズの豚ですから」

「ふむ、なるほど、そうだな。ふむ、たしかに。お前が言うとおり、特大サイズだ。それで、二人目も確保できるのか?」

「できます」

「よろしい。それでは、これで決まりだな、どうだ? お膳立ては整った」

「条件以外は」

「え?」

「覚えておいでではありませんか、ビジネス上の円満な協定と申し上げたのを? 当然ながら、仕事に対する見返りをいただけるものと考えております。タイピング事務所を始める資金がどうしても必要なのです」

公爵は小銭も粗末にしない堅実な男だったので、こう言った。「タイピング事務所だと? どういう場所か知っているぞ。タイプライターが沢山あって、それを娘っ子たちがうるさい鋲打ち機みたいにバチバチ叩きまくっているところだろう？　それなら大金は必要なかろう」ラヴェンダー・ブリッグズは、この見解の誤りを正しながら、できるだけ多くもらいたいと言った。

「五百ポンドいただきとうございます」

公爵の口髭が生きているかのように跳び上がった。彼は目をむいた。ありとあらゆる感情が同時に押し寄せているように見える。

「五……何？」

「もっと少ない金額をお考えでしたか？」

「十くらいかと思っていた」

「十ポンド？」ラヴェンダー・ブリッグズは憐れむような微笑を浮かべた。知人がホラティウスの詩を引用して韻の踏み方を間違えたときに浮かべる微笑だ。「それならお手元にはかなりの利益が残るでしょう、違いますか？」

「え？」

「公爵様はレディ・コンスタンスにおっしゃいました。あの動物に二千ポンド払ってもいいと言うご友人がいらっしゃると」

公爵はしばし何も言わずに口髭を噛みながら、あからさまにしゃべり過ぎたことを悔いていた。

「コニーをからかっていたのさ」精いっぱい取り繕いながら言った。

「そうですか？」

「罪のないちょっとした冗談さ」

「本当に？　私はオ・ピエ・ド・ラ・レットルに受け取りました」

「オ・何だと？　ド・何だと？」公爵は英文学のみならずフランス語もおぼつかなかった。

「額面どおりに、受け取りました」

「しつこいぞ。俺が彼女をからかっているのを見て、面白おかしい話に仕立てようという魂胆だな」

「それは、公爵様のお言葉から私が受けた印象とは異なります。あのとき――」秘書はノートを参照した。「あのとき、公爵様はおっしゃいました。『あの動物に二千ポンド払ってもいいという人間を知っている』と。公爵様はお言葉どおりのことをおっしゃっていると、私は確信いたしました。残念ながら、ちょうどそのときにエムズワース卿がいらして、私はドアから離れざるを得ませんでしたから、公爵様が口にされたご友人のお名前は確かめられませんでした。確かめられていれば、その方と直接取引をして、この計画には公爵様は登場なさらなかったはずです。このままいけば、公爵様は何もせずに千五百ポンドを入手されることになります。公爵様の目からご覧になれば、たいへんご満足のいく状況ではないかとお察し申し上げております」

秘書は口をつぐんだ。心の中ではエムズワース卿を恨み、あれほど大事な瞬間に邪魔をするとはいかにも彼らしいと感じていた。到着をほんの三十秒でも遅らせてくれれば、その金離れのいい愛豚家の正体がわかり、仲介者は不要になっただろうに。一瞬、あるイメージが彼女の眼前に浮かんだ。頑丈な雨傘を武器とし、思い切り振りかぶって雇い主の頭上に振り下ろす自分自身の姿だ。馬鹿げた夢想に過ぎないことはわかりきっていたものの、それでほんの少し憂さが晴れた。

公爵は座ったまま、葉巻を嚙んでいた。相手の言い分はもっともだと認めざるを得なかった。五百ポンドを手放すのは吝嗇家にとって痛恨の極みとはいえ、とどのつまり、彼女が示唆したように、残りの千五百は悪くない額であり、おおむね濡れ手で粟と言っていいだろう。

「よろしい」公爵はその言葉を発しながら痛みを覚えたが、ラヴェンダー・ブリッグズは口をほんの少し左側へ歪めた。それが微笑むときの彼女のやり方なのだ。

「わかってくださると確信しておりました。それでは契約書を交わしましょう」

「いや」公爵は、亡き父から受けた数少ない良識的助言の一つ「わが息子アラリックよ、何事も文書にしてはいかん」を思い出していた。「いや、ごめんこうむる。契約書だと！　生まれてこのかた、これほど馬鹿げた提案は聞いたことがない」

「それでは小切手をお願いせねばなりません」

公爵は椅子に座ったままで可能なかぎり、後ずさりした。

「何と、前金でか？」

「仰せのとおりです。小切手帳をお持ちでしょう？」

「いや」公爵は一瞬、明るい表情になって言った。瞬間的に、これですべて解決されたような気がしたのだ。

「それでは今晩いただきます」ラヴェンダー・ブリッグズは言った。「そして、とにかく私の言うことを繰り返してください。私ことダンスタブル公爵アラリックはここに、あなた、ことラヴェンダー・ブリッグズに、固く約束します、あなたがエムズワース卿の豚、ブランディングズ城のエンプレスを盗み、ウィルトシャーの拙宅まで運んだら、あなたに五百ポンドを支払うと」

「くだらん」

「それでも、口頭のみでも正式な契約は是非とも必要です」

「ああ、わかった」

公爵はくだらないと思いながら彼女の言葉を繰り返した。女の機嫌は損ねないようにせねばならない。

「ありがとうございます」ラヴェンダー・ブリッグズはそう言うと、豚係のジョージ・シリル・ウェルビラヴドを捜しに田園へ向かった。

2

ジョージ・シリルが菜園の脇の物置小屋で午前の休憩をとっていると、ラヴェンダー・ブリッグズがやって来た。彼が常に発散している濃厚な豚の臭いのおかげで居場所を突き止めたのだ。小屋へ入ってきた彼女が後ろ手にドアを閉めると、彼はいささか驚いてビール瓶を唇から離した。折に触れて彼女を見かけ、誰かは知っていたものの、この秘書と知り合う光栄には浴していなかったし、この訪問に値する名誉ある行いを自分がしたとも思えなかった。

彼女は単刀直入に話を始めるのではなく、まず予備交渉と呼ぶものに取りかかった。

「ウェルビラヴド」彼女が口火を切り、交渉が始まった。「マーケット・ブランディングズのパブであなたについて尋ねてみたところ、あなたの名前を聞いた相手は皆、あなたがまったく信用できず、お金のためなら良心の呵責もこだわりもなく何でもする男だと言っていました」

「誰が――俺が？」ジョージ・シリルは目を瞬《しばたた》かせながら言った。前にも同じようなことを度々言われたが、それは遠慮のない連中とつきあっていたからであって、ケンジントン訛りで言われると、はるかに人聞きが悪く棘のある言葉に思えた。一瞬、相手の鼻に一発お見舞いしてやるべきかと自問したものの、やめておいた。こういう女の仲間にはどんな有力者がいるか、わかったものではない。そこで、腕をしきりと左右に振るだけにしておいたが、そのせいで豚の香りが小屋中にさらに濃厚に広がった。「誰が——俺が?」彼はもう一度言った。

ラヴェンダー・ブリッグズは香水をしみこませたハンカチを取り出して、顔に当てた。

「歯痛かい?」ジョージ・シリルが身を乗り出して尋ねた。

「ここはちょっと換気が悪いわね」ラヴェンダー・ブリッグズは澄ましてそう言い、予備交渉に戻った。「たとえば、〈エムズワース・アームズ〉（「エムズワースの紋章」）では、あなたなら自分のお祖母さんを二ペンスで売りかねないと言われました」

ジョージ・シリルは自分には祖母はいないと言い、かなり腹を立てた。ラヴェンダー・ブリッグズは、もしもお祖母さんがとっくにお星様になっていなければ、どうせ大安売りしたでしょうと言ったが、いいお祖母さんなら少なくとも二シリング（十二ペンスで一シリング、二十シリングで一ポンド）の値がつくはずだ。

「〈カウズ・アンド・グラスホッパー〉（「雌牛と蝗（いなご）」）では、あなたがしみったれたケチなこそ泥だと皆が言っていました」

「誰が——俺が?」ジョージ・シリルは不安そうに言った。きっと、あの葉巻のせいだろう。葉巻紛失事件の疑いが自分にかかるとは思いもしなかった。手を十分に素早く動かさず、人目を誤魔化しきれなかったに違いない。

「それから、あなたはエムズワース卿のところに戻る前にサー・グレゴリー・パースロウに雇われていたようだけれど、そこの執事は、あなたにいつも煙草とウイスキーをくすねられていたと言っていました」

「誰が――俺が?」ジョージ・シリルがそう言ったのは四度目で、その口調には今や怒りが込められていた。サー・グレゴリーの執事ビンステッドは仲間だと、しかも頼れる相棒だと、ずっと思っていたからだ。それなのに、そんなことを言ったのか? 預言者ゼカリヤさながら、彼はこう独りごちた。

「私は友人の家で傷を受けた」(旧約聖書ゼカリヤ書第十三章第六節)

「つまり、あなたの倫理基準は取るに足らないものと証明されました。そこで」ラヴェンダー・ブリッグズは言った。「エムズワース卿の豚を盗んでもらいたいのです」

別の人間ならば、その言葉を聞いて驚愕しただろうし、五度目の「誰が――俺が?」が発せられると予期しただろうが、ジョージ・シリル・ウェルビラヴドにその要請をした秘書は、そう遠くない過去に実際にエムズワース卿の豚を盗んだ男を相手にしていた。それは長く込み入った話で、関係者全員の信用を著しく貶める内容なので、ここで詮索するのはやめておこう。ただ、その一件に言及したのは、ジョージ・シリル・ウェルビラヴドの振る舞いを説明するためである。彼は仁王立ちもせず、自分の信頼ある立場を台無しにするなんてとんでもないと一喝もせず、ただビール瓶で顎を撫で、興味ありげな顔をしただけだった。

「あの豚をくすねる?」

「まさしく」

「なぜ?」

「なぜかは気にしなくてよろしい」

ジョージ・シリルにとっては、なぜかが気になった。

「なあ、頭を使いなよ、秘書さん」懇願する口調だ。「いきなりやって来て、豚をくすねろと命令し、なぜやるか、誰のためにやるか、その他もろもろ、ちゃんと説明しないってのはひどいぜ。今度は誰があの豚を欲しがっているんだい?」

ラヴェンダー・ブリッグズは率直に話そうと決めた。公平な精神を持つ女性だったから、彼の言い分ももっともだと思ったのだ。中世の下っ端刺客でさえ、誰かに短刀《ポワニャール》を突き立てる前には、誰のために仕事をしているのかを知りたかったのではないか。

「ダンスタブル公爵です」秘書は言った。「あの動物をウィルトシャーの公爵の館まで連れて行ってもらいたいのです」

「ウィルトシャー?」ジョージ・シリルは信じられない様子だ。「ウィルトシャーと言ったのか?」

「公爵はそこに住んでいます」

「それで、ウィルトシャーまでどうやって行くんだ、豚を連れて? 歩けというのか?」

ラヴェンダー・ブリッグズは苛立って舌打ちをした。

「札付きの仲間がいるでしょう、自動車の類を持っていて、あなたと同じくらい良心を持ち合わせない人間が。疑われるかもしれないと思うなら、その心配は無用。作戦は早朝に実行します。あなたがベッドで寝ていないなんて誰も夢にも思わない時刻に」

ジョージ・シリルはうなずいた。理にかなった話だ。

「よし、そこまではいい。だが、いわゆる技術的な面を見過ごしていないか? あれだけ大きな豚だ、俺一人では盗めない」

「仲間が一人加わります」

「仲間?」

「そのとおり」

「誰がそいつに金を払う?」

「その人は報酬を求めません」

「頭がおかしいんじゃないか。まあ、それならそれでいい。さて、あとは金額の件だ。真面目な話、この仕事で俺の取り分はいくらだ?」

「五ポンド」

「五?」

「それでは十」

「五十はもらってもいいんじゃないか」

「それは大金です」

「大金が好きなんだ」

素早く決断すべきときだ。ラヴェンダー・ブリッグズは公爵同様、小銭も粗末にしない堅実な人間だったが、現実主義者でもあり、投機なくして蓄財はできないことを心得ていた。

「よろしい。その点であなたの要望に沿うよう、間違いなく公爵を説得できます。あの方はお金持ちですから」

「金持ち!」ジョージ・シリル・ウェルビラヴドは声を上げ、われを忘れて口の端から吐き出すように言った。「あいつはどうやって金持ちになった? 貧乏人から搾り取り、後家と孤児の口からパンを取り上げた。だが、赤い夜明けがやって来る」お得意のテーマに、すっかり調子づいている。「近いうちにパークレーン（ロンドン中心部の通り）は血の川となり、街灯に抑圧者たちの死体が吊り下げられる。ダンスタブルの旦那もその一人だ。そして、そこで縄を引くのは誰だ？　俺さ。喜んでやってやる」

ラヴェンダー・ブリッグズはそれに対して何も言わなかった。交渉相手の将来計画には関心がなかったが、公爵たちを街頭に吊るすことには基本的に賛成だった。彼女の頭にあるのは、しごく円満なビジネス上の協定が結べたという思いだけで、よきビジネスガールらしく、静かな高揚感に浸っていた。五百ポンドの代わりに四百五十ポンドの儲けとはなったものの、経費がかかることは織り込み済みだった。

交渉はまとまり、条件も整った。ジョージ・シリル・ウェルビラヴドは言い分が認められたと感じ、ビール瓶を唇に持っていったが、その光景を見て、秘書はもう一つ言わなくてはならないことがあるのを思い出した。

「もう一つだけ」彼女は言った。「お酒には手を出さないこと。あなたが関与するのは、細心の注意を要する作戦です。失敗は許されません。明晰かつ機敏でなくてはいけない。だから、もう飲んでは駄目」

「もちろん、ビールはいいよな」

「ビールもなし」

ひっくり返した手押し車に座っていなければ、ジョージ・シリルはよろめいていただろう。

「ビールもなし？」

「ビールもなし」

「ビールもなしってことは、ビ、ビ、ビールも駄目ってことか？」

「そのとおり。あなたからは目を離さないし、私なりの方法で何もかも調べられます。飲んでいたとわかれば、五十ポンドはなし。私の言うことがわかりますか?」

「仰せのとおりに」ジョージ・シリル・ウェルビラヴドは渋々言った。

「それなら、よろしい」ラヴェンダー・ブリッグズは言った。「よく覚えておきなさい」

彼女は小屋を出ると、鼻が曲がりそうな空気から解放されたことを喜びながら、城館へ戻ろうと歩き始めた。次はイッケナム卿の友人カスバート・メリウェザーと一刻も早く話がしたかった。

3

ハンモックに身を横たえ、唇に挟んだ煙草でくつろぎながら、大いなる思考に頭を忙しく働かせていたイッケナム卿は、背後に感情的な息づかいを感じ、一人きりの時間に邪魔が入ったことを悟った。そして、息づかいの主が視界の範囲に入ってくると、それが一瞬恐れていたダンスタブル公爵ではなく、若き友人マイラ・スクーンメイカーにすぎないことがわかった。マイラと言葉を交わすためなら、思考を中断するのもやぶさかではない。

礼儀正しく身を起こすと、娘が何かに憤慨していることが見てとれた。目は血走り、物腰は全速力で駆けたあと冷却用蒸気を求めて喘ぐ鹿を思わせた。そして、彼女の第一声は、彼の分析が正しかったことを物語った。

「ああ、フレッドおじさん!　ひどいことが起きたの!」

彼は宥めるように彼女の肩をたたいた。悩みを打ち明ける人たちは、いつも彼が絶好調のときに現れる。彼の魔法にかかれば、甥のポンゴの震える神経系統さえ鎮まるのだった――ドッグレースに出かけた日はその限りではなかったが。

「マイラや、さあ、ハンモックに乗って、おじさんに全部話してごらん。そんなに高ぶっちゃいけない。このハンモックに身を預ければ、どんな悩みであれ、ブランディングズ城ではよくある想定内の事柄にすぎないことがわかる。君自身もそろそろ気づいたかもしれないが、ブランディングズ城は弱虫のための場所ではない。心配事とは何だい？」

「ビルのことなの」

「ビルが何をした？」

「ビルがしたことではないの、彼は哀れな仔羊だわ。ビルがされたことなの。あの秘書の女はご存じでしょう？」

「ラヴェンダー・ブリッグズ？　彼女とはいい友人だよ。エムズワースは彼女を嫌っているが、私は、何となく抗えない魅力を感じる。初めて幼稚園に通い出した頃、幼少期の私が夢中になったダンスの先生を思い出させるのだ。夢中といっても、厳密には恋ではなく、畏怖を込めた一種の尊敬だな。同じものをラヴェンダー・ブリッグズにも感じる。この間、彼女とじっくり話したよ。タイピング事務所を始めたいが、資金が足りないと言っていた。なぜ私に打ち明けたのかはわからない。きっと、例の類まれな共感の素質が私にあるからだろう。皮肉屋は、彼女が金の無心をしようとしたと言うかもしれないが、私はそうは思わん。ただ――それはスウェーデン体操かね？」彼は話を中断して尋ねた。

相手が腕をしきりと振っていたからだ。

「おしゃべりしすぎよ、フレッドおじさん！」

イッケナム卿は非難されても仕方がないと気づいた。彼は謝った。

「すまない。私の悪い癖だ、これからは直すよう努力する。ラ・ブリッグズに関して何を言おうとしていたのかな？」

「あの人はおぞましい脅迫者よ！」

「あの人が何だって？　驚いたね。誰が――というより、誰を――脅迫しているんだい？」

「哀れな天使、ビルよ。あの女が彼に、エムズワース卿の豚を盗めと言ったの」

　イッケナム卿を跳び上がらせるのは至難の業だ。しかし、マイラの言葉はそれをやってのけた。分別ある男は、ことにブランディングズ城に滞在中は、常にいかなる事態にも備えねばならぬというのが彼の処世訓だったが、実際、これには虚をつかれた。彼の口髭は小ぶりで、公爵のそれのようにフサフサでもモジャモジャでもなく、跳ね上がりもしなかったものの、見るからに震えていた。彼は若き友マイラの顔を、何杯かひっかけた人の顔を見るかのように眺めた。

「一体全体、どういう意味だい？」

「言ったとおりよ。あの女は、ビルにエムズワース卿の豚を盗むよう命じたの。誰が黒幕なのかわからないけれど、とにかく誰かが豚を欲しがっていて、あの女はその人の手先として、私の愛しい哀れなビルを助手として徴用したの」

　イッケナム卿はそっと口笛を吹いた。ブランディングズ城では一瞬たりとも退屈な時がない。最初は半信半疑だったものの、今ではこの娘の話に信憑性があることがわかる。人を雇って豚を盗ませる者は、手先となる人間が雇うに値することを知っており、この企ての主導者が誰であれ、ラヴェンダー・ブリッグズにそれなりの金で報いるに相違なく、それによって彼女は自身のタイピング事務所を始めることができる。すべては単純明快、ブリッグズがこの計画に熱を入れるのも理解できるが、首を傾げたくなる疑問が残っている。彼女がなぜカスバート・ベイリー師を協力者として選んだかだ。一体全体なぜだろうと、イッケナム卿は考えた。二人はほとんど互いを知らないはずなのに。

「だが、なぜビルを？」

「なぜビルなのかっていうこと？」

「そうだ。なぜ、よりによって彼が選ばれた？」

「あの女が彼の弱みを握っているから。最初から最後まで話しましょうか？」

「そうしてくれるとありがたい」

　ラヴェンダー・ブリッグズのような女たちは生きたまま皮を剝いで煮え立つ油に放り込めばいい、そうすればこの世はもっと明るくいい場所になるに違いない、と前置きしてから、マイラは話を始めた。

「ビルがさっき散歩をしていたら、あの女がやって来た。彼は『やあ、こんにちは。気持ちのいい朝ですね』と言った」

「それで、彼女は『仰せのとおり』と言った？」

「いいえ。あの女は『あなたにお話があるの、ベイリーさん』と言った」

「ベイリーさん？　彼女は彼の正体を知っているのか？」

「彼がこのお城に来た瞬間から、知っていたの。あの女はロンドンに住んでいたとき、ボトルトン・イーストあたりをうろうろして貧困地区で慈善活動か何かしていたらしくて、それで、もちろん彼を見かけたことがあったので、このお城に現れたとき、彼だとわかったようなの。ビルは記憶に残る顔をしているから」

イッケナム卿は同意した。たしかに彼の顔は網膜に刻まれやすい。それから、顔を曇らせた。当初の彼の考えでは、マイラが若い娘らしい些細な不満を訴えてきても、きっと思い過ごしだろうと踏んでいたが、これは重大な危機である。もしも断られたら、ラヴェンダー・ブリッグズはすぐにレディ・コンスタンスを味方につけ、それが最悪の結果を招くだろう。軽んじられた女の怒りは地獄よりも恐ろしい。自分が騙されていたと気づき、考えただけで身震いするほど何週間も嫌悪してきた牧師補を客としてもてなしていたと知った女の怒りもまた、しかり。疑問の余地なく、レディ・コンスタンスは立腹するだろう。侮辱されたことに怒り、憤慨のあまり、ビルのブランディングズ城滞在を急遽打ち切るだろう。わずか数分のうちに、魂の指導者たる不運な青年はこの楽園から追放される、天から落ちた明けの明星のごとく（旧約聖書イザヤ書第十四章第十二節）。

「それで？」

「あの女は、彼に豚を盗むよう命じた」

「それで、彼は何と言った？」

「地獄へ堕ちろと」

「牧師補らしからぬ助言だ」

「私は大まかに伝えているだけだから」

「仰せのとおり」

「実際には、彼はこう言ったの。エムズワース卿は自分をもてなし、とても親切にしてくれたし、愛すべき人だから、豚を盗んだせいで、あの白髪の伯爵が悲しみのあまりあの世に行っちゃったりしたら罰が当たるし、それはともかく、主教の耳に入ったら何と言われるか」

イッケナム卿はうなずいた。

「彼の言い分はもっともだ。牧師補は行いに気をつけないといかん。一つでも過ちを犯したら、そう、豚を盗んでいるところを取り押さえられたりしたら、はい、おしまい。枢機卿に上り詰める道はそれっきり断たれてしまう。それで、彼女は——？」

「よく考えるように言ったそうよ、あの——」

イッケナム卿は片手を上げた。

「マイラや、君の唇から今にも出ようとしているのがどんな言葉か、よくわかるが、それを言っちゃいけない。会話の水準は可能な限り高く保たなくては。この危機についてはよく考える必要がある、それは同感だ。いちばん簡単なのは、ビルがアラブ人のようにテントを畳んで静かに立ち去る（ヘンリー・ワーズワース・ロングフェローの詩「日の終わり」より）ことかもしれん」

「お城を出ていくっていうこと？　私を置いて？」

「それが賢明な道のように思える」

「立ち去るなんて、駄目よ！」

「豚を持ち去るよりはましだろう？」

「彼がここにいなければ、私、死んじゃうわ。もっといい方法はないの？」

「必要なのは時間を稼ぐことだ」

「どうやって？　あの——」

「言葉に気をつけて！」

「あの女は、明日までに返事するように言ったそうよ」

「そんなに早く？　それなら、いったん承知して、任務に備えて心を奮い立たせるのにもう二日欲しいと彼女に言うといい」

「何のために？」

「時間を稼ぐためだ」

「ほんの二日間よ」

「とはいえ、それはこの問題にイッケナムの頭脳の全力をぶつける二日間であり、その攻撃に耐えられる問題はあまりない。あえなく陥落するはずだ」

「それで、二日過ぎても何も思いつかないとしたら？」

「そうだな、その場合は、状況はいささか厄介になる」イッケナム卿は認めた。

第六章

1

記憶に留めるべき金言は星の数ほどあって書き尽くせないが、なかでも詩人ドライデン（一六三一―一七〇〇）が述べた、些細な始まりが大事《おおごと》となって重大な結果を生むという一節には、知性ある人間なら誰もが同意し、的を射ていると評する。

もしも一匹の蝿《はえ》が寝室に入ってきて鼻の周りを元気よく飛び回らなければ、エムズワース卿が翌朝五時二十分前に目覚めることはあり得なかっただろう。彼は眠りが深いたちで、ほぼ例外なく八時間の睡眠を享受していたからだ。そして、もしも彼が目覚めたあと、再び眠りに落ちていれば、横になったまま教会少年団について思いを巡らすこともなかっただろう。そして、もしも教会少年団について思いを巡らせていなければ、前日にイッケナム卿から受けた助言を思い出すこともなかっただろう。ふだんはあまり当てにならない彼の記憶が、このときには鮮やかに蘇っていた。

早朝にこっそり湖畔へ下りて少年たちのテントのロープを切断しろと、イッケナムは言った。その提案を吟味すればするほど、それこそ男らしい行為であるという確信が強まった。イッケナムのように用心深く保守的で世知に長けた男は拙速な判断はせず、じっくり考えてから結論を出す。彼が他人に行動を指示するとき、その指示に従うのが最善の行動であることは、自明である。

早朝と呼ぶのに今ほどふさわしい時刻はなく、そして、書斎にはペーパーナイフがあることはわかっていた。サスペンス小説の中で準男爵が背中を刺されるときに使われるようなナイフで、わずか二日前にうっかり指を切っていたから、彼が心に抱く目的を達するのに間違いなく適している。要するに、条件はまたとないほど整っていた。

唯一、ためらう原因となったのは、妹のコンスタンスだ。彼女が兄弟の品行にどれほど高い基準を求めるかは誰よりも熟知している。彼が目論む犯罪が白日の下に容赦なくさらされたら、彼女は絶対に手加減しないだろう。ざっと見積もって少なくとも一万種類に及ぶ叱責と非難の言葉を今後何年にもわたり、毎日一定の分量で繰り出すはずだ。実際、凡庸な表現に慣れ親しんでいる彼にとっては、妹の語彙は無尽蔵に思えた。

もしコニーに見つかったら……。そう考えるだけで背筋が寒くなる。

そのとき、耳に囁く声が聞こえたような気がした。

「見つかるものか」とその声は言い、エムズワース卿は力を取り戻した。十字軍精神が体に満ちてくる。先祖に活力を与え、アッコとヤッフォ（いずれも現在のイスラエルにある町）の戦いで戦功をあげさせた精神だ。彼はベッドから起き上がり、身なりを整えた——着古したセーターと、膝に穴の開いたフランネルのズボンを着用することで「整えた」と言えるならば。書斎に到着したとき、彼の気分は、戦闘用の斧を革砥で研いで異教徒と戦うために出陣した遠い祖先さながらだった。

名剣エクスカリバーを振りかざすアーサー王よろしく、ペーパーナイフを振りかざしながら書斎を出た彼は、不意に体内に空虚さを覚え、朝の紅茶をまだ飲んでいなかったことに気づいた。ぼんやりした男ではあったが、厨房へ赴けばその空虚さが癒やされることは知っていた。城の中でも最近はついぞ訪れなくなった場所だが、少年時代には始終出入りしたものだ――ケーキが欲しくなれば忍び込み、コックに見つかれば退散した場所だから、難なくたどり着ける。自らの力量に限界があることは承知していたものの、やかんで湯を沸かせるという自信は十分にあったため、幸せな結末への期待に胸をふくらませて馴染み深いドアを押し開けて中へ入ると、楽しからぬ驚きが待っていた。孫のジョージが、そこで卵とベーコンを食べていたのだ。

「あ、おはよう、お祖父ちゃま」ジョージが口の中を食べ物でいっぱいにしてモゴモゴと言った。

「ジョージ！」エムズワース卿も、やはりモゴモゴと言ったが、その理由は異なっていた。「ずいぶん早起きだな」

ジョージは、早く起きるのが好きだと言った。そうすれば、朝食を二回食べられる。入ってくるものすべてを若い胃が受け入れる年頃なのだ。

「お祖父ちゃまは、どうしてこんなに早く起きたの？」

「わしは……その……眠れなかったのだ」

「卵を焼いてあげようか？」

「ありがとう、だが結構。ちょっと散歩に出ようと思ってな。空気が実に清々しくて心地よい。では――またな、ジョージ」

「またね、お祖父ちゃま」

「ちょっと散歩に」エムズワース卿は念を押すようにもう一度言い、少々動揺しながら出ていった。

2

テントのロープ切断という大ニュースが速報されたのは、朝食の少し前だった。教会少年団の一人が眠れぬ夜を過ごしたような顔色で城の裏口に現れ、ビーチに会わせてくれと頼んだ。彼がビーチに現場の位置を教えると、ビーチは断裂された綱に代わる新しいロープを下働きに用意させた。それからレディ・コンスタンスに報告し、彼女が公爵に話し、公爵が甥のアーチー・ギルピンに話し、アーチーがイッケナム卿に話すと、イッケナム卿は「ほう、ほう、ほう！　なかなかやるね！」と言った。「国際犯罪集団の仕業だと思うかい？」イッケナム卿が尋ねると、アーチーは、まあ、ともかく教会少年団を目の敵にする者の仕業でしょうねと言い、イッケナム卿も同意して、きっとそうだろうと言った。

普段ならハンモックに向かう時間だが、ハンモックを後回しにすべきなのは明らかだった。最初にすべき仕事は、エムズワース卿を探し出して祝福することだ。書斎へ向かう彼は得意満面だった。エムズワース卿は書斎に引っ込んでホイッフル著『豚の飼育について』か何か、豚関係の書物を読んでいるはずだ。それが朝食を終えた彼のいつもの日課なのだ。自分の助言がこれほど目覚ましい成功を収めたと知って、世話好きな男は嬉々としていた。

書斎に入っていくと、エムズワース卿は読書に身を入れてはいなかった。本を膝の上に載せて前方を注視していた。ホイッフルでさえ注意を引くのが不可能な時がある。今がそういう時だった。エムズワース卿が悔恨の念に苛まれていたと言えば大げさかもしれないが、うろたえているのは明らかで、自ら手を染めた大いなる示威行動が分別ある行為だったかどうか、訝っていた。たとえて言えば、昔気質のシカゴのビジネスマンが商売敵を手榴弾で抹殺したあと、そのことを是としながらも、この一件をFBIが嗅ぎつけたらどうなるか、憶測を巡らさずにはいられないような気持ちだった。

「ああ——うん——やあ、イッケナム」彼は言った。「いい朝だね」

「さぞいい気分だろう、親愛なるエムズワース、記念すべき朝だ。たった今ニュースを聞いたよ」

「え？」

「城じゅう、君の大手柄の話で持ちきりさ」

「おいおい」イッケナム卿は咎めるように言った。「隠す必要はないさ。君は私の助言に従って、あのテント村の少年たちに向かってギデオンの剣を抜いたのだね？　やってのけた今、男を上げた気がするだろう」

エムズワース卿は、男を上げた男というより、後ろめたく不安げな男に見えた。壁に耳ありとでも思っているのか、鼻眼鏡越しに壁を射るように見つめている。

「そんなに大きな声でしゃべらんでくれ、イッケナム」

「囁き声にするよ」

「うん、頼む」エムズワース卿は安心して言った。

イッケナム卿は椅子に掛け、声を低めた。

「一部始終を話してくれたまえ」

「いやあ——」

「わかるよ。君は行動の人だから、言葉がすぐには出てこないのだろう。ビル・ベイリーもそうだ」

「ビル・ベイリー?」

「私の知っている男さ」

「『帰っておくれビル・ベイリー』という歌があったな? 子供の頃よく歌った」

「見事な歌唱だったろうね。だが、今は歌わなくていい。昨夜の活動の一部始終を聞きたい」

「今朝のことだ」

「うん、そうか、まさに私が推した時刻じゃないか。曙が東の空をバラ色に染め、早起き鳥が早起き虫の上でさえずる時刻だ。そういうロマンチックな状況のほうが調子が出ると思ったよ。思う存分楽しんだろう?」

「怖気づいたよ、イッケナム」

「まさか。君はそんな意気地なしではないだろう」

「本当だ。妹のコンスタンスが知ったら何と言うか、そればかり考えていた」

「わかるものか」

「本当にそう思うか?」

「わかりっこないさ」

「何でもわかってしまう女だ」

「だが、今回ばかりは無理さ。大いなる歴史上の謎として残るだけだよ、鉄仮面の男（十七世紀後半から十八世紀初頭にパリのバスティーユ監獄に収監されていた謎の囚人）やメアリー・セレスト号（一八七二年、ポルトガル沖で無人で漂流しているのが発見され、乗員の行方は不明）のようにね」

「コンスタンスに会ったか?」

「ほんの一瞬」

「あれは——その——怒っていたか？」

「爆発寸前だったと言えるかもしれん」

「そうじゃないかと案じていた」

「いや、君が心配する必要はない。君の名はまったく話題に上らなかった。すぐに嫌疑がかかったのはナイフ・靴磨き係の少年だ。彼を知っているかい？」

「いいや、会ったことがない」

「いい子だと思うよ。名前はパーシー、教会少年団との関係は良好と言うにはほど遠いらしい。聞いたところでは、彼は階級の別にことのほか敏感で、自分が城に雇われているものだから、教会少年団を社会的に劣るものとして見下していた。そこから敵意が生まれ、石を投げたり不名誉な呼び名で呼んだり、いろいろあったせいで、今朝の事件が発覚すると、自動的に合理的容疑者となった。ところが、使用人部屋へ連行されて厳しい尋問にさらされても、彼は断固として否認し、結局、証拠がないために釈放せざるを得なかった。検察側の頭痛の種、証拠の完全な欠如というやつだ」

「よかった」

「君の立場としてはどうだろう」

「それでも、コンスタンスのことが頭から離れん」

「彼女が怖いわけじゃないだろう？」

「いや、怖い。あれが一つのことをどれほどしつこく責め立てるか、君は知らんのだ。責めて、責めて、責めまくるのだよ。今でも覚えているが、ある晩、城で大きな晩餐会があって、わしは正装のシヤツの前立てを真鍮の鋲で留めて席に着いた。運悪くスタッドボタンをのみ込んでしまったのだ。その一件で何カ月もの間、コンスタンスになじられ続けたよ」

「なるほど。まあ、心配する必要はないさ。彼女が君を疑う理由などないだろう？」

「あれは、わしがあの少年たちに腹を立てていることを知っとる。日曜学校のパーティーでシルクハットを台無しにされ、エンプレスは糸のついたジャガイモでからかわれた。コンスタンスは状況を照らし合わせて推理するかもしれん」

「そんなはずはないさ」イッケナム卿は励ますように言った。「君は絶対安全だよ。だが、もし彼女が何かし始めたら、剛胆なるパーシーに倣い、断固たる否認を貫け。それに勝る方針はない。自分によく言い聞かせるんだ。疑いだけでは何もできない、証拠がなければならない、公訴局長官に認められる可能性のある証拠は一つもないことをコニーは百も承知だ、と。もし彼女に問い詰められて供述せよと迫られたら、ただ彼女の目を見て『そうかい？』と『それは君の見解だ』と言うんだ、見破られるはずは絶対にないという自信を持って。それで、もしも彼女がゴムホースで打つとか、妙な真似をしようとしたら、弁護士に相談しろ。さて、もう行かなくては。ハンモックの時間にだいぶ遅れてしまった」

一人になったエムズワース卿はそうした励ましの言葉の数々にかなり元気づけられてはいたものの、まだホイッフル著『豚の飼育について』の精読を再開する気分にはならなかった。座ってじっと前方を見て物思いに耽るあまり、ドアがノックされると、四肢を痙攣させて椅子から跳び上がった。

「お入り」と震える声で言ったが、理性の働きにより、妹のコンスタンスが供述を取りに来たのではないことはわかっていた。コニーならノックしないはずだからだ。

入ってきたのはラヴェンダー・ブリッグズだった。エムズワース卿は動揺のあまり気づかなかったものの、彼女の物腰にはいつになく快活さが見られた。快活さをもたらしたのは、昨夜の夕食後に公爵から五百ポンドの小切手を受け取り、それを祝うために一泊でロンドンへ出かける予定だという事実である。右手にぶら下げた袋の中にその額の小切手があって自分が受取人だという意識ほど、若い娘の足取りを弾ませるものはない。ラヴェンダー・ブリッグズは高々とスキップしたわけではないが、足取りは限りなくスキップに近かった。書斎に向かいながら、彼女は前衛《アヴァンギャルド》的な作曲家の作品の一節をハミングし、タイピング事務所の構想を練っていた。必要な資金は今や手の中にある。

見通しはこのうえなく明るいと感じられた。交際範囲の中にはすぐに思いつくだけでも少なくとも十数人の詩人がいて、いつも何かを書き、それをタイプしてもらいたがっていたし、ほぼ同数の気まぐれなエッセイストもいた。最初の一カ月かそこらを割引料金にすれば、オブリーも、ライオネルも、ルシアンも、ユースタスもこぞって客になるだろうし、彼らの後には、評判を聞きつけて大勢のいわゆる一般大衆が押しかけるだろう。血気盛んな女性たちは言うに及ばず、血気盛んなイギリス人は一人残らず小説を書いており、タイプした原本とカーボンコピーを二部必要としていることを、彼女は知っていた。

そんなわけで、彼女はエムズワース卿にほぼ上機嫌といえる調子で話しかけた。

「あの、エムズワース卿、お邪魔して申し訳ございませんが、レディ・コンスタンスからお許しが出ましたので、今晩はお暇をいただき、ロンドンへ参ります。出かける前にしておくべきご用はございますか」

エムズワース卿が、ありがとう、何も思いつかない、と答えると、秘書は出ていき、彼はまた物思いに耽った。気分は相変わらず萎れたまま、断固たる否認という友人イッケナムの助言に頼れば本当に幸せな結末に至るだろうかと百度目に自問していたとき、ドアが再度ノックされ、彼はまた椅子から跳び上がった。

今回はビル・ベイリーだった。

「ちょっとよろしいですか、エムズワース卿？」ビルは尋ねた。

3

レディ・コンスタンスはラヴェンダー・ブリッグズと面談してその晩ロンドンへ行く許可を与えると、私室へ下がり、午前の配達で届いた手紙に目を通した。そのうちの一通はニューヨークの友人ジェイムズ・スクーンメイカーからで、彼女がその手紙をいつもながら嬉しく読んでいると、ドアの向こう側から強烈な突風のような音がし、エムズワース卿が戸口から突進してきた。兄を非難がましくたしなめる際の決まり文句「もう、クラレンスったら！」をまさに発しようとしたとき、兄の顔が目に入り、その台詞は唇の上で凍りついた。

兄の顔は薄紫色になっており、日頃とても穏やかな目は鼻眼鏡の奥で奇妙な光を放っていた。ひと目見ただけで、珍しく逆上していることがわかる。こうなるのはおおよそ年に二回ほどで、彼女は強い女性ではあったが、兄のそんな様子を目の当たりにして、身がすくんだ。そういうとき、彼はもはや「もう、クラレンスったら！」と言われれば大人しくなる踏まれっぱなしのドアマット男ではなく、カンザス州を時おり見舞って住民を暴風退避用地下室へ追いやる暴風のように力強い。虐げられた者が立ち上がり、虐げる者を襲うとき、その怒りは常に恐るべき激しさになる。フランス革命がその好例だ。

「あのブリッグズとかいういまいましい女はどこだ？」エムズワース卿は、かみつかんばかりの勢いで言った。まるで自分が主《あるじ》の中の主であり、秘書から軽く一瞥されただけでボールのように縮こまる臆病者ではないのだと言いたげである。「あのけしからん女をどこかで見たか、コンスタンス？　城じゅう捜し回っているのだが」

ふだんなら、レディ・コンスタンスはそんな無礼な物言いをすかさず咎めるだろうが、兄の剣幕が収まるまで鶴の一声を発するべきでないことを、彼女は心得ていた。

「ロンドンに一泊することを許可しました」彼女はほとんどおずおずと言った。

「そうだった」エムズワース卿は言った。ほぼ何でも忘れてしまう彼は、そのことを忘れていたのだ。「そうだ、そのとおり、あれはそう言った。『ロンドンへ参ります』と言った、そうだ、たった今思い出した」

「ミス・ブリッグズに何の用ですの？」

エムズワース卿は、やや平静を取り戻しかけている兆しを見せていたが、再び沸騰寸前となった。鼻眼鏡が吹っ飛んで紐の先で揺れた。激しく動揺すると、いつもそうなる。

「あの女はクビだ！」

「何ですって！」

「もう一日たりとも、ここへ置いてはならん。たった今、ウェルビラヴドもクビにしてきた」

レディ・コンスタンスが哀れっぽい唸り声を発した。その声は、牧草地での昼食中にびっくり仰天させられた神経質な羊の鳴き声に、どこか似ていた。彼女はジョージ・シリル・ウェルビラヴドを熱心に称賛していたわけではないが、兄が彼の仕事ぶりをどれほど買っていたかを知っており、あの優秀な豚係を兄が自ら手放したとは信じ難かった。それはあたかも、自分があの比類なき執事ビーチを解雇するようなものではないか。彼女は椅子に掛けたまま、少し身を縮めた。この目を血走らせた男は錯乱しているという印象を受け、昨日の午後公爵が発した不吉な言葉が脳裏に蘇った。「完全に気がふれている」と公爵は言った。「ほとんどせん妄状態で、危害を及ぼすのも時間の問題だろう」その瞬間がやって来たと考えても、考えすぎではない。

「でも、クラレンス！」彼女は叫び、エムズワース卿は手に持った鼻眼鏡を威嚇するように振りかざした。その仕草は、網を投げようとする古代ローマの闘技場の網闘士（三叉槍と網を持って戦った闘士）さながらであった。

「そこに座ったまま、『でも、クラレンス！』と言ったって何もならん」彼は言い、かけ直した鼻眼鏡越しに妹をにらみつけた。「あいつには、十分以内にここから出て行け、さもなければ散弾銃を背中に突きつけるぞ、と申し渡した」

「でも、クラレンス！」

「またそれを言うか！」

「いいえ、いいえ、ごめんなさい。ただ、どうしてかと思って」

エムズワース卿はその質問を吟味した。正当な質問であるように思われた。

「なぜわしがやつをクビにしたかだと？　なぜクビにしたか、教えてやろう。あれは草地にひそむ蛇だ。やつはあのブリッグズめと共謀し、わしの豚を盗もうとした」

「何ですって！」

「耳が聞こえないのか？　やつらが共謀してエンプレスを盗もうとした、と言った」

「でも、クラレンス！」

「『でも、クラレンス！』ともう一度でも言ってみろ、ただの一度でも言ったら」エムズワース卿はピシャリと言った。「わしがどうするか、見ておれ。おおかた、わしの言うことなど信じないと言いたいのだろう」

「どうして信じられるものですか？　ミス・ブリッグズは最高の資格を持っているのよ。ロンドン・スクール・オヴ・エコノミクスの卒業生ですから」

「ふん、どうやらそこで学んだのは豚の盗み方だったようだな」

「でも、クラレンス！」

「言うなと言ったろう、コンスタンス！」

「ごめんなさい。何かの間違いかと思って」

「間違いだと！　わしはイッケナムの友人メリウェザーの口から卑劣な計画の全容を聞いたのだ。細大漏らさず話してくれたぞ。彼の話では、どこかに黒幕がいて、エンプレスを欲しがり、ブリッグズめを買収して盗ませようとした。サー・グレゴリー・パースロウがこの計画を陰で操っているのではないかと疑われるところだが、彼は南仏に滞在中だ。それでも、手紙で打ち合わせをすることはできるな、おそらく」

　レディ・コンスタンスはこめかみを押さえた。

「メリウェザーさんですって？」

「メリウェザーを知っているだろう。大柄でゴリラみたいな顔の男だ」

「でも、一体どうしてメリウェザーさんが知ったのかしら？」

「あの女が指示した」

「指示した？」

「そうだ。あの女は彼を補佐部隊に引き入れてウェルビラヴドと共に働かせようとした。昨日、彼に接近し、エンプレス強奪に手を貸そうとしなければ、正体をバラすと言ったのだ。あの男もかわいそうに、ひどいショックだったろう。近づいてきた女性にそんなことを言われるとはな」

レディ・コンスタンスはこめかみを押さえる手をゆるめていたが、再びしっかりと押さえた。そうしなければ頭が割れそうな気がして、不安になったのだ。

「正体をバラす？」彼女はしわがれた声でつぶやいた。「どういう意味？」

「どういう意味かって？　ああ、わかった。どういう意味かだな。そう、まさしく。それを説明せねばならなかったな。どうやら彼の名前はメリウェザーではないらしい。別の名だが、忘れてしまった。それはどうでもいい。彼が名を偽っている、という表現をたしかあの女は使っていた。そのことをなぜか嗅ぎつけ、それをダシに彼を脅した、そこが肝心な点だ」

「彼が詐称者だというの？」

レディ・コンスタンスの口調には実にさまざまな感情が込められていた。この数年間、ブランディングズ城はどういうわけか詐称者に事欠かず、なかでも特筆すべきなのはイッケナム卿と甥のポンゴだった。彼女はその時点でもう飽和点に達し、生きている限り二度と再び詐称者に会いたくないと思っていた。女主人は、もてなしている客人が偽名で城での一刻一刻を心から楽しんでいるのだと知れば感情を害し、苛立つものだ。ブランディングズ城には他の館のネズミの数ほど詐称者がいるように思えるときがあり、その状況に、誇り高き彼女の精神は嫌悪感を催したのだ。

「その男の正体は？」彼女は詰問した。「何者なのです？」

「ああ、そこは、ちょっと参ったな」エムズワース卿は言った。「教えてもらったのだが、わしの記憶力がどの程度かは知っているだろう。牧師補だと言ったのだけは覚えているが」

レディ・コンスタンスは椅子から跳び上がり、あたかも相手が兄ではなくブランディングズ城の亡霊ででもあるかのように呆然と眺めた。その亡霊は鎧を着た騎士で、片手に自分の首を持っており、それが徘徊するときは一門の誰かに死が迫っていると考えられている。マイラ・スクーンメイカーがカスバート・ベイリー師を慕っていることに気づいて以来、牧師補という言葉が耳に入っただけで、彼女はひどくうろたえた。

「何ですって！　何と言ったの？」

「いつ？」

「彼が牧師補だと言った？」

「誰が？」

「イッケナム卿のお友だち、メリウェザーさんよ」

「ああ、うん、そう、そのとおり、メリウェザーさん、間違いない」エムズワース卿の憤怒は出尽くし、今や愛想がよく話し好きな――駄弁ばかりという人もいるが――本来の彼に戻っていた。「そう、彼は牧師補だとわしに言った。そんなふうには見えんが、そうなのだ。だから、わしの豚の窃盗団に加わるのを拒んだのだ。聖職者としての良心が許さなかった。実に礼儀正しいではないか。わしのところへ来て、あのブリッグズめの悪しき企てについて警告してくれたのだ、自分の正体がお前にばれて、お前の逆鱗にふれるとわかっていながら。良心の呵責により、とても黙ってはいられなかったそうだ。得難い若者だと感じ入ったよ。しかも、豚のことにも詳しい。妙だな、ブラジル人が、そして牧師補までが豚を飼っているとは知らなんだ。ところで、たった今彼の名前を思い出した。ベイリーだ。これはしっかり頭に入れておけ、さもないと混乱するからな。彼には名前が二つあって、一つは偽物、一つは本物だ。偽の名前はメリウェザー、本当の名前はベイリー」

レディ・コンスタンスは言葉にならない叫び声を上げた。イッケナム卿が友人をブランディングズ城に連れてくるからには、何か怪しげな目的があるに違いないと察しておくべきだったと、苦々しく思った。そのくらいは自明のことと想定すべきだった。それなのに、イッケナム卿があの悪名高いベイリーを彼女の館へ引き込むなどという卑しい行為に及んでいるなんて疑いもしなかった。どうりで、マイラ・スクーンメイカーが最近、急に元気になったわけだ。彼女は唇を固く結んだ。こうなったからには、イッケナム卿と聖職者の友人には遠からずブランディングズ城を見納めにしてもらわなくてはならないと、容赦なく考えた。

「そう、ベイリーだ」エムズワース卿は言った。「カスバート・ベイリー師。ついさっきイッケナムに、昔『帰っておくれビル・ベイリー』という歌があったと話した。子供の頃よく歌ったよ。それにしても、どうして彼はあの青年をメリウェザーという名でここへ連れてきて、ブラジルでナッツ事業に携わっていたなんて言ったのか、わけがわからん。馬鹿げたことだと思わんか？　要するに、男の名がベイリーなら、なぜメリウェザーと呼ぶのだ？　それに、ボトルトン・イーストから来たのに、なぜブラジルから来たと言うのだ？　意味がわからん」

「クラレンス！」

「その歌のことだがな」エムズワース卿が言う。「実に印象的なメロディーなのだよ。歌詞は忘れてしまった――うむ、おかしいな、歌ったことがあるなんて信じられん――だが、コーラスはこう始まる。『帰っておくれビル・ベイリー、帰っておくれ』。はて、次の行は何だったかな？『一日中』だったな、最後を長く伸ばして歌うんだ『一日じゅう～』と。さあ、後について歌ってごらん」

「クラレンス！」

「え？」

「さっさとイッケナム卿を探してきて」

「ナニ卿？」

「イッケナム」

「ああ、イッケナムのことか。うん、わかった、もちろん、喜んで。朝食の後はいつも芝生の上のハンモックに寝そべっていたと思う」

「それで、差し支えなければ、ハンモックから下りていただければありがたいと、そして直ちに私に会いに来ていただけないかと頼んでちょうだい」レディ・コンスタンスは言った。

　彼女は椅子に沈み込んでゆっくりと鼻孔で呼吸した。氷のような静寂が彼女の上に下りていた。唇は固く結ばれ、目は厳しく、大胆不敵なイッケナム卿でさえ、この瞬間に入ってきたら、彼女の姿を見て激しい不安にとらわれるだろう。彼女の雰囲気は明らかに、使用人にこう命じようとしている人のものだった。「この人たちを放り出してちょうだい、着地点には尖ったものを置いておくのよ」

第七章

1

朝食を済ませると、ダンスタブル公爵はテラスへ出た。大木の木陰に置かれた心地よいデッキチェアで今日最初の葉巻をくゆらし、『タイムズ』紙を読むためだ。しかし、一服目の煙を吐き出して活字に目を落とすか落とさないうちに、彼の平穏は、昨日闖入してきたのと同じ甲高い声で破られた。再び耳をつんざいたその声により、公爵は、エムズワース卿の孫息子ジョージがやって来たことに気づいた。ジョージは前回同様、自らの存在を笛で知らせなかった。

公爵は少年を殴りはしなかった。そのためには立ち上がらねばならなかったからだ。代わりに不愉快そうな眼差しを投げかけた。朝食後の神聖な時間を邪魔されると、内面に眠っていた悪魔がいつも目を覚ます。

「あっちへ行け、坊主」公爵は怒鳴った。

「『失せろ!』と言いたいんでしょ、おじちゃん」正確さを好むジョージは訂正した。「だけど、例のテント事件のことで相談したいんだ」

「テント事件?」

「昨夜起きた事件だよ」

「ああ、あれか」

「ただし、発生は昨夜ではなく、今朝なんだ。謎めいた事件だよね。もう結論は出た?」

公爵は苛々と身じろぎした。誤った親切心から、ブランディングズ城の雰囲気を盛り上げてやろうとしてやって来たことを悔いていた。いつもこうだ。エムズワースやコニーやその他の面々は退屈しているだろう、俺のように世慣れた、洗練された人間と交わって活気を取り戻してやらなくてはと、気弱で感傷的になった折に考え、自己犠牲の精神を発揮して来てみれば、いきなり湖へ飛び込む者あり、豚を盗むのに五百ポンド要求する者あり、耳元で甲高い声を張り上げる者あり、その他諸々、要するに皆で寄ってたかってここをまさに地獄にしている。公爵が発した獣のような唸り声は口髭のフィルターを通してもかなりの音量だったが、ジョージは微動だにしなかった。ジョージは、この年嵩《かさ》の友人が何か虫でも吸い込んでしまったのかと思っただけだった。

「結論は出たかって、どういう意味だ? 俺のような忙しい人間がそんなつまらんことにかかずらっている暇があると思うのか? 失せろ、坊主、新聞を読んでいるんだ、邪魔するな」

ほとんどの少年がそうであるように、ジョージも虻《あぶ》のごとき静かな粘り強さを持っていた。誰もが彼と共に過ごしたがっているわけではないことをわからせるのは、容易ではなかった。彼は公爵の椅子の脇の石床にのんびりと腰を据えた。その巧みな座り方は、岩に貼りつくカサガイにとっても参考になっただろう。

「新聞で読むどんな記事よりも最新最大のニュースなんだけど」ジョージはキーキー声で言った。

「ぼく、珍しい話を知っているんだよ」

　意に反して、公爵は少し興味をそそられた。

「誰がやったか、お前が知っているとでも言うのか？」公爵は皮肉っぽく言った。

　ジョージは肩をすくめた。

「はっきりしているのは、犯人がフリーメイソンで、左利きで、嚙み煙草をやっていて、東洋に旅したことがあるという事実だけ。ぼくはそれ以上の結論はまだ出していない」

「一体全体、何の話をしている？」

「そんなふうに言えばカッコよく聞こえるかと思っただけだよ。実は、お祖父ちゃまがやったんだ」

「お祖父ちゃまがやったって、どういうことだ？　お祖父ちゃまがどうした？」

「犯人だよ」

「つまり、お前の祖父さんが――」

　公爵は言葉を失った。ご存じのとおり、彼の見解によればエムズワース卿のＩＱは低いが、目下の話題となっているような悪戯をやってのけるのに必要な究極の馬鹿さ加減を持ち合わせているとは思えなかった。けれども、よく考えてみれば、この子の言うことにもいくばくかの真実はあるかもしれない。つまるところ、止めどなく豚の話を続けてもの笑いの種になるのと、夜明けと共に城を抜け出してテントのロープを切るのは、ほとんど紙一重ではないか。

「なぜそう思う？」公爵は今や興味津々で尋ねた。

　ジョージはシャーロック・ホームズばりに「ぼくのやり方は知っているだろう。それを応用するんだ」と言いたかったのだろうが、それでは時間の無駄になりそうだし、とにかく自分で話したかった。

「最初から話してあげようか、どんな細かいことも、少しも省略しないで?」

「もちろん、もちろんだ」公爵は言った。「耳をダンボにする」という表現を知っていれば、付け加えていただろう。願わくはジョージの声の音域がもう少し低くあってほしいところだが、今は情報伝達の重要性を鑑みて、金切り声に耳を傾けることも厭わなかった。

ジョージは頭の中を整理した。

「今朝、五時にキッチンにいたら——」

「そんな時間にそこで何をしていた?」

「ああ、ちょっと見学していただけ」ジョージは用心深く言った。彼のように朝食を二度とることを認めない主義の人々がいるのは知っていたし、その筆頭たるレディ・コンスタンスに伝わりかねない情報を開示しても、何の得にもならない。「たまたま入っていっただけさ」

「それで?」

「それで、そこへ入っていってほんの何秒かしたら、お祖父ちゃまが入って来た。刃物を持って」

「刃物?」

「すごくでっかい三日月刀」

「持っていたって、どういうふうに?」

「うん、つまり、振りかざしていたんだ。身振りも何となく変だったたし、目は異様に光っていた。それで、ぼくは思わず『ほう!』って言った」

「何と言ったって?」

「ほう!」

「どうして『ほう！』と言う？」

「ええと、おじちゃんなら『ほう！』と言わない？」

公爵はその問いについて考え、少年の言うことに一理あると気づいた。

「たしかに、驚いたときには言うだろうな」公爵は認めた。

「ぼくもさ。だから『ほう！』と言った」

「独り言か？」

「もちろん。大声で人に『ほう！』と言って回ったりしないよ。それで、お祖父ちゃまが出ていったから、後をつけた」

「なぜ？」

「おつむを使ってくれよ、アニキ」ジョージは懇願するように言った。「ぼくのやり方は知っているだろう。それを応用するんだ」ようやくこの台詞が言えて、ジョージはご満悦だ。「お祖父ちゃまが何をしようとしているのか、見届けたかった」

「当然だ。うむ、実にわかりやすい。それで――？」

「お祖父ちゃまは、湖に向かった。その後を、やぶや茂みにちょこちょこ隠れながら追いかけて行ったら、お祖父ちゃまはまっしぐらにテントまで行って、ロープをギコギコ切り始めた」

突如、疑念が公爵の頭に浮かんだ。彼は脅すように口髭を吹き上げながら言った。

「この話がお前のつまらん冗談だとしたら、坊主――」

「違うよ、誓ってもいい。お祖父ちゃまをずっと見張っていたんだから。向こうからは見えなかった。そばの茂みに隠れていたからね。でも、初めから終わりまで、全部目撃した。『バスカヴィル家の犬』

を読んだことはある？」

　一瞬、公爵は、エムズワース卿の馬鹿さ加減は孫息子にまで受け継がれている、この子の父親もそれに一役買っているという印象を受けた。ジョージの父は第九代伯爵の長男、ボシャム卿で、彼はイングランドでも指折りの間抜けである。公爵は、犬は人が読むものではなく、人が馬上から「ソレッ」とか「タリホー！」（猟師がキツネを狩るために猟犬をけしかける掛け声）と叫びながら追いかけるものだと論理的に考えた。それから、ふと思った。この子はもしかしたら本か何かのことを言っているかもしれない。そう尋ねると、答えはイエスだった。

「ホームズとワトスンが霧の中で身を潜めて、悪党が行動を起こすのを待ち伏せしている場面を思い出したんだよ。そんな感じだったんだ、霧はなかったけど」

「それじゃ、あいつの姿をはっきり見たのだな？」

「そう、目を開けて」

「そして、あいつはロープを切っていたんだな」

「そう、刀を抜いて」

　公爵はむっつりと黙り込んだ。これまで数多の人々が考えてきたのと同じように、彼もまた、この阿呆くさい世界では何事もうまく運ぶためしがないと考え、気が滅入った。幸せな結末が見えてきたと思った途端、致命的障害が足を引っ張る。

　リベラルな考えの持ち主である公爵はささやかな紳士的脅迫には抵抗感がないから、今こそダンスタブル家の者ならではの幸運により、そうした脅迫の絶好の機会に恵まれたと思った。エムズワース卿のところへ行って彼の罪が暴露されたことを告げ、口をつぐんでやる代わりにエンプレスを要求すればいいだけだ。あの惨めな男は条件をのむほかはないだろう。楽勝だ。「チョロい」と言うのが今ふうかもしれない。

ジョージの話を聞きながらそう考えたところで、不意に落胆が襲った。ある些細な障害により、計画そのものが無効となるかもしれない――つまり、犯罪を証明するのは、目撃者ジョージの何ら裏打ちのない言葉だけだからだ。当然予想されるとおり、エムズワースがその嫌疑に対して無罪を申し立てれば、赤毛でそばかすだらけの子供の証言を誰が信じるだろう。その子は精査に耐えうる真実の語り手であると評価されたことがない。彼の証言は裁きの場で一笑に付され、よほどの幸運に恵まれなければ、夕食抜きでベッドへ送り込まれ、小遣いを何カ月も止められる羽目になるだろう。

公爵はそのような暗い考えに耽り、キーキー声が甲高く話し続けているのを受け流していた。映画がどうのと言っていたようだが、そういう話題にはこれっぽっちも興味がない。

「黙れ、坊主。あっちへ行け」公爵はうなった。

「だけど、おじちゃんが知りたいんじゃないかと思ったんだ」ジョージは不服そうに言った。

「頭をポマードでテカテカにした役者が大勢、スクリーンでニヤニヤする話を俺が聴きたがっていると思うなら大間違いだ」

「でも、テカテカ頭のニヤニヤ役者じゃなくて、お祖父ちゃまの映画だよ」

「何だって?」

「ぼくの映画用カメラでお祖父ちゃまを撮影したって言ってたんだよ」

公爵は、銛で皮膚を貫通された海の怪獣のように（彼の外見は実際、その種の海獣にそっくりだった）、身震いした。

「ロープを切っているところを？」公爵が喘ぎながら言った。

「そうだよ。フィルムは二階のぼくの部屋にある。今日の午後マーケット・ブランディングズまで持っていって現像してもらうつもりなんだ」

公爵はまたもや身震いした。気が動転して言葉が出ないほどだ。

「そういうことをしてはならん。それに、このことは誰にも言ってはいかん」

「うん、もちろん、言わない。おじちゃんが面白がるかと思って言っただけさ」

「面白いだなんて、とんでもない。きわめて重大だ。そのフィルムを、現像というのか、それをした人間にお前の祖父ちゃんだと気づかれたらどうなるか、わかっているのか？」

「うひゃあ！　考えてもみなかったよ。つまり、バラすってこと？　あっちにもこっちにも話を広めて？　お祖父ちゃまのしたことを暴露するんだね？」

「そのとおり。そして、この辺一体でお前の祖父ちゃんの名前は――」

「物笑いの種？」

「まさにそのとおり。誰もが、あいつは馬鹿だと思う」

「たしかに、その気《け》はあるけど」

「そのフィルムが明るみに出たら、実際よりももっと馬鹿だと思われちまう。くそっ、あいつらは瞬き一つしないで認定を下すだろう」

「誰が？」

「医者たちだ、もちろん」

「脳病院に入れられちゃうってこと？」

「そのとおり」

「うひゃあ！」

ジョージには、公爵がなぜ重大だと言ったのか、やっとわかった。エムズワース卿のことは大好きだったから、彼がクッション壁の病室に閉じ込められてしまうなんて、絶対にいやだ。ジョージはポケットを探り、考え事をするときに大いに役立つ甘酸っぱいドロップを取り出した。ドロップを嚙みながら、彼は黙って考えた。公爵がまた話し始めた。

「俺の言うことをわかっているのか？」

ジョージはうなずいた。

「ガッテンだ、親分」

「言葉に気をつけろ。親分なんぞと呼ぶんじゃない。つべこべ言わずにそれを持ってこい、俺がしまっておく。お前のような子供が持っていると危ないからな」

「オーケー、アニキ」

「アニキなんぞと呼ぶんじゃない」公爵は言った。

2

エムズワース卿の部屋から戻ってハンモックに身を落ち着けたイッケナム卿の顔には、満足げな笑みが浮かんでいた。エムズワース卿の恐れを鎮め、心を軽くしてやれたと感じて喜んでいたのだ。激励の言葉は何よりも効くと考えながら心地よい夢想にどっぷりと浸っていると、彼の名を呼ぶ声がし、見るとエムズワース卿が傍らに立って、くたびれた百合のように萎れている。ブランディングズ城の城主は、寄りかかれる物がないときは萎れた小花のような印象を与えるのが常だ。腰のくびれのどこかに埋め込まれた蝶番がその姿勢を調整しているかに見え、おべっか使いは、学者のような猫背ですねえと言ったりする。イッケナム卿は彼のそうした骨抜き状態に慣れていたから、この友人が脊椎骨の存在を示す証拠を見せてくれることはもう期待していなかったものの、彼の顔に浮かぶ苦悶の表情は初めて見るものだったので、ひどく驚いた。同情と心配に駆られて、素早くハンモックから起き上がった。

「おやおや、エムズワース！　一体どうした？　何かあったのか？」

しばしの間、第九代伯爵はもはや発語能力を失ったかのように、そして四肢が麻痺した聾啞者の模倣をいつまでも巧みに続けるかのように見えた。しかし、やがて言葉を発した。

「今、ダンスタブルと会った」

イッケナム卿は依然として戸惑っていた。状況がはっきりしたとは言い難い。彼自身は常々公爵に会うことを忌避しており、それはウィルトシャーをはじめ至る所で公爵の知人の多くに共通する傾向ではあったが、必要とあらば平常心で向き合えたから、公爵と会ったせいでエムズワース卿がこれほど意気消沈しているのは不思議に思えた。

「致し方あるまい、公爵がこの城に滞在している以上は」イッケナム卿は言った。「つまり、公爵がここにいる限り、折々彼に出くわすことは避けられない。だが、もしかして、彼が何か気に触ることを言ったのか？」

エムズワース卿の目に浮かぶ苦悩の表情に、さらなる苦悩が加わる。まるで、その質問がむき出しの神経に触ったかのようだ。彼は一瞬、うぐっと喉を鳴らした。イッケナム卿はとても可愛がっていた愛犬を思い出した。その犬は、ご馳走三昧の一日を過ごして腹がはちきれそうになると、そんな音を発していた。

「エンプレスが欲しいと言われた」

「誰だって欲しいさ」

「だから、あいつにやるしかなかった」

「やるって、何を？」

「そうしなければ、考えただけで身の毛もよだつことになると言われた。豚を渡さなければ、コンスタンスに、テントのロープを切ったのはわしだと言いつけると脅された」

イッケナム卿は少しばかり苛立ちを感じ始めた。この男にはすでに、疑いが降りかかった場合の対処法を、低能にふさわしい言葉で教えたではないか。

「エムズワースよ、書斎で私が言ったことを忘れたのか？　断固たる否認あるのみだ」

「だが、あいつは証拠を握っとる」

「証拠？」

「え？　そう、証拠。孫のジョージが映画用カメラでわしを撮って、今はダンスタブルがそのフィルムを持っているらしい。しかも、そのカメラはわしがジョージの誕生祝いにくれてやったのだ！『これがあればお前も悪さをする暇がなかろう』と言ってな。悪さをする暇がなかろう、と！」苦々しくそう言うエムズワース卿の表情は祖父としての悔恨に満ちていた。息子をもうけるなんて馬鹿なことをしたものだ、その息子がまた息子をもうけたせいで、映画撮影用のカメラを扱える孫を持つ羽目になったのだ。この世には孫息子があまりに多すぎ、彼らが祖父を撮影する映画用カメラがあまりに多すぎる、と彼は感じていた。要するに、今の彼は、孫息子というものに対する偏見に凝り固まっており、話を終えてふらふらと立ち去りながら、ダンスタブル公爵を憎むのと同じくらいジョージを憎んでいた。

イッケナム卿はハンモックに戻った。体を横たえると頭の回転が速くなるのが常で、今、頭をかなり高速で回転させなければならないことはわかっていた。甘美と光明を振りまき、微笑んで奉仕する彼の事業はこれまでおおむね成功してきたが、同胞に正義をもたらすことを人生における目標とする男は、過去の勝利を鼻にかけて悦に入りはしない。現在こそ精神を集中すべき対象だと感じ、彼はエムズワース卿の問題に強力な知力のすべてを注ぎ込んだ。

この問題はいくつかの興味深い特徴を紛れもなく示しており、今のところ、彼自身もどう解決すればいいか見当がつかなかった。あの不幸な男が、自らの最近の行為がレディ・コンスタンスに気づかれるのをどれだけ恐れ慄いているかを思えば、取るべき唯一の道は公爵の要求をのむことのように思える。これはテレビや映画の画面よりも実生活で多く見られる、悪人が勝ち誇り善人が敗れるケースだ。ダンスタブル公爵は緑の月桂樹には似つかわしくないかもしれないが、あらゆる点から、彼が月桂冠をいただく可能性が高い。

イッケナム卿はそんなふうに思いをめぐらせ、さらに思考を深めるために目を閉じていた。そのとき、堂々たる体がハンモックに近づき、傍らに立った。レディ・コンスタンスは、イッケナム卿にご足労いただきたいと兄クラレンスにことづけたものの、兄がそれを覚えている可能性は千に一つもないと見抜き、呼び鈴でビーチを呼んで代わりに伝令の役を務めさせたのだ。執事が恭しく咳払いをすると、イッケナム卿は目を開けた。

「お邪魔して申し訳ございません、伯爵様――」

「構わんよ、ビーチ、まったく構わん」イッケナム卿は愛想よく言った。彼は喜んでこのブランディングズ城の屋台骨と言葉を交わした。前回の滞在中に二人の間に芽生えた固い友情は、今回の二度目の訪問でさらに盤石なものとなっていた。「何か気になることでも？」

「レディ・コンスタンスのことでございます、伯爵様」

「彼女がどうした？」

「もしもご都合がよろしければ、コンスタンス様はお部屋でちょっと伯爵様にお目にかかれたら嬉しいとのことでございます」

イッケナム卿にとっては、めったにないことだった。女主人がわざわざ彼の同席を求めるのは初めてであり、情勢が好ましいかどうか、定かではない。自分に霊感があると思ったことは一度もないが、厄介事が醜い鎌首を持ち上げつつあるという嫌な予感が強く感じられた。

「何の用か、わかるかい？」

執事というものは感情をほとんど表に出さないため、ビーチの表情は彼が感じている同情を表してはいなかった。だが、ビーチは、イッケナム卿が獅子の洞窟へ入った預言者ダニエルにも比せられるほどの試練に直面していることに同情していた。

「私が想像しますに、コンスタンス様はメリウェザー氏の件で伯爵様とお話ししたいと望んでいらっしゃるようです。あの紳士のお名前が本当はカスバート・ベイリー師である件についてでございます」

イッケナム卿はその昔、カウボーイ時代に、不注意にも癇癪持ちのラバの後ろに立って、腹を蹴られたことがあった。彼は今、その時の感覚を思い出していた。思わずぎくりとしたが、傍目にはいつもの屈託ない彼とは少し違って見えるだけだった。

「ほう」イッケナム卿は慎重に言った。「ほう。それでは、彼女は知っているのだな？」

「はい、伯爵様」

「どうしてお前も知っているのだ？」

「思いがけず、殿とコンスタンス様がお話ししているのが聞こえまして。たまたまドアの前を通りましたら、殿がドアをお閉めになっていらっしゃいませんでした」

「それで、立ち止まって、覗いて、聞き耳を立てたと？」

「靴紐を結ぼうと立ち止まったのです」ビーチは威厳を失わずに言った。「殿がおっしゃることには聞き耳を立てざるを得ないと感じまして」

「それで、彼は何と言っていた？」

「殿がコンスタンス様のお耳に入れていたのは、ミス・ブリッグズがメリウェザー氏の正体を見破って殿の豚を盗む企ての片棒を担ぐよう強いているが、メリウェザー氏は良心の呵責があり、そんな計画に加わることを拒んだというお話でございました。その件についてお話ししているうちに、メリウェザー氏はメリウェザー氏ではなく、ベイリー氏だという真相を殿が明かされたのです」

イッケナム卿はため息をついた。基本的にあの若い友人の堅い倫理観は好ましいが、その高尚な精神ゆえに、謀略者としての彼の能力が低くなりがちであることは否めない。理想的な共謀者とは、盗み見るような目をした男、齢六歳にして良心を捨て去り、たとえ良心の呵責というものを定食屋の皿に載せてベアルネーズソースをかけて目の前に置いてやっても、認識できない男だ。

「そうか」イッケナム卿は言った。「レディ・コンスタンスはその大ニュースをどう捉えたのかな？」

「いくらか動揺されていたようにお見受けいたしました、伯爵様」

「それも無理はない。それで、私と話がしたいと？」

「さようでございます、伯爵様」

「この件について徹底的に調べ、あらゆる角度から考察するために違いないな。おお、ビーチよ。ひとたび人を欺けば、いかにもつれた織り目を織ることか」（ウォルター・スコットによる物語詩『マーミオン』［一八〇八年］より）

「まさにそのとおりでございます、伯爵様」

「さて、それでは」イッケナム卿は立ち上がりながら言った。「五分ほど、彼女のお相手を務めるとしよう」

3

ビーチが伝言をイッケナム卿に伝え、イッケナム卿が芝生からレディ・コンスタンスの私室まで移動するのにかかった時間はおよそ十分間だったが、その間、彼女の怒りは一分ごとに新たな高みに達していた。客人が部屋に入ってきた瞬間には、なまくら包丁で彼の皮を剝いでやったらどんなに気分がいいだろうと考えており、入ってきた彼が投げかけた屈託のない微笑は、真っ赤に焼けた弾丸でバターを射抜くように彼女の神経系を貫いたように感じられた。「わが手帳——書きつけておくのに丁度いい。微笑んでも、微笑んでも、悪党たりうるのだと。少なくともブランディングズ城では、どうやらそのようだ（「ブランディングズ城」を「デンマーク」に置き換えれば、シェイクスピア作『ハムレット』第一幕第五場のハムレットの台詞）」と彼女は独りごちた。

「レディ・コンスタンス、ビーチから聞きました。あなたが私に会いたがっていると」イッケナム卿は改めて愛想のいい微笑を浮かべ、言った。その口調は、これから魅力的な女性とよもやま話を楽しむことができると期待する男のものであり、レディ・コンスタンスはその微笑に正面から対峙しながら、なまくら包丁で皮を剝ぐという夢想は生ぬるすぎると悟った。むしろ、たとえばW・S・ギルバート（イギリスの劇作家、詩人〔一八三六―一九一一〕）が詩に書いたような、手斧というよりは使い古したノコギリのように見える道具がふさわしいと彼女は考えた。

「お掛けになって」彼女は冷ややかに言った。

「ええ、ありがとう」イッケナム卿は腰を下ろしながら言った。彼の目が机の上の写真に留まる。

「やあ、この顔には見覚えがある。ジミー・スクーンメイカーですね？」

「ええ」

「最近の撮影？」

「ええ」

「昔よりも老けたな。もちろん、年を経れば当然だ。私もきっと老けているはずだ、自分ではちっともそう思わないが。実にいいやつですよ、ジミーは。奥さんが亡くなったあと、彼が男手一つで幼いマイラを育て上げたことはご存じですかな？　この私も少なからず手伝いました。ジミーは子供を風呂に入れるのが苦手だったから、私はよく夕方に呼び出されて、マイラの背中を石鹸で洗ったものです、広告の言うとおり風呂の湯を安全な深さに保ちながらね。ウナギをマッサージしているみたいだったな。いやはや、もう遠い昔のことに思えます。そういえば、こんなこともありました――」

「イッケナム卿！」レディ・コンスタンスの声は最初から氷点下数度といった冷ややかさだったが、さらに冷気を増し、雪の女王の声さながらになっていた。使い古したノコギリのように見える手斧でも物足りないと、今の彼女は思っていた。

「ここへお呼び立てしたのは、あなたの思い出話を聞くためではありません。即刻、この城から出て行ってくださいと言うためです、もちろん」レディ・コンスタンスは噛み締めた歯の間から絞り出すようにして付け加えた。「お友だちのベイリーさんを連れて」

彼女は言葉を切ると、虚しさと失望を覚えた。自分の言葉がこの男を混乱に陥れ、平静さを粉々に打ち砕くことを予想していたのに、相手のきれいになでつけた頭からは髪の毛一本ほどの動揺もうかがえない。彼は別の写真を眺めていた。それはレディ・コンスタンスの亡夫ジョゼフ・キーブルの写真だったが、彼女はそれについて質問する隙を与えなかった。

「イッケナム卿！」

彼は振り向き、とても申し訳なさそうな顔をした。

「すみません。心ここにあらずだったようです。過ぎ去った懐かしい日々のことを考えていたものですから。あなたはもうすぐこの城を出るとおっしゃっていましたね？」

「あなたがもうすぐこの城を出ると言ったのです」

イッケナム卿は驚いた顔をした。

「まだ予定を立てていませんでした。本当に私のことですか？」

「そう、ベイリーさんも連れていくのです。あの無礼な青年をよくもここへ連れてきましたね」

イッケナム卿は思慮深げに口髭をひねった。

「ああ、ビル・ベイリー。おっしゃることはわかります。ええ、不作法な行いだったと思います。しかし、よく考えてください。よかれと思ってしたのです。二つの若いハートが春どきに引き裂かれた……いや、春どきではないかもしれないが、それに近い時期かどうかはどうでもいい、とにかく、事態を正常に戻したかったのです。ジミーもこの思いやりあふれる行為に賛同してくれたに違いありません」

「私はそうは思いません」

「ジミーは彼の可愛い仔羊ちゃんを幸せにしたいでしょう」

「私もです。だからこそ、一文なしの牧師補との結婚を許すつもりはありません。でも、議論は無用。乗れる――」

「ビルが突如、主教になったら、あなたは後悔するでしょうな」

「――汽車は――」

「この良縁をどうしてまとめなかったのかしら、と、あなたは思うことでしょう」

「――一日中あります。二時十五分発をお勧めしますわ」レディ・コンスタンスは言った。「ごきげんよう、イッケナム卿。もうお引き止めはしません」

もっと気立てのいい男なら、それらの言葉から暗示――控えめではあったが確かな暗示だった――を読み取り、もはや自分がここにいるのは相手の欲するところでないと悟っただろうが、イッケナム卿は椅子にじっと座ったままだった。悩ましげな顔をしている。

「二時十五分の汽車を推奨なさるのもおそらく当然なのだとわかっています」彼は言った。「きっと素晴らしい汽車に違いありません。しかしながら、ビルと私がそれに乗るのを阻む問題がいろいろとありまして」

「そうは見えません」

「わかりやすく整理しましょう。ビル・ベイリーの滞在中、彼をじっくり観察なさいましたか？　変わった男ですよ。普段は虫も殺さぬ性格で、実際、私もそれをこの目で見ておりますが――」

「私にはどうでもいいこと――」

「しかし、追い込まれると、情け容赦もこだわりもなくなります。牧師補だからあんな写真は握りつぶすだろうと思われるでしょうし、私も、それが彼のすべきことだと思います。だが、牧師補といえども、追い詰められるときがあります。あなたが彼にどうしてもここを出ていけと迫れば、いかに二時十五分の汽車が豪華であろうとも、彼は追い詰められたと感じるのではないかと懸念しておるのです」

「イッケナム卿！」

「何かおっしゃいましたか？」

「一体全体、何のお話？」

「説明しませんでしたかな？　失礼しました。話を端折るのは私の悪い癖だ。私が言っていたのは、彼が撮ったビーチの写真のことで、もしもここを放り出されたら、ビルは非常に気を悪くして、あの写真を世間の目にさらすだろうと言ったのです。そう、仕返しのためにね。神に仕える聖職者にはあるまじきことですが、きっとそうなると断言できます」

　レディ・コンスタンスは、熱を帯びてきた額に片手を当てた。兄のクラレンスと話しているときでさえ、これほどのめまいを感じたことはない。

「写真？　ビーチの？」
「テントのロープを切り、教会少年団の子供たちが大勢、びっくりしたりがっかりしたりするのを眺めるのは、愉快なものです。いや、とんだ失礼を。あなたには言っていませんでしたね。要するに、こういうことです。今朝、ビル・ベイリーは眠れなかった。恋の病のせいかもしれません。それで散歩に出かけると、ジョージ少年の映画用カメラがホールに置いてあったので、何気なく、この地の野生動物でも撮影してみようと思ってそれを持って出ると、湖のほとりでビーチが例のロープを切っているではありませんか。ビルはフィルム丸々一本分、ビーチを撮影し、なかなか出来のいい写真になったようです。煙草を吸ってもよろしいですか？」イッケナム卿はシガレットケースを取り出して言った。

　レディ・コンスタンスは答えなかった。旧約聖書のロトの妻よろしく塩の柱と化してしまったようだ。彼女は生まれてこのかたブランディングズ城で暮らし、この壮麗にして騒動には事欠かないイングランドの館で日々起こる珍事に遭遇してきた。だから、ちょっとやそっとのことでは驚かないと思う向きもあろう。しかし、今回は違った。彼女は唖然としていた。

　ビーチが！　十八年間、執事として申し分なく務めてきた彼が、この期に及んでそんなことを！椅子にかけていなかったら、よろめいていただろう。あらゆるものが黒くなっていくように見え、イッケナム卿も例外ではなかった。まるでオセロー（シェイクスピアの同名の劇の主人公でムーア人の武将）を演じている俳優がインクのように真っ黒な煙草に黒っぽいライターで火をつけているように見えた。
「もちろん」と黒い肌の男は続けた。「ビーチが軽率な行為に走った陰にどんな思いがあったかは、わかります。もう何日も、エムズワースは、あの教会少年団に聖戦を仕掛けるよう説き、彼があの少年たちの手によっていかなる害を被ったかを虚空に向かって語り続けていましたから、封建的忠義心に満ちたビーチがもはや自制できなくなったのは、容易に理解できる。ナイフを持ち出して敢行するしかないと思ったのでしょう。そうした背景全体が、本質的にあの聖トマス・ベケット（カンタベリー大司教［一一六二―一一七〇］。国王ヘンリー二世と対立した）の暗殺にそっくりであることに、あなたもお気づきかもしれません。ヘンリー王が『この暴れ者の司祭を追っ払ってくれる者はおらんのか？』と言い続けた結果、王の騎士たちがその件について手を下さねばならないと決意したことを、ご記憶でしょう。エムズワースもおそらく、言葉は違えど教会少年団について同じ考えを漏らし、執事としての任務にきわめて忠実なビーチが、任務の一環として、あの年若いならず者たちに示そうとしたのでありましょう、犯罪は引き合わないものであり、日曜学校のパーティーにおいて堅焼きロールパンを投げつけてシルクハットを吹っ飛ばした者には遅かれ早かれ報いがあることを」

イッケナム卿は言葉を切って咳払いした。煙草の煙にむせたのだ。レディ・コンスタンスは凍りついたままだった。彼女自身の像と化していたのかもしれない。像の発注者は友人や崇拝者たちだ。

「この状況がいかにまずいか、おわかりですかな？　エムズワースが正式にビーチに指示して私的制裁を加えさせたかどうか、おそらくわれわれには永遠にわからないでしょう。しかし、いずれにしても大した違いはありません。もしもあの写真が白日の下にさらされれば、ビーチは暴露された恥をしのげず、自らの地位をなげうって辞職し、あなた方はシュロップシャーきっての有能な執事を失うことになりましょう。それに、もう一つ。エムズワースは間違いなく、執事を焚きつけたのは自分だから、この件は自分に直接の責任があると白状するでしょう。全州民が彼を蔑みの目で見て、口をつぐみ、眉をひそめ、もしかしたら次の農業品評会から締め出すかもしれません。本当に、レディ・コンスタンス、私があなたの立場にあれば、ビル・ベイリー追放について考え直しますな。お望みとあらば、私は、ここでの社交が楽しいので残念ですが、二時十五分の汽車で城を発ちましょう。しかし、ベイリーは留まるべきだと言わざるを得ません。おそらく、いずれ彼の魅力的な人柄が、あなたの現在の偏見に打ち勝つでしょう。これで失礼しますよ、ゆっくり考えてみてください」イッケナム卿はそう言うと、またもや愛想のいい微笑を浮かべて部屋を出た。

彼が退室してからかなりの時間、レディ・コンスタンスは身じろぎもせずに座っていた。それから、内なる闇にふと光が射したかのように、ハッとした。そして、便箋や、封筒や、葉書や、電信や電報の用紙が収納されている机の整理棚へ手を伸ばした。電信の用紙を一枚選び出すと、ペンを手に取り、書き始めた。

ニューヨーク
パーク・アヴェニュー一〇〇〇番
ジェイムズ・スクーンメイカー様

そこでペンを止めてしばし考えた。それから、また書き始めた。

オイデコウ。ダイシキュウ。ゼヒオメニカカリタク……

4

善意からとはいえ、無実の執事の名を汚すのは善良なる男にとって常に不本意であるため、事後、真っ先に頭に浮かんだのは、埋め合わせをすることだった。そこで、イッケナム卿はレディ・コンスタンスの部屋を辞去するとすぐにビーチのいる配膳室へ向かい、選び抜いた言葉を二、三かけてから、悔悟のしるしに五ポンド札を彼の手に握らせた。ビーチは恭しく頭を下げて感謝し、その金をズボンのポケットにしまい、カスバート・ベイリー師の居所を尋ねられると、ほんの少し前、スクーンメイカー嬢とバラ園に入っていくのを見たと言った。

イッケナム卿はそこへ行くことにした。人間の性質を研究し尽くしている彼は、恋人たちが二人でバラ園へ入ったら時計を見ないことを知っており、ビルとマイラがそこへ行ったばかりなら今でもそこにいるだろうと踏んだ。二人はおそらく、ビルの差し迫った出立について暗い気分で話し合っているだろうから、イッケナム卿は一刻も早く彼らを安心させてやりたかった。レディ・コンスタンスは熟考の末に若き聖職者へのもてなしを続けるだろうと、確信していたのだ。彼が立ち去った時点での彼女の様子は、白旗を掲げる以外に選択肢がないと悟っている人のそれだった。

外へ出るか出ないかのうちに、彼は自らの誤りを知った。マイラ・スクーンメイカーはバラ園にいるどころか、正面玄関を出たところの砂利道に立っており、ビルと話し合っているどころか、ダンスタブル公爵の甥アーチー・ギルピンと、広い戸外にいるにもかかわらず隙間なく身を寄せ合っていた。イッケナム卿が姿を現すと、アーチー・ギルピンは立ち去り、こちらへやって来たマイラの顔は陰気で、歩き方は夢も希望もなくした乙女のものだった。それでも、イッケナム卿は心配しなかった。これから伝える知らせが言葉のカンフル剤となって、彼女はそこらじゅうを踊りまわり帽子からバラの花を撒くだろう。

「やあ、マイラ」

「あら、こんにちは、フレッドおじさん」

「美酒と美食には事欠かないというのに、浮かない顔だね、マイラや」

「浮かない気分なの」

「そんな気分とはもうすぐおさらばだよ。ビルはどこだい？」

娘は肩をすくめた。

「どこかその辺にいると思うわ。バラ園に置いてきたから」

イッケナム卿の眉毛が跳ね上がった。

「バラ園に置いていきたって？　痴話喧嘩じゃないだろうね？」

「そう呼びたければどうぞ」マイラはそう言い、足元を歩いていた黄金虫を不機嫌そうに蹴ると、黄金虫は彼女を冷ややかに見て歩みを続けた。「私、婚約を破棄したの」

イッケナム卿はちょっとやそっとのことではうろたえない。甥のポンゴもそう証言するだろう。あのドッグレースの日でさえ、法の手が肩に置かれたときでさえ、平静だった。しかし、今は戸惑いを隠せない。彼はマイラを、信じられないという顔で眺めた。

「婚約を破棄したって？」

「ええ」

「だが、なぜ？」

「だって、彼が私を愛していないのですもの」

「どうしてそう思うんだい？」

「どうしてそう思うか、言いましょう」マイラは勢い込んで言った。「彼、エムズワース卿のところへ行って自分の正体を明かしたのよ。エムズワース卿からレディ・コンスタンスに漏れて、そうなればレディ・コンスタンスはすぐさま彼を追い出すって知っていたのに。どうしてそんなことをしたかって？　それは、私から逃げる口実を作るためよ。きっとボトルトン・イーストに別の女がいるんだわ」


イッケナム卿は口髭をきつくひねった。これまで生きてきて、出鱈目な話を辛抱強く聞いたことも一度や二度ではなかったが、今回は辛抱できる気分ではなかった。

「マイラ、頭を検査してもらったほうがいい」

「あら、そう？」

「それが有効な金の使い途ってものだ。仮にボトルトン・イーストの女の子が全員集まってサロメの七つのベールの踊りを彼に披露したとしても、ビル・ベイリーは一顧だにしないことを、私が保証する。彼がエムズワース卿に正体を明かしたのは、そうせずにいることを良心が許さなかったからだ。ブリッグズの悪だくみの話を信じてもらうためには白状せざるを得ず、代償を意に介さなかった。破滅と災いの元だと承知してはいたが、口をつぐんで傍観し、あの善良な男が豚を奪われるままにしてはおけなかった。婚約を破棄するどころか、彼の揺るぎなき高潔さを褒めちぎるべきだよ。心ある男たるもの、勇壮なる騎士の端くれでいたければ異性にかける言葉には気をつけるべしというのが私の信条だが、若きマイラ・スクーンメイカーには、浅はかなことをしたねと言いたい気持ちを抑えきれない」

もう一度蹴ってやろうかというような顔で黄金虫を見つめていたマイラが、びくりとして頭を上げた。

「本当にそうだと思う？」

「もちろん、そうさ」

「それじゃ、彼が私から逃げるチャンスに飛びついたのではないと？」

「もちろん、違うさ。いいかい、ビル・ベイリーほど汚れなき騎士はどこを捜したって、いやしない。このうえなく清廉潔白な男だ」

深いため息がマイラ・スクーンメイカーの口から漏れた。彼の雄弁が彼女の疑念を打ち砕いたのだ。

「浅はか」彼女は言った。「そのとおりだわ。フレッドおじさん、私、とんでもなく馬鹿なことをしちゃった」

「おじさんの言うとおりだろう」

「ビルのことじゃないの。それならすぐに元に戻せる。だけど、たった今、アーチー・ギルピンに結婚するって言っちゃったの」

「結婚の予定をアーチー・ギルピンに話したってなんの支障もないだろう。彼はきっと結婚祝いを送ってくれるよ」

「もう、違うってば、フレッドおじさん！　私、たった今、アーチーに彼と結婚するって言っちゃったの！」

「何、彼と？」

「そう、彼と」

「いやはや、そいつはたまげた！　一体全体、どうしてそんなことを？」

「そうね、ただの思いつきみたいなものだと思うわ。ミス・スペンスの学校（ニューヨークにある私立名門女子校スペンススクール）では通信簿によく書かれていたの。『しばしばあまりに衝動的である』って」

　そう話すマイラは意気消沈している。あの短いが致命的な会話をアーチーと交わして以来、不安な確信がじわじわと固まりつつあった。よく考えて踏みとどまるべきだったのに、ものの弾みで進んでしまったという確信である。言うなれば、遊園地のジェットコースターにこわごわ乗って、降りるには遅すぎるタイミングで、その乗り物が速度を増しつつあるのを実感した人のような気持ちだった。

　アーチー・ギルピンがそれほど好きというわけではない。それなりにいい人で、散歩やテニスをするには楽しい相手だが、このとんでもない事態に至るまでは、全然気にもならない、たまたまその辺にある異物だった。それなのに、今や彼と婚約し、婚約は『タイムズ』紙上で発表されるだろうし、レディ・コンスタンスは言うだろう。お父様がどんなにお喜びかしら、あの男とのことは一時の愚かなのぼせ上がりにすぎなかったと気づいて、本当によかったわ、と。もう生きている意味がない。湖まで行って教会少年団の一人に、一シリングあげるから息の根が止まるまで私の頭を水の中に押さえつけてちょうだい、と頼みたい気持ちでいっぱいだ。

「ああ、フレッドおじさん！」

「よし、よし」イッケナム卿は言った。

「ああ、フレッドおじさん！」

「何も言わなくていい。ただ泣きなさい。それがいちばんの薬だ」

「私、どうすればいいの？」

「もちろん、破談にするのさ。それしかないだろう？　アーチーに、知り合えてよかった、と言ってお引き取り願うんだな」

「でも、できないわ」

「馬鹿を言うんじゃない。そういう話を持ち出すのはしごく簡単じゃないか。月夜に彼と散歩をする。二人の愛の巣で暮らし始めたら、どんなに楽しいだろうとか何とか彼が言う。そうしたら、こう言えばいい。『あら、あなたに言うのを忘れていたわ。その話はなかったことになったの』彼は『何だって！』と言う。君は『そういうこと』と言い、彼は顔を真っ赤にしてアフリカへ行く」

「そして私はニューヨークへ行く」

「なぜニューヨークへ？」

「だって、公爵の甥との婚約を破棄したことが知れたら、私はひんしゅくを買って家へ送り戻されるでしょうから」

「ジミーはそんな頑固親父ではないだろう？」

「そうなったら頑固になるに決まってるわ。父は英国貴族が大好きなの。ものすごく憧れているのよ」

「無理からぬことだ。われわれは世人の鑑だからな」

「父はきっと私をどうしてもアメリカへ連れ戻すでしょう。そして、私は愛しいビルに二度と会えないのよ。だって、彼はニューヨークへの旅費もないでしょうから」

イッケナム卿は考え込んだ。これほど込み入った事態になるとは、計算外だった。

「なるほど。うむ、難しい状況だということはわかる」

「私もわかってるわ」

「こうなると、まったく新しい考え方をしなくてはならん。私にすべて任せなさい」

「おじさんに何かできるとは思えない」

「イッケナム家の人間に対してそう考えるのは常に早計だぞ。かつて別の若い友人にも言ったが、この種の状況でこそ、私の本領が存分に発揮される。そして、由緒正しきイッケナム第五代伯爵フレデリック・オルタモント・コーンウォリス・トウィッスルトンが本領を発揮すれば、何とかなる」

第八章

1

フリート街を進んで川へ向かう脇道に入ると、目の前に州刑務所のようにもビスケット工場のようにも見える巨大な建物がある。それがマンモス出版社の本拠地ティルベリー・ハウスで、大勢の従業員が大衆のための読み物を大量生産するために昼夜仕事に精を出している、蜂の巣のごとく騒々しい場所である。ティルベリー卿が発行する大量の日刊紙と週刊紙は天から降ってくるように勘違いされることもあるが、実際には人の手で作られているのだ。

その建物には無数の窓があるが、二階と三階の窓に注意する必要はない。編集者とその部下がいるだけだからだ。注目すべきなのは、四階の真ん中にある三つの窓である。それらがティルベリー卿専用のオフィスの窓で、待っていれば、彼が身を乗り出して外の空気を吸うところが見られる。見物人にとって、これほど確実に計算できる見ものはない。

ところが、今朝の見物人は運がなかった。ティルベリー卿は机の前にじっと座っていた。じっと座ったまま、すでに相当な時間が経っていた。秘書のミリセント・リグビーに口述筆記させる手紙が百通はあったが、ミリセントは口述筆記の指示がないので秘書室に留まっていた。協議すべき案件がある編集者も十人以上、協議の呼び出しがないために自席に留まっていた。

ティルベリー卿は深い物思いに沈んでいた。彼を見る人は、この非凡な精神を占めているものは一体何だろうと訝っただろう。大臣たちの地位を揺るがすような事実を公表する計画を練っているのか、あるいは最近の内閣の分裂にからめて、とるべき最適な路線を模索しているのか、あるいは、自社の出版物すべてに個人的関心を寄せる彼のこと、イギリス人の育児観の形成に大きな役割を果たしてきた雑誌『おちびちゃん』の編集方針の変更について考察しているのか。実のところ、彼が思いを巡らせていた相手は、ブランディングズ城のエンプレスだった。

どんな成功者の人生にも、いくらか欠けているものがある。ティルベリー卿は富も力も持っていたし、精神年齢が十二歳で止まっている読者諸氏の需要を満たしていれば、その富と力を無限に享受できるという心安らぐ認識もあったが、ブランディングズ城のエンプレスは手に入れていなかった。彼は、あの美豚中の美豚と出会った日以来、自らのバッキンガムシャーの豚舎に彼女を加えたいと熱望してきた。エンプレスをほんの一目でも見た愛豚家は皆、そういう反応を示す。来て、見て、息をのみ、不幸と不満のうちに立ち去り、心を奪われたままその後の人生を過ごす。夢の中で女神にキスされた男のようなものである。

沈鬱な物思いを破ったのは電話のベルだった。ティルベリー卿はむっつりとした顔のまま、受話器を取った。

「ホォイ！」怒鳴り声が耳に飛び込んできた。誰の声か判別するのは難しくなかった。知り合いは大勢いるが、ブラッドオレンジを売り歩く行商人かと思うような大音声でこの単音節を発音し、会話を始める男はダンスタブル公爵しかいない。「お前か、スティンカー？」

　ティルベリー卿は顔をしかめた。彼をこの名で呼ぶ昔の仲間の生き残りは一握りしかいない。遠い過去のことですら嫌だった、名士となった今ではなおさら不愉快で神経に障る呼び名だ。顔をしかめただけでは飽き足らず、彼はきわめて居丈高になった。短身でがっしりしたこの男は、苛立つとすぐに居丈高になる。

「ティルベリー卿です」彼は自分の本名と「卿」を強調し、無愛想に言った。「もしもし？」

「何だって？」公爵ががなり立てた。右の耳が少し遠いのだ。

「もしもし？」

「はっきり言え、スティンカー。モゴモゴしゃべるな」

　ティルベリー卿はほとんど公爵レベルに音量を上げて言った。

「『もしもし？』と言ったんだ」

「もしもし？」

「そうだ」

「まったくつまらんことを言いやがる」公爵が言い、ティルベリー卿はますます顔をしかめた。

「何だい、ダンスタブル？」

「え？」

「いったい何だい？」

「何がどうした？」

「何の用だ？」ティルベリー卿はだみ声で叫び、手に握りしめた受話器をもう少しで電話機の上にガチャンと置くところだった。

「何の用だと？」公爵が怒鳴る。「お前の用さ。お前が入り用な、あの豚を手に入れた」

「何と！」

「何だ？」

ティルベリー卿は答えなかった。椅子の上で身を固くし、まるで森に住む魔法使いに呪文をかけられたおとぎ話の登場人物のような有り様だ。彼の沈黙に、辛抱することが不得手な公爵は苛立った。

「そこにいるのか、スティンカー？」公爵は怒鳴り、ティルベリー卿は一瞬、鼓膜が吹き飛んだかと思った。

「うん、うん、うん」と言いながら、耳をマッサージするために受話器をしばし離した。

「それなら、なぜ何も言わない？」

「呆然としちまった」

「何だって？」

「信じられない。本当に、ブランディングズ城のエンプレスを売るようにエムズワースを説き伏せたのか？」

「われわれは合意に達した。そっちの付け値は変わらないか？」

「もちろん、もちろん」

「即金で二千だな？」

「そのとおり」

「何だって？」

「そのとおり、と言った」

「それなら、こっちへ来て豚を受け取るんだな」

「そうするよ。そうする――」

ティルベリー卿は言葉を切った。ミリセント・リグビーに口述筆記させておくべきだった山ほどの文書のことを考えていた。それらを放置していいだろうか？　そして、解決策を思いついた。ミリセント・リグビーを一緒に連れて行けばいい。ベルを鳴らした。秘書が入ってきた。

「ミス・リグビー、住まいはどこ？」

「シェパード・マーケットです、ティルベリー卿」

「タクシーで帰宅して、一泊用の荷物を詰めて、戻ってきなさい。車でシュロップシャーまで行くから」ティルベリー卿は受話器に向かって言った。「そこにいるか、ダンスタブル？」

弾薬庫の爆発音に似ていなくもない音声が、電話線の向こうから聞こえた。

「お前こそ、そこにいるのか、このへっぽこ野郎！　一体どうした？　そっちの声が一言も聞こえないぞ」

「秘書にしゃべっていた」

「もうやめろ。こういう長距離電話にいくらかかるか、知らないのか？」

「すまん。すぐに車で行く。どこで会える？　城には行きたくないが」

「マーケット・ブランディングズの〈エムズワース・アームズ〉に泊まれ。そこで会おう」

「そこで待ってるよ」

「何だって？」

「そこで待ってると言ったんだ」

「何だって?」

ティルベリー卿は歯軋りをした。体がカッカとし、倦怠感に見舞われた。電話における公爵の話術は、相手にしばしばそのような作用を及ぼした。

2

ラヴェンダー・ブリッグズはパディントン駅発十二時三十分の汽車に乗った。マーケット・ブランディングズ駅のプラットフォームに到着したときは、四時を過ぎていた。

気温の高い日で、車内が蒸し暑かったため少々くたびれたが、心は穏やかに満ち足りていた。首都ではすべての瞬間を楽しんだ。公爵の小切手は銀行に預け入れた。ごく親しい友人たちと、心のこもった料理を出すレストラン〈クラッシュト・パンジー〉(「萎れたパンジー」)で食事を楽しみ、食後には皆で〈フレイミング・ユース(「炎の青春」)・グループ・センター〉へ、流行りの前衛演劇の初日公演を観に行った。フットライトの向こうからキャベツを煮る匂いが漂い、山高帽を被った小男が神だったと最後に判明する、という類の劇である。彼女は自信満々だった。カスバート・ベイリー師は、正体を明かすよりはエムズワース卿の豚を盗むのに手を貸したいと決心を固めて彼女と会うに違いない。紅茶で祝杯をあげるにふさわしいと思った彼女は、〈エムズワース・アームズ〉へ向かった。マーケット・ブランディングズには他の宿屋もある。〈グース・アンド・ガンダー〉、〈ジョリー・クリケッターズ〉(「陽気なクリケット選手たち」)、〈ホイートシーフ〉(「小麦の束」)、〈ワゴナーズ・レスト〉(「御者の休息」)、〈ビートル・アンド・ウェッジ〉（「小槌〔こづち〕と楔〔くさび〕」）、〈スティッチ・イン・タイム〉（「今日の一針」）を忘れているわけではないが、〈エムズワース・アームズ〉は淑女が上質の紅茶をバター付きトーストや洒落たケーキと共に楽しめる唯一の場所だった。その他は、ジョージ・シリル・ウェルビラヴドのようなタイプの客にビールさえ出していればいいような店なのだ。

しかも、〈エムズワース・アームズ〉では、マーケット・ブランディングズの名所の一つである広い庭園で飲食物が提供される。川に沿って広がる庭園には田舎風のテーブルが点在し、その大半は枝を広げた樹木や低木の茂みの陰にある。ラヴェンダー・ブリッグズが選んだテーブルは、緑の葉叢《むら》に隠れて人目につかなかった。そこを選んだのは、完全に一人きりになって、自らの事業の順風満帆な状況についてよく考えたかったからだ。庭園の他の場所では家族連れのせいで思考が中断されがちで、顔を紅潮させた母親が指揮官さながら、ケイティをからかうのを止めなさいとウィルフレッドに命じたり、ジェインに向かって変な顔をするのは止めなさいとパーシヴァルに命じたりしていた。

ケーキとバターつきトーストを食べ終わり、三杯目の紅茶をゆっくり飲んでいるとき、同じような田舎風テーブルが置かれた茂みの向こうから声が聞こえた。「ビールを二つ」と言っただけだったが、その声に、彼女は椅子の上で体をこわばらせた。第六感めいたものが、耳をすませば何か面白い話が聞けるかもしれないと告げた。なぜなら、午後の静寂を破ったその声は公爵のものであり、公爵がマーケット・ブランディングズへ来るとすれば、目的はただ一つ、エムズワース卿の比類なき豚を手に入れるためなら大枚二千ポンドも惜しまない謎の人物と交渉するためだからだ。

少し後で二番目の声が発せられ、さっきもこわばったラヴェンダー・ブリッグズの体が、今度はその二倍、こわばった。その声は、今日は暑いとか何とか、取るに足りないことを言っただけだが、話者の正体が元雇用主、マンモス出版社のティルベリー卿であることを知るには十分だった。かつて、その威厳に満ちた唇によって嫌というほど口述筆記をさせられたから、間違いようがない。

彼女は椅子の上で身を硬くし、公爵の威勢のいい言葉を聞き取ろうと耳をそば立てた。

3

茂みの向こうでは、しばらくとりとめのない会話が交わされた。いつウェイターがビールを持って戻ってくるかわからないため、真剣に論じるべき事柄がある二人の男は、すぐに話を深く掘り下げはせず、世間話に徹していた。ティルベリー卿が今日は暑いとまた言い、公爵が相槌を打つ。公爵は、ロンドンはもっと暑かったのではないかといい、ティルベリー卿が、うん、もっと暑かったと言う。公爵は暑さよりも湿気が困ると言い、ティルベリー卿が、自分もやはり湿気が苦手だと明かす。それからビールが到着すると、公爵は一声唸ってから夢中で飲み始めた。公爵たる人がビールを飲むときに期待される紳士らしい抑制を、かなり露骨にかなぐり捨てたらしい。ティルベリー卿がこう言うのが聞こえたからだ。

「喉が渇いているようだな。城から歩いてきたのか?」

「いや、車に乗せてもらった。運がよかった。今日は暑いからな」

「うん、だいぶ暑い」

「湿気もある」

「湿気がひどい」

「湿気は嫌だな」

「俺も湿気は嫌いだ」

こうした知的な会話のあと、沈黙が続いた。それを破ったのは、公爵のあからさまなくすくす笑いだった。

「どうした?」

「何だって?」公爵が言う。「はっきり言え、スティンカー」

「君が何を笑っているのかと訝っただけさ」ティルベリー卿は冷ややかに言った。「それに、スティンカーと呼ぶのはやめてもらいたい。人に聞かれるかもしれん」

「聞かせてやれ」

「一体何が可笑しい?」ティルベリー卿は、公爵がまた笑ったのを見て言った。ダンスタブル公爵を好きだったことは一度もない。ロンドンからの移動で疲れているうえに彼との同席に耐えなければならないのは、エンプレスを手に入れるためとはいえ、重い代償だった。

私的な事情を誰彼構わずに明かす習慣は公爵にはなかったから、別の機会、別の状況であれば、スティンカー・パイク改め自称ティルベリー卿ごときから情報を求められたら、憤慨しただろう。公爵は新聞関係者を信用していなかった。極秘情報として漏らした途端、ゴシップ面の全面に大見出しで報じられたうえに写真まで載せられ、しかもその写真は、まるでドーヴァー街のショーウィンドウ破りの窃盗事件に関して警察が尋問しようとしている男のように見えるのだ。

しかし、今、彼は〈エムズワース・アームズ〉のビールで満たされつつあった。飲んだことのある人なら誰でも知っているように、〈エムズワース・アームズ〉の亭主G・アヴンズが自家醸造して供するこのビールには、人の心を和ませる作用があった。G・アヴンズが醸造中に何を入れるのかは彼と造物主だけが知る秘密だが、とにかく最も寡黙な人間にも魔法のように効いた。この霊薬一パイント（約〇・五七リットル）が体内にしみわたった公爵は、気を許せる仲間と幸福感を共有しないのは不調法だと思えてきた。

「あのいまいましい女に一杯食わせてやる」公爵は言った。

「レディ・コンスタンスのことか？」ティルベリー卿は、自分にとっては明白と思われた結論に飛びついた。かつてのブランディングズ城訪問は短かったものの、女主人を熟知するには十分だった。

「いや、コニーじゃない。コニーはいい。馬鹿だが心根は悪くない。問題はエムズワースの秘書だ。おっかない女で、名前も気色が悪い。ブリッグズ。ラヴェンダー・ブリッグズ」それが敗因であるかのように、公爵は言った。

　ティルベリー卿の頭の片隅に、ピンとくるものがあった。

「ラヴェンダー・ブリッグズ？　以前、ブリッグズという名の秘書がいて、誰かが彼女にラヴェンダーと呼びかけるのを聞いたような気がする」

「ひどい名前だ」

「あんな容姿の女には実に不似合いな名前だ、もし同じ女だとすればな。のっぽでみっともない女か？」

「かなり」

「眼鏡はキツネ目か？」

「ああいう眼鏡をそう呼ぶなら」

「大足か？」

「巨大だ」

「髪は海藻みたいか？」

「まさしく海藻だ。それに、四六時中、つれない返事のことでつまらんことばかり言う」

「そういうことは言われなかったが、君の話からすると同じ女に違いない。あいつは解雇した」

「大正解だ」

「まるで虫けらを見るような目で俺を見るし、しょっちゅう見下したように鼻を鳴らしていた。ああいう態度は我慢できん。仕事に関しては優秀な秘書だったが、お引き取り願った。すると、今はエムズワースのところにいるのか？　彼には同情するよ。ところで、あの女に――その――一杯食わせると言ったな。どういうことだ？」

「話せば長くなる。あの女は俺から五百ポンドせしめようとした」

ティルベリー卿は一瞬、戸惑った顔をした。それから理解した。頭の回転が速い男なのだ。

「婚約不履行か？　ラヴェンダー・ブリッグズのようなおぞましい女に引っかかるとは、お前らしくないな。あの眼鏡だけでも、まるで……。まあ、女にのぼせ上がるのに理屈はいらん。それにしても、お前の年齢ならもう少し分別があってもよさそうなものだ。老いぼれの馬鹿ほどの馬鹿はいないって言うだろう。そう、もし彼女が手紙か何かを取ってあって婚約不履行を証明できるとすれば、それでも安く済んだ。お前にとってはいい勉強だ」

G・アヴンズの自家醸造ビールには、もう一点、付け加えるべきことがある。このビールが与えてくれる全人類への和やかな友愛を保ちたければ、飲み続けなければいけないということだ。一パイントしか飲んでいない公爵は、ティルベリー卿が忠実で秘密を分かち合える友だという気持ちを保っていられなかった。彼に対して激しい嫌悪感を覚え、慈悲深き君主がなぜこんな男に男爵位を授けたのか想像もできなかった。ラヴェンダー・ブリッグズは前のめりになって一言も聞き漏らすまいとしていたが、庭園中に響き渡るほど大きく鼻を鳴らす音がして、椅子から転げ落ちそうになった。ダンスタブル公爵は鼻を鳴らすとき、遠慮も会釈もなく全力でやってのける。

「婚約不履行ではない！」

「それじゃ、何があったんだ？」

「知りたいか。あの女が、エムズワースの豚を俺の代わりにちょろまかしてくれる人間に渡りをつけてもいいと言うので手配を任せたら、五百ポンドを前金で要求され、その金額の小切手を渡してやった」

「ほう、本当か！」

「どういう意味だ、『ほう、本当か』とは？　それ以下の金額ではあの女がうんと言わなかった」

「それじゃ、これまでのところ、君の表現を使えば、一杯食わせたのは彼女のほうだってことになる」

「向こうはそう思っただろうが、大間違いさ。さっき言ったエムズワースとの話がまとまるとすぐさま、取引銀行に連絡して小切手の支払いを停止させた。電話をかけて、一ペニーでも出したらお前らの腹わたをこの手で掻き出してやると言っておいた。小切手が『振出人回し』となって戻されたときのあの女の顔が見たいものだぜ」

ティルベリー卿は、ごく手近な場所から、自分の席に近い茂みの陰からかもしれないが、誰かが苦悶のあまり息をのむ音が不意に聞こえたような気がしたものの、気にしなかった。筋道に沿って考えていたからだ。

「それでは、豚のために何も支払わなくてよかったのだな」

「びた一文もな」

「それでは、俺が支払う額を負けてくれてもいいじゃないか」

「そう思うか？　それじゃ教えてやるよ、スティンカー」老いぼれの馬鹿呼ばわりされて大いに気を悪くしていた公爵は言った。「あの豚の言い値は上がった。今や三千ポンドさ」

「何だと！」

「そういうことだ。三千ポンドだ」

〈エムズワース・アームズ〉の庭園に、突如、静寂が訪れたように思われた。庭園も、そこにいるものすべてでも、動きを止めて沈黙した。鳥はさえずるのをやめた。蝶は羽ばたきの途中で凍りついた。イチゴジャムの中でもがく蜂は、まるで写真を撮られているかのようにぴたりと動かなくなった。全般的麻痺状態はティルベリー卿にも及んだ。彼がまた口を開くまでにはかなり時間がかかった。その口から出てきたしわがれ声は、相手の言葉を正確に聞きとれたと信じられない男のものだった。

「冗談だろう！」

「冗談で言うと思うか」

「俺が豚一頭に三千ポンド払うと思っているのか？」

「あの豚が欲しいんだろ」

「われわれの紳士協定はどうなった？」

「紳士協定なんぞ糞食らえ。こっちの言い値でよければ、豚はお前のものだ。嫌ならエムズワースに売り戻す。いかに法外な値でも、喜んで買うだろう。まあゆっくり考えるんだな、スティンカー」公爵は言った。「どっちにしても、俺には痛くも痒くもない」

第九章

1

壮大な規模の事業をゼロから築き上げた男は、当然ながら迅速に決断できる男であり、この瞬間まで、ティルベリー卿は難なく決断を下してきた。マンモス出版社のような企業で日々生じる無数の問題に対する彼の巧みな対応は、フリート街の鑑であった。

しかし、彼は今、公爵の捨て台詞によって究極の選択を迫られ、座ったままいくら考えても、どちらを選ぶか決められずにいた。エンプレスをわが豚舎に迎えたいという欲望は強いが、大きな出費への嫌悪も同じくらい強く身に染みついている。多額の小切手に署名するときは昔も今も、ほとんど気が遠くなる。

あれとこれを延々と引き比べ、メリットとデメリットを勘案していると、陽光を浴びて目の前に広がる芝生の上に影が差し、ティルベリー卿は自らの思索に邪魔が入ったことに気づいた。田舎風のテーブルの脇に女のような人影が立っており、一、二度瞬きしたあと、それが元秘書のラヴェンダー・ブリッグズだと気づいた。相手はキツネ目の眼鏡の向こうからきつい眼差しでこちらを見つめている。

ラヴェンダー・ブリッグズの眼差しが厳しかったのは無理もない。どんな娘でも、自分がのっぽでみっともなくて大足で髪が海藻のようだと言われるのを耳にしたら、面白くない。しかも、それに続いて、タイピング事務所の開業資金、光輝く五百ポンドが風と共に去り、二度と戻ってこないことを知らされたのだ。もし取引を持ちかけるつもりでなければ、この男と言葉を交わしてわが身を貶めたりはしなかっただろう。それどころか、公爵がビールを飲んでいた大ジョッキで頭をぶん殴ってやりたいところだ。しかし、ビジネスとあらば、提携相手を選り好みできない。来るものは拒まずだ。

「こんにちは、ティルベリー卿」彼女は冷ややかに言った。「ほんの少しお時間をいただいてもよろしゅうございますか」

マンモス出版社の社主ティルベリー卿は、誰であれ約束のない相手は歯牙にもかけないが、この娘がダンスタブル公爵から五百ポンドを引き出しかけたことは記憶に新しく、公爵への反感も相まって、この出会いに驚くと同時に、思いがけず彼女への尊敬の念を感じた。彼女に会って嬉しかったと言えば、誇張になる。頭を悩ませている問題との格闘を心おきなく続けたかったからだ。それでも、時間をくれというなら、そうしてやってもいい。ティルベリー卿が椅子まですすめたので、彼女は腰を下ろした。そして、よきビジネスウーマンらしく、すぐさま本題に入った。

「ダンスタブル公爵があなたにしていた話を聞きました」と彼女は言った。「エムズワース卿の豚の件です。三千ポンドも要求するなんて、非常識です。きわめて不条理です。あの方の言いなりになろうなどとお考えになってはいけません」

ティルベリー卿は自分がこの娘に好感を持ち始めていることに気づいた。彼女の髪や、足や、全体的容姿を描写するのに選んだ表現は適切だったといまだに思ってはいるものの、誰もがミス・アメリカになれるわけでなし、外見上の欠陥は、女らしい共感に免じて大目に見てもいいだろう。結局、美しさは上辺だけのもの。男が異性に求めるのは、心があるべきところにあることであり、彼女の心もそうだ。「非常識」「きわめて不条理」——まさに彼自身が選んだであろう表現ではないか。

とはいえ、彼の目には、彼女が何かを見過ごしているように見えた。

「しかし、私はあの豚が欲しいのだ」

「手に入れられます」

ティルベリー卿は目の前が明るくなってきた。

「そう、もちろん！　ということは、君が——その——」

「あなたのために盗んで差し上げましょう！　お望みどおりに。すべて手配済みで、今すぐにでも決行可能です」

ティルベリー卿は有能さに敏感だった。この娘は機転が利くこと、まさに今機転を利かせたことが、わかった。温かい幸福感が彼を満たした。エンプレスを手に入れられると考えて恍惚とし、そして、公爵の言葉を借りれば、彼に「一杯食わせる」ことができると考えて、同じくらい恍惚とした。

「ただし」ラヴェンダー・ブリッグズは続けた。「条件に関して合意に至れば、ということです。五百ポンドいただきたく存じます」

「後で、だろう?」

「今、です。いつも小切手帳を持ち歩いていらっしゃることは、存じ上げております」

ティルベリー卿は息をのんだ。それから、一瞬、吐き気に襲われた。五百ポンドの小切手を切ることは何のためであれ楽しくはないが、男には歯を食いしばって現実と向き合わねばならないときがある。

「よろしい」ややかすれた声で、ティルベリー卿は言った。

「ありがとうございます」しばらくして、紙片をバッグにしまいながらラヴェンダー・ブリッグズが言った。「それでは、お城へ戻らなくては。レディ・コンスタンスからご用を仰せつかるかもしれませんから。失礼して、電話で駅のタクシーを呼びます」

〈エムズワース・アームズ〉の客たちが駅のタクシー（ジョン・ロビンソン所有）に連絡する際に使う電話は、バーにある。ラヴェンダー・ブリッグズがそちらへ向かい、バーに入ろうとしたとき、出てきたイッケナム卿と鉢合わせしそうになった。

2

イッケナム卿が〈エムズワース・アームズ〉のバーに来たのは、その日が暑かったため、G・アヴンズの自家醸造ビールと再会したくなったからだ。このビールには数々の快い思い出がある。テラスでレディ・コンスタンスとお茶を飲むという手もあったし、実際、そのほうが彼の身分にふさわしかっただろうが、彼は心配りのできる男であり、二人の直近の面会から、女主人が彼との平和的共存を示す行為をことごとく回避したがっているような気がしたのだ。女性の人生には、イッケナム家の人間だけは絶対に見たくないという時期が時おり訪れることを、彼は知っていた。

イッケナム卿はラヴェンダー・ブリッグズに会えたことを喜んだ。彼はすぐに友人を作れる男であり、今回の城での滞在中、彼女との間に友情に近いものが芽生えていた。彼女の最近の行動は認め難いが、そこに至る動機は理解できたし、同情もした。心の寛い男だったから、自ら事業を立ち上げるために五百ポンドを必要とする娘は道を多少外れたり、母の膝の上で教えられた教訓をほんの一時忘れたりしても大目に見てやるべきだという見解を持っていた。そうした慈悲深い考えを抱き、ブランディングズ城で彼女を待つ仕打ちを知っている彼は、彼女が城へ戻らないよう警告する機会を得たことを喜んだ。

「おや、おや」イッケナム卿は言った。「帰ってきたのだね?」

「ええ。十二時三十分の汽車に乗れました」

「二時十五分の汽車と比べると、どうだろう」

「何とおっしゃいました?」

「ちょっと思いついただけだ。最近は二時十五分の汽車が高く評価されているという話を聞いたばかりだったから。ロンドンは楽しかったかい?」

「仰せのとおり、お陰様でとても楽しみました」

「君がバーに一杯ひっかけに行くのを邪魔してしまったかな?」

「お城へ帰るために駅のタクシーを呼ぼうと思っただけです」

「そうか。うむ、私ならやめておくね。『エクセルシオール』(より高く)という詩を知っているかい?」

「子供のときに読みました」ラヴェンダー・ブリッグズが、嫌悪感で少し震えながら言った。ロングフェローをあまり評価していなかったのだ。

「それなら、あの奇妙な意匠の旗を掲げた青年に老人が何と言ったか、覚えているだろう。『進もうとするな』と。『闇が降り嵐が襲う』（この詩では「Excelsior（より高く）」と書かれた旗を持った青年が雪山に登ろうとし、村人たちがそれを止めようとする）。その言葉を、年老いた――いや、歳を重ねたにもかかわらず矍鑠《かくしゃく》とした男が今、君に贈る。駅のタクシーはやめておけ。呼んではいかん。放っておけ。君はタクシーに乗らないほうがいい」

「おっしゃる意味がわかりません！」

「君がわかっていないことが沢山あるのだよ、ミス・ブリッグズ」イッケナム卿は厳かに言った。

「たとえば、君の鼻に大きな煤がついているという事実とか」

「え、そうですか」ラヴェンダー・ブリッグズは慌ててバッグを開け、急いで鏡を取り出し、ティッシュペーパーで鼻をこすった。「これでましになったかしら？」

「ほぼ申し分ない。君の全般的立場に関してもそう言えるといいのだが」

「意味がわかりません」

「いずれわかるさ。君は進退窮まっているのだよ、ミス・ブリッグズ。刀折れ矢尽き、万事休す。君の豚窃盗計画は仮借なき白日の下にさらされた。ビル・ベイリーがすべてを告白したのだ」

「何ですって！」

「そうとも、彼がＦＢＩに密告した。君の過ちは、彼の高潔さを見くびったことだ。牧師補には良心の呵責がある。カスバート・ベイリー師はボトルトン・イーストでも評判の男だ。君が持ちかけた話に彼は反発した。たとえ君が報酬を提示しても、彼は一蹴していただろう。彼はエムズワース卿のところへ直行して白状したよ。だから、私は君に、そんな浮かれた様子で駅のタクシーを呼ばないほうがいいと言っているのだ。ジョン・ロビンソンは料金をふっかけることもなく目的地まで君を乗せて行ってくれるだろうが、到着した君を、何が待っている？　感情がすっかり昂り、両方の鼻の穴から炎を噴き出すエムズワース卿だ。彼が玄関先に立って『ようこそブランディングズ城へ』と言って出迎えてくれるなんていう幻想は間違っても抱いちゃいけない。彼は今、剣歯虎《サーベルタイガー》の役割を担い、君の脚から肉片をいくつか食いちぎりかねない。あれほど激怒した男をこれまで見たことがないくらいだ」

　ラヴェンダー・ブリッグズは口をあんぐりと開けていた。彼女の力ない指の間から、バッグが滑り落ちた。地面の上に落ちたバッグから、白粉のコンパクト、ハンカチ、櫛、口紅、マッチの箱、眉墨、数ポンドの紙幣が入った財布、小さな小銭入れ、消化薬の小瓶、アルフレッド・カミュの小説のペーパーバック、ティルベリーの小切手がこぼれた。小切手がそよ風に舞い上がり、道路の向こうにヒラヒラと飛んでいったので、イッケナム卿は素早くそれを追いかけた。そして、回収した小切手を一瞥すると、彼女へ返し、眉を上げた。

「君の豚窃盗料金は高額だな」イッケナム卿が言った。「ティルベリーとは誰だい？　ティルベリー・ハウスと関係があるのか？」

　ラヴェンダー・ブリッグズには気骨があった。気弱な女なら崩折れて泣きじゃくるところだが、彼女はあんぐりとしていた口を下に戻して唇をきゅっと結んだ。

「社主です」彼女はそういうと小切手を受け取った。「私は彼の秘書をしていました。ティルベリー卿です」

「おお、あいつか？　おっと、何をしている？」

「彼の小切手を破ろうとしています」

　イッケナム卿は驚愕し、身振りで彼女を止めた。

「いい子だから、そんなことを夢にもしようと思っちゃいけない。事業に必要なんだろう?」

「でも、もう彼のお金を受け取れません」

「いやいや、受け取れる。糊でくっつけたみたいに絶対に離すな。どっちみち、あいつには金が有り余るほどあり、それがあいつにとってよくない。この五百ポンドを握りしめるのは、彼のためを思えばこその親切、彼をより善良で人間味のある人間にするための行為とみなしなさい。これが彼の人生の転機となろう。そう考えれば、私だってティルベリーから五百ポンド巻き上げる。自らの義務とさえ感じるだろう。もしも、牧師補でない身には無縁のはずの良心の呵責を感じるというなら、融資だと思いなさい。利子を払ったっていい。もちろん、法外な利率ではないぞ。あいつをつけ上がらせたくはないだろう。年五ポンド、それにお愛想として白いスミレの花束を添えればいい。まあ、それについては暇な折に考えればよろしい。私の見るところ、目下の問題は、君がここからどこへ向かうかだ。ロンドンへ戻りたいだろうが、また汽車の旅で蒸し暑い思いをしたくはないだろう。そうだ、こうしなさい」イッケナム卿はひらめいて言った。「ハイヤーを使おう。料金は私が払うから、タイピング事務所が軌道に乗ったら返してくれたまえ。白いスミレの花束も忘れずにね」

「おお、イッケナム卿!」ラヴェンダー・ブリッグズは心から言った。「助かります、本当に!」

「人助けは、いつも私の喜びの源だよ」イッケナム卿は丁重に言った。

3

去っていく自動車に愛想よく手を振り、城へ向かって二マイルの帰路をたどり始めたイッケナム卿は、善意の人が最善の行動をとったときに生まれる穏やかな満足感で満たされていた。実は、善悪の線引きをしたがる守護天使が、彼の直近の行動に批判的な態度を示した瞬間もあった。天使から見れば盗みに等しい下劣な行為をラヴェンダー・ブリッグズに推奨すべきではないと、守護天使が彼の耳に囁いたのだ。しかし、彼は返答を用意しており、こう反論した。ラヴェンダー・ブリッグズにはその金が必要なのだ、金がなくて困っている娘を見たら、肝心なのは彼女が金を入手することであって、そのための手段をどうこう言ってはいけない、と。

さらに、これは特殊なケースだと指摘した。ラ・ブリッグズに説いたとおり、ティルベリー卿の人間性向上のためには口座残高に時おりパンチを加えるべきであり、彼の精神の成長を促すこの好機を無にするのは誤った親切というものである。丁寧に説明すれば合理性を理解してくれる守護天使は、謝罪し、そこまでは考えていなかったと明かした。そして、すべて忘れてほしいと言った。

夕暮れが迫り、日中のうだるような暑さもだいぶおさまっていたが、イッケナム卿は足をゆったり運び、のんびり歩きながら時々立ち止まってはこの地の植物相と動物相を観察した。足を止めて見目麗しいウサギと親しげに目を合わせたとき、現代の騒がしくせわしない精神に自分よりも適応した人間の存在に気づいた。背後から走り寄る足音が聞こえ、彼の名を呼ぶ声がする。振り向くと、ダンスタブルの甥、アーチー・ギルピンがかなり高速で近づいてくるのが見えた。

イッケナム卿は、アーチーの兄で詩人のリッキーとは昔から親しい。リッキーはしがない吟遊詩人の乏しい収入を補うためレスター・スクエア近くの小さな店でオニオンスープを売っている。しかし、アーチーについては、食事の席で顔を合わせるほかはあまり知らなかった。それでも、イッケナム卿は愛想よく微笑んで彼に挨拶した。アーチーの切羽詰まった様子から、彼の助言と忠告を必要としている同胞がここにまた一人いることを見てとり、いつもながら喜んでそれらを与えようと思った。彼の奉仕は親しい個人的友人のみに捧げるものではない。

「やあ」イッケナム卿は言った。「村の運動会に備えて練習かい?」

アーチーは息を切らしながら立ち止まった。ずば抜けた美青年である。ミルトン街の登記所で、ポンゴは彼を容姿の整った男と形容したが、実際に会ってみると、それは過小評価だと感じた。長身でスラリと優美な姿はまるで映画スター、それも飛び切りの部類と思えた。彼は心配そうな様子でもあり、イッケナム卿はそれを気の毒に感じ、彼の人生を明るくするためならできる限りのことをしてやろうと心を決めた。

アーチーは気後れしているように見えた。片手で髪の毛を梳いたが、その髪形はイッケナム卿の好みからすれば長すぎた。彼の見解では、理髪店に行けば、このギルピンは見違えるはずだ。しかし、考えてみれば、芸術家は昔からあまり鋏を好まないものだし、本人のために付け加えるなら、彼はもみ上げを伸ばしてはいなかった。

「あの」呼吸を整え終わると、アーチーが言った。「ちょっとお時間をいただけますか?」

「いくらでもあげよう、君になら。遠慮は無用だ」

「何か考え事をしていらっしゃるなら、お邪魔したくないと思って」

「いつも何かについて考えているが、少しの間、切り替えることはできる。どんな悩みがあるのかな?」

「その、ちょっとした窮地に立っているんです。以前、兄のリッキーから、どんな窮地に立ったときでも、救ってくれるのはあなただと聞きました。問題の解決において、あなたは想像を絶する力をお持ちだと」

イッケナム卿は喜んだ。そう言われれば誰でも喜ぶ。ファンからの褒め言葉は常に嬉しいものだ。

「おそらくリッキーの頭にあったのは、あのオニオンスープの店を買い取る資金の調達に手を貸したときのことだろう。恥ずかしながら、甥のポンゴが説明してくれるまで、オニオンスープ・バーなるものが何か、私は知らなかった。田舎で暮らしていると世事に疎くなる。ポンゴいわく、そういう店がロンドンのレスター・スクエアやピカデリー・サーカスあたりにはいくらでもあって、夜通し営業し、酒持ち寄りパーティーからの生還者にオニオンスープを売っているというじゃないか。羨ましい生活だ。リッキーはあの業界でまだ健闘しているのか？」

「ええ、まあまあです。ところで、僕の窮地についてお話ししてもいいですか？」

イッケナム卿は申し訳なさそうに舌打ちをした。

「うん、もちろんだ。すまなかったね。われわれ年寄りの田舎者は話がくどい。私がおしゃべりを始めたら、それが初めて聞く話でも、どうか止めてくれたまえ。窮地に立っていると言ったね。最悪の窮地じゃないんだろう？」

再び、アーチー・ギルピンは片手で髪の毛を梳いた。その様子は、ハゲワシのごとく彼の胸をえぐる苦しみがすぐに和らがなければ、手につかんだ髪の毛をむしり始めるのではないかとさえ思わせた。

「とんでもない窮地です。どうしたらいいか、わかりません。同時に二人の女の子と婚約したことはありますか？」

「いや、覚えている限り、ない。そういえば、そういうことをした人間も一人も知らんな。もちろん、ソロモン王と故ブリガム・ヤング氏は別として（古代イスラエルの王ソロモンも、十九世紀アメリカの宗教家ヤングも、複数の妻を持ったことで知られる）」

「その、僕がそうなのです」

「君が？　二人の女の子と婚約？　ちょっと待て、考えさせてくれ」

しばらく口をつぐみ、イッケナム卿は頭の中で計算しているらしかった。

「駄目だ」とうとうイッケナム卿が言った。「わからない。君が私の若き友マイラ・スクーンメイカーと結婚の約束をしていたのは知っているが、どれだけ状況を考え合わせても、相手は一人しかいない。どこかで数え間違えたんじゃないかね？」

アーチー・ギルピンの目は陶然たる熱狂のうちにぐるりと回り、天から地を、地から天を見渡したが（シェイクスピア作『夏の夜の夢』第五幕第一場より）、それは詩人である兄がしそうな仕草だった。

「ねえ」アーチーが言った。「どこかに座りませんか？　少し時間がかかりそうですから」

「うむ、そうしようじゃないか。あそこの踏み越し段が腰掛けるのによさそうだ。好きなだけ時間をかけたまえ」

踏み越し段に腰掛けたアーチー・ギルピンは、まるで昔ながらの釘のベッドに初めて横たわったヒンドゥー教の苦行僧のような様子で、自分の考えにまとわせる言葉をなかなか見つけられずにいるらしかった。何度も咳払いをしてから、不安に駆られた手でまた髪の毛を掻きむしった。アーチーを見て、イッケナム卿はある男のことを思い出した。晩餐会で食後のスピーチをする直前に緊張のあまり頭の中が真っ白になり、聴衆を沸かせるために準備してきたアイルランド人パットとマイクのジョークを、すっかり忘れてしまった男のことである。

「どこから始めたらいいものやら」

「そりゃ序盤からだろう？　たいがい、それが一番だと思う。それから中盤に進み、そこからおもむろに終盤へもっていく」

　アーチー・ギルピンもそれが理にかなったやり方だと気づいたらしい。少し落ち着きを取り戻した。

「ええと、そもそもの始まりはティルベリーじいさんなんです。僕がじいさんの新聞の一つで働いていたのはご存じでしょう?」

「働いていた?」

「先週、解雇されました」

「それは残念だ。理由は?」

「僕が彼を茶化して描いた絵が気に入らなかったのです」

「彼に見せなければよかったのに」

「僕が見せたわけではないんです、正確には。僕はミリセントに見せたんです。きっと笑ってくれると思って」

「ミリセント?」

「じいさんの秘書です。ミリセント・リグビー。僕が婚約していた女の子です」

「婚約していた?」

「はい。彼女に破棄されました」

「もちろん、そうだろう」イッケナム卿が言った。「今思い出した、ポンゴから聞いたよ。あいつが知り合った男の知人がミス・リグビーの知り合いで、彼女が彼――ポンゴの知り合いじゃなくて、その知人のほう――に、君を振ったと言ったそうだ。彼女の不興を買うどんなことをした?　そのふざけた絵を彼女に見せたと言ったが、なぜそれが彼女の気分を害したのかな?　私が君の話を正しく理解しているなら、それはティルベリーを描いた絵で、彼女の絵ではないのだろう？」

ゴロゴロという不思議な音がして、イッケナム卿は相手がうつろなうめき声を出したことを悟った。アーチーの手がまた頭めがけて振り上げられるのを見て、イッケナム卿は思った。この仕草がさらに頻繁に繰り返されるようなら、アーチーもレディ・コンスタンスに倣ってシュルーズベリーへ行き、髪形を整えてもらうべきだ。

「はい、わかっています。おっしゃるとおり。しかし、言い忘れていましたが、僕はティルベリーが昼食に出かけているとばかり思っていて、彼のオフィスへ行き、そこで彼女にその絵を見せたんです。それを彼のデスクに置き、二人で頭を突き合わせて見ていたんです」

「うん」イッケナム卿は理解し始めた。「そして、彼は昼食に出かけてはいなかった？　戻ってきた？」

「はい」

「君の作品を見た？」

「はい」

「憤慨した？」

「はい」

「それで、君の名を熟練アシスタントのリストから抹消した？」

「はい。あいつに先手をとられました。そして、今度はミリセントから容赦なくこき下ろされました。あれをあの意地悪ジジイのオフィスに持ち込むなんて愚の骨頂よ、どうしようもない馬鹿でもなければ、あいつがいつ戻ってくるかもしれないって察しがつくでしょうに、あなたには分別ってものがないのかしら、それに……ってな調子で、おわかりでしょう、女が男をとっちめ始めたらどうなるか。言い出したら止まりません、わかってもらえるでしょうか。そして、まもなく彼女は婚約を破棄し、僕とはもう金輪際会いたくもないし口もききたくない、この世でもあの世でも、と宣言しました。指輪は返してくれませんでした、僕があげていなかったから。でも、とにかく、もう最後通牒を言い渡されたも同然です」

イッケナム卿はしばらく黙っていた。昔、愛するジェインに同じことを六回されたのを思い出し、アーチーがどんな気持ちでいるか理解した。

「なるほど」とイッケナム卿は言った。「君の気持ちを思うと胸が張り裂けそうだ、世をはかなんだ哀れな若者よ。しかし、これで私の持論が裏づけられた。君のフィアンセの総数は二ではなく、一だね。そこがはっきりしたのはよかった」

アーチー・ギルピンは再びうつろなうめき声を漏らした。彼の片手が上がったが、イッケナム卿がすんでのところでその手を押さえた。

「やめておけ」イッケナム卿が言う。「触るな。そのままで素敵だよ」

「でも、ついさっき何が起きたか、あなたはご存じない。僕は爪楊枝の一突きでもノックアウトされたでしょう。〈エムズワース・アームズ〉の近くを通りかかったら、彼女を見かけたんです」

「ミス・リグビーを?」

「はい」

「きっと幻だよ」

「いいえ。彼女その人が、そこにいたのです」

「一体全体、彼女はマーケット・ブランディングズで何をしていたのだ？」

「どうやら、何かわけがあって、ティルベリーじいさんがここへ来たようで――」

イッケナム卿はうなずいた。そのわけなら知っている。

「――手紙を口述筆記させるために、彼女を連れて来たんです。彼女が外の空気を吸いに出てきたとき、僕が通りかかって、まさに鉢合わせ。ちょうど目抜き通りの在位記念噴水の向かいでした」

「劇的だね」

「生まれてこのかた、あんなに驚いたことはありません」

「そうだろうとも。彼女は冷ややかでツンとして、よそよそしかったかい？」

「とんでもない。すごく優しかった。彼女は後悔し始めていたんです。カッとなってごめんなさいと言って泣き崩れて……それで、まあ、収まるところに収まりました」

「彼女を両腕で抱きしめたんだね？」

「ええ、まあ、かなりしっかりと。それで、結局、婚約し直したんです」

「マイラと婚約していることは言わずに？」

「ええ、そこまで気が回りませんでした。その件は、どういうわけか、頭に浮かばなくて」

「よくわかった。つまり、最終的に、総数は二である。君は完全に正しかった。謝るよ。さて、さて！」

「どうしてそんなにニヤニヤしているんですか」

「優しく微笑んでいるというほうが、より正確な描写ではないかな。こういう問題は、真剣に向き合えばどれほど簡単至極かと思ったのだ。解決策は単純明快。今すぐマイラに、嫁入り道具を買ったりウェディングケーキの値段を調べたりしないよう言いなさい、必要ないからね」

とっさに手すりをつかまなければ、アーチー・ギルピンは腰掛けていた踏み越し段から転げ落ちるところだった。一瞬、また髪の毛に触りそうになったが、見栄えのいい鱈《たら》のごとく口をあんぐりと開けただけだった。

「すべてなかったことにしようと、彼女に言うのですか？」

「いかにも。彼女が不必要な出費をしなくて済むようにしてやりなさい」

「いや、できません。たしかに、彼女に求婚したのは、ミリセントを恨んでいて、見せつけてやろうと――」

「シチューの中のタマネギは彼女だけではないと？」

「そんなところです。だから、マイラに断られたときは、本当にホッとしました。危機一髪で難を逃れたと思いました。ところが、マイラが考え直して、やっぱり賛成と決めた今、ふらりと彼女のところへ行って、気が変わったと告げるなんて、できるものですか。ええい、くそっ、そんな仕打ちが許されますか？　どうです？」

「ギルピン家の者はいったん結婚の約束をしたら、約束を守り通すというわけかい？　実に信頼に足る姿勢ではあるが、残念ながら約束を頻繁に交わしすぎる。だが、もし、君があの娘の優しい心を傷つけるかもしれないと考えているなら、心配しなさんな。自信を持って言い切るが、彼女もわれに返れば、君とは絶対に結婚したがらないだろう」

「それじゃ、どうして僕と結婚するって言ったのかな」

「君が彼女に求婚したのとまったく同じ理由からさ。婚約者との関係がこじれていたんだ、君とミス・リグビーと同じように。それで、いわゆるジェスチャーとして君の求婚を受けた。要するに、それが相手にとっていい薬になると思ったのだね」

「マイラに婚約者が？」

「そうとも！　しかも、君も知っている男だ。わが友メリウェザーだよ」

「何と何と！」アーチー・ギルピンは六月のバラのように顔を綻ばせた。「そうですか、そいつは助かった。おかげで心が軽くなりました」

「どういたしまして」

「今や曙光が見えてきました。今や自分の立ち位置がわかります。しかし、気をつけなくてはいけません、われわれが陥ってはいけないのは、その……こういうとき、何と言うんでしたっけ？」

「拙速？」

「そう、慎重に事を運ばなくては。つまり、億万長者の娘と婚約したことを強みとして、アラリック伯父さんから千ポンド引き出したいのです」

イッケナム卿は唇をきゅっと結んだ。

「あの出目のダンスタブル公爵閣下から？　たやすくはないぞ。彼のポケットに出口がないことはイギリス中に知れ渡っている」

アーチーはうなずいた。ダンスタブル公爵に金を出させようとするのは、短気なウルフハウンド(大型の猟犬)から骨を取り上げようとするのに等しいという事実から、一度も目を逸らしたことはない。

「わかっています。でも、うまくいきそうな気がするのです。マイラとの婚約を報告したとき、あの人は珍しく礼儀をわきまえていました。今なら金の無心にも応じてくれそうだから、何がなんでも千ポンド出してもらわなくては」

「その金額にこだわる理由は？」

「リッキーのオニオンスープ事業に参入するのに、それだけ求められているんです。リッキーは事業拡大を目論んでいて、そのために増資が必要です。僕が千ポンド投資すれば、利益の三分の一を受け取れるって話なんです。莫大な金額ですよ」

「うむ、ポンゴから聞いた。酒持ち寄りパーティー依存症の大群が夜な夜な、あたかも泉に向かう野牛の群れのごとくリッキーの店に押しかけているという印象を受けたが」

「そのとおり、押しかけています。オニオンスープには彼らを磁石のように引きつける何かがあるらしい。僕は個人的にはあのべとべとした代物は我慢できないが、蓼食う虫も好き好きと言いますからね。こういう手順で進めようと思うんです」アーチーの声にはますます熱がこもる。「差し当たりは現状を維持し、マイラは僕と婚約中、僕はマイラと婚約中ってことにすれば、アラリック伯父さんは僕を褒めそやし、何でも欲しいものをやろう、王国の半分をやってもいいと宣《のたま》う。僕は千ポンドをもらう。マイラが僕を振る。僕はコースを変えてミリセントと結婚する。マイラはそのメリウェザーという男と結婚し、みんな幸せ、めでたしめでたし。何かご質問は？」

イッケナム卿の顔に遺憾と憐憫の表情が浮かんだ。この青年の夢の園に下りる黒い霜のごとく振舞わざるを得ないのは心が痛むものの、他に選択肢はない。

「マイラは君を振れない」

アーチーは相手をじっと見た。これまで実に知的だったこの老齢の心優しき傑物が、ふいに判断力を失ったように思えた。

「なぜです?」

「なぜなら、彼女が君を振れば、その途端、父親の怒りを買ってアメリカへ送り返され、二度とビル・ベイリーには会えないからだ」

「ビル・ベイリーって、一体誰です?」

「ああ、言い忘れていたようだ。それが——いや、正しくはカスバート・ベイリー師というのが、メリウェザーの本当の名だ。名を偽ってここへ来たのは、レディ・コンスタンスが彼に根深い偏見を抱いているせいだ。彼は一文なしの牧師補で、レディ・コンスタンスは一文なしの牧師補が嫌いなのだ。マイラを彼の行動範囲から引き離すために、ロンドンから連れてきてブランディングズ城に軟禁したのだよ。マイラに婚約を破棄させたら、彼女はすぐさまニューヨークへ帰り、君はおーいと声をかける間さえないだろう」

沈黙が訪れた。光は夕方の空から失せると同時に、アーチー・ギルピンの顔からも失せていた。彼はあたかもその風景に急所を痛めつけられたかのように、暗い目で虚空を見つめている。

「混乱した状況ですね」

「よく考える必要がある」イッケナム卿は同意した。「うむ、たしかに、よく考えることが必要だ。頭の中で何度もひっくり返してみなくては」

第十章

1

　ダンスタブル公爵は我慢強い男ではなかった。仲間と取引する際は即決即行を望み、確実に実践されるよう目を光らせるのが常だった。しかし、ティルベリー卿とエンプレスの一件に関しては、むしろゆったり構えていた。いかに肥えた豚とはいえ、豚一頭に三千ポンドを支払うか否かを決める立場にある男は、考える時間が少々必要であることを理解していた。公爵は相手がロンドンへ戻ってから三日目に、ようやく電話機のところへ行って相手に繋いでもらい、いつもの調子で会話の口火を切った。「ホォイ！　そこにいるか、スティンカー？」

　公爵の右耳が少し遠くなければ、運転の初心者が旧式の自動車のギアチェンジをするような音が聞こえていただろう。それはマンモス出版社の社主が歯軋りする音だった。人は馴染み深い声を聞くと心が弾むことがある。ちょうど詩人ワーズワースが空の虹を眺めると心が弾むとうたったように。しかし、ティルベリー卿の心はそれとはほど遠かった。紳士協定を無視して豚の値を千ポンドも吊り上げることができる男に午前の仕事を邪魔されたのが面白くなかった。話し始めた彼の声音は氷のように冷ややかだった。

「お前か、ダンスタブル?」

「何だって?」

「お前かと言ったんだ」

「むろん、俺だ。誰だと思った?」

「何の用だ?」

「何だって?」

「何の用だと言ったんだ。こっちはひどく忙しいもんでね」

「何だって?」

「こっちはひどく忙しいと言ったんだ」

「こっちもだ。やることは山ほどある。一日中お前と電話で話しているわけにはいかない。あの豚の件だ」

「それがどうした?」

「俺の条件をのむ覚悟ができたか? できたなら、そう言え。さあ、決めろ、スティンカー」

ティルベリー卿は深く息を吸い込んだ。運命の采配によりラヴェンダー・ブリッグズと組むことになったのは僥倖だった、と感じていた。おかげでこの男に逆らうべきときに反旗を翻すことができる。ラヴェンダー・ブリッグズからは何の音沙汰もなかったが、きっと彼女はブランディングズ城で彼のために綿密な計画を練り上げているのだろうと踏み、それを強みに、否と返事をした。その返事を伝えるのには少々時間がかかった。「断る」と言ったのみならず、公爵についてどう思っているかを告げ、公爵の性格が理想的人間のそれから外れている多くの点を一つ一つ指摘せずにはいられなかったからだ。公爵をデブの老詐欺師と呼び、いくら聖書を積み上げて誓われてもお前の言葉なんか二度と信じるものかと言ったのがよかったかどうかは議論の余地があるだろうが、言ってしまうとかなり気分がすっきりし、数分後には自らの健闘に満足して電話をガチャリと切り、呼び鈴でミリセント・リグビーを呼んで口述筆記をさせた。

誰のどんな言葉も、どれほどの誹謗中傷も、公爵を傷つけるだけの力を持ったためしがない。実際、最初に「断る」と言われたあと、公爵は話を聞こうともしなかった。彼にとってはよくあることに過ぎなかったのだ。電話機を離れながら公爵が考えていたのは、エムズワース卿にエンプレスを買い戻させることだけだった。エムズワース卿が協力的であろうことは、すでにわかっている。彼を捜すために公爵が歩いていると、背後で金切り声が響き、またもやジョージ少年がついてきたのがわかった。

「やあ、アニキ」ジョージが言った。

「俺をアニキと呼ぶなと、何度言えばわかるんだ?」

「ごめんよ、相棒。すぐに忘れちゃうんだ。ねえ、マイラのこと、ものすごくワクワクするよね」

「はあ?」

「アーチー・ギルピンとの婚約だよ」

ティルベリー卿との会話に夢中になっていたせいで、公爵は甥っ子が億万長者の一人娘と婚約したことを、しばし忘れていた。それを思い出した彼は、彼の能力が許す限りのやり方で顔を綻ばせ、この婚約はこのうえなく素晴らしく、非常に喜ばしいと答えた。

「マイラのお父さんが明日着くんだ」

「そうなのか？」

「風や天気に問題がなければ、マーケット・ブランディングズ駅に四時十分に着くって。お祖父ちゃまがロンドンまで迎えに行ったよ、おめかししてね。都会の遊び人みたいな格好で」

「自分の祖父ちゃんを遊び人呼ばわりしちゃいけない」企みがうまく運びつつある公爵は上機嫌すぎて、厳しい叱責の言葉が出てこない。ある考えが頭に浮かび、公爵は言葉を切った。ジョージは誰の祖父ちゃんなら遊び人と呼べるのか尋ねようとしたが、それより先に公爵が言った。「何でまた、エムズワースはそんなにめかし込んでそいつを迎えにロンドンまで行ったんだ？」城主がどれほど首都を毛嫌いしていて、きちんとしたスーツを身にまとってまともな人間らしく見せようとするのを嫌がるか、知っていたからだ。

「コニー叔母ちゃまが、絶対にそうしなくては駄目よ、さもなければ……って言ったから。お祖父ちゃまはゲンナリしてた」

公爵は口髭をぷっと吹いた。強烈な野次馬根性の持ち主である彼は、コニーがあのヤンキーを最大級の礼を尽くして迎えるという事実にいたく興味をそそられた。これは只事ではないぞ、と思った。彼女は借金を申し込むためにあいつに擦り寄ろうとするわけがない。東方で一財産こしらえた亡夫ジヨゼフ・キーブルから遺贈された資産がたんまりあるからだ。つまり、彼女は彼に、いわゆる一般的な友情よりも深く熱い感情を抱いているに違いない。これまではついぞ思い至らなかったが、今ならわかる。女が大ぶりのタマネギみたいな頭をした男の写真を書物机の上に飾っているとすれば、そこには感情が関わっており、その関わりはかなり深いに違いない。それに、リッツ・ホテルで彼が二人の昼食に同席したこともあった。二人の頭がほとんどくっつきそうだったのを覚えている。教会の少年たちとおしゃべりしようと湖畔に誘うジョージを首尾よく追っ払った頃には、公爵は謎が解けたと確信し、イッケナム卿のところまで重い体を引きずっていった。この件に関する見解をとことん論じようというのだ。イッケナム卿を好きなわけではなかったが、内緒話ができる相手は他にいなかった。

イッケナム卿がハンモック上で昨今起こったさまざまな問題について考えを巡らせているのを見つけると、公爵は時を置かず、この一件を俎上に載せた。

「イッケナム、明日ここへやって来る客人のことだ。シューキーパーとかいう男」

「スクーンメイカー。ジミー・スクーンメイカーだ」

「そいつを知っているのか?」

「最もつきあいが長い友人の一人だ。また会えるのが嬉しいよ」

「誰かさんも嬉しがるだろう」

「誰のことだい?」

「コニーさ。教えてやろうか、イッケナム。昨日、コニーの部屋で辺りを見回していたら、書物机の上に電報が載っていた。『スグ　イク』、ほかにもごちゃごちゃ書いてあったが、忘れた。差出人はスクーンメイカーで、ここへ来るよう彼女が促した電報への返信らしい。さて、どうしてあいつをわざわざブランディングズ城へ呼ぶのか。わざわざ来てくれて礼を言うよ」

「うん、訊きたいね。わざわざ来てくれて礼を言うよ」

「教えてやろう。もうバレバレさ。彼女はあいつにイカれてる。証拠もあるぞ。あんなタマネギ頭にもかかわらず、あの男の写真を書物机の上に置いている。すぐに来てくれと、あいつに至急電報を打った。それに、何より肝心なのは、エムズワースに真っ白なカラーを着けさせ、わざわざロンドンまで出迎えに行かせたことだ。ふん、くそっ、俺にはそこまでしなかったくせに！　あの男にイカれていなければ、そんなことをするわけがないだろう……何だ、失せろ！」

公爵がそう言った相手はビーチで、執事はハンモックに近づいて遠慮がちに咳払いをしたのだ。

「何の用だ？」

「コンスタンス様から、お部屋でイッケナム様とお話しできるか伺うようにと仰せつかってまいりました、公爵様」ビーチが威厳たっぷりに言った。この執事は、相手がいかに白い口髭を生やした公爵であろうと、ぞんざいに扱われることを許さない。

「コニーがこいつに用があると？」

「仰せのとおりでございます、公爵様」

「行って何の用か確かめろ、イッケナム。さっき俺が言ったことを忘れるな。よく観察するんだ！」

公爵は小声で言った。「鷹《たか》のように抜け目なく見ろ」

芝生を横切るイッケナム卿の目には、思慮深げな色が浮かんでいた。この新たな展開に、彼はいたく興味を惹かれていた。エムズワース卿が妹のコンスタンスにどれほど手厳しく責め立てられているかは承知していた――真鍮の鋲のエピソードはきわめて強い印象を与えた。それだけに、城における自分の存在がエムズワース卿のストレスを多少軽減することを望んでいたが、彼女を現実にここから排除する可能性については考えてもみなかった。レディ・コンスタンスがジェイムズ・スクーンメイカーと結婚して彼とアメリカで暮らすことになれば、エムズワース卿にとって、次男フレデリックがドナルドソンズ・ドッグ・ビスケット社の一員としてニューヨーク市ロングアイランドシティへ引っ越して以来の一大慶事である。人間としての幸福を向上させるためには、あの穏やかな男を妹との生活から解放するのが何よりも確実な方法だ。妹は「もう、クラレンスったら！」と始終言い、家庭生活を『アンクル・トムの小屋』の上演のようなものとみなして自分は冷酷な主人サイモン・レグリーの役を演じ、兄には脇役のアンクル・トムの役を割り当てている。

もちろん、ロマンスには二人の人間が必要であり、ジェイムズ・スクーンメイカーからはまだ何も聞いていないにしても、イッケナム卿は、旧友がレディ・コンスタンスの電報に即座に反応したことを、明らかに有望な兆候と見ていた。ジミーほどの立場の人物、金融界の大立者ともなれば、いつも多数の重要な用件を抱え、ピーナッツの買い占めやら何やらに追われて息つく暇もないはずで、何もかもなげうって大慌てで大西洋を飛び越えて来るからには、対岸によほど魅力的なものが待っているに違いない。ジミーが到着したらマーケット・ブランディングズ駅で出迎えて、とりあえず〈エムズワース・アームズ〉へ直行し、G・アヴンズの自家醸造ビールをたらふく飲ませるのが得策だと、彼は決めた。あの魔法の液体で心が和めば、遠慮をかなぐり捨てて開けっぴろげになり、心を許す友に、ジョージ・シリル・ウェルビラヴドの言う「情報」を提供してくれるに違いない。

レディ・コンスタンスは書物机を前にして座り、木製の机の表面を指でトントンと叩いていた。イッケナム卿は一瞬、錯覚を覚えた。この女性の前に召喚されるといつも、急に時が巻き戻されて幼稚園時代の先生と再び向き合っているような気分になるのだった。当時の大問題は、先生に定規で関節を叩かれるかどうかだったが、女主人の手の届く範囲内にある唯一の武器が小さな象牙のペーパーナイフだとわかって、やや安堵した。

彼女の表情からは愛想が感じられなかった。その雰囲気からは、イッケナム家の者に対しては交渉の余地がないことが伝わってきた。そうは言っても、彼女は美しく品格があり、スクーンメイカーの心に火をつけたのも当然に思えた。

「お掛けになって、イッケナム卿」

彼は腰を下ろし、レディ・コンスタンスは少しの間、黙ったままだった。言葉を探しているようだ。それでも、言いたいことがあれば、たとえそれが言いにくいことでも、いつまでもためらっている女性ではなかったので、口を切った。

「マイラの父上が明日、到着します、イッケナム卿」

「そのように聞きました。長年会っていない彼に再会するのがどれほど嬉しいか、今さっきダンスタブルに話したところです」

レディ・コンスタンスがかすかに眉をひそめたので、彼の気持ちには無関心であることがうかがわれた。

「ジミーは太ったんじゃないかなあ。最後に会ったとき、ぜい肉がつき始めていましたから。カロリーなど気にしていなかった」

彼女の眉が、スクーンメイカー氏の体重を話題にする気分でないことを物語っていた。

「彼が来るのは、私が頼んだからです。至急電報を打ちました」

「先日のささやかな話し合いの後で？」

「そうです」レディ・コンスタンスはそのささやかな話し合いを思い出して身震いした。「すべてを彼の手に委ね、すぐにマイラをアメリカへ連れ帰るよう勧めるつもりでした」

「そうですか。彼にそう言ったのですか？」

「いいえ、言っていないし、今では、マイラの恋を彼に知られてはいけないと考えています。なぜべイリー氏をこの城に滞在させたか説明するのは難儀なことですから」

「とても難儀ですな。彼の怪訝そうな顔が見えるようだ」

「とはいえ、なぜあんな電報を打ったか、理由を言わなくてはなりません。それであなたにお会いして、いい案がないかお訊きしようと思ったのです、イッケナム卿」

椅子に身を沈めた彼女の四肢はこわばっていた。イッケナム卿は彼女に微笑みかけていたが、その親切そうな微笑が、彼女には腹部にパンチを食らったようにこたえた。彼女はひどく神経をとがらせ、この男に微笑みかけられるのを何よりも嫌悪しており、彼の存在自体に繊細な神経を逆撫でされていた。

「親愛なるレディ・コンスタンス」イッケナム卿は快活に言った。「簡単なことです。できたてほやほやの解決策を披露しましょう。ジミーに、娘がアーチー・ギルピンと婚約したと告げ、婚約者に会ってみてほしいと言うのです。愛情深い父親にそう勧めるのは申し分なく自然なこと。あなたが電報で彼を呼んでいなければ、気を悪くしたでしょう。そうすれば、あなたのささやかな難題は解決するのでは？」

レディ・コンスタンスは体の力を抜いた。この男に対する彼女の見解はいささかも変わっておらず、あらゆるものに対する脅威、ブランディングズ城の清浄な空気を汚す存在とみなしてはいたが、彼女は公正な人間だったから、彼の心根がどれほどどす黒いとしても、そして、彼から微笑みかけられるのがどれほど嫌だったとしても、彼がすべての正解を知っていることは認めた。

2

パディントン駅発十一時四十五分の汽車は、最初の停車駅スウィンドンを経てマーケット・ブランディングズ駅に到着し、エムズワース卿が降り、続いてニューヨーク市パークアヴェニューとロングアイランドのウェストハンプトン・デューンズに邸宅を構えるジェイムズ・R・スクーンメイカーが降り立った。

アメリカの資本家の体格にはずいぶん幅があり、小エビのように小柄な人もいれば、大柄で威風堂々たる体格の人もいる。スクーンメイカー氏は後者の部類に属した。年齢は五十代後半、大きな頭は重たげで、整った顔の上半分は鼈甲縁《べっこうぶち》の眼鏡で覆われている。若い頃はフットボールの全米代表選手で、今でも敵陣に突入できそうに見えるが、今は弾丸さながらの突進ではなく、目で睨みを利かせて相手のやる気を根こそぎ挫いてしまうのである。

汽車から降りてきた彼の顔は紛れもなく、エムズワース卿と長い鉄路の旅を共にしてきた人の表情を浮かべていたが、プラットフォームに立つすらりとした長身を見た途端、輝いた。そして、信じられないと言いたげに相手を見つめた。

「フレディ！　こいつはたまげた！」

「やあ、ジミー」

「君がここに？」

「そのとおり」

「これは、これは」スクーンメイカー氏は言った。

「これは、これは、これは！」イッケナム卿が言った。

「これは、これは、これは、これは！」スクーンメイカー氏が言った。

　エムズワース卿は、二人の熱量がいよいよ高まってきたのに恐れをなし、再会の場面に割って入った。一刻も早く自分の寝室へ避難し、一日中窮屈な思いをさせられた装いをかなぐり捨てたかったのだ。とりわけ靴が苦痛の種だった。

「あ、やあ、イッケナム。車は外か？」

「今にも発進せんとしているよ」

「それでは、出発しようじゃないか」

「いや、実は」イッケナム卿が言った。「君が家路を急ぎたい気持ちは十分にわかるよ、ゆったりした服に着替えたいのだろう――」

「靴だ、一番の問題は」

「立派な靴じゃないか」

「足が締めつけられる」

「あのドッグレースの日にポンゴが言ったのとまったく同じ台詞だ。その陳述は検証され、正しいと証明された。元気を出せ、エムズワース。中国の婦人たちのことを思え。彼女らは靴がきつくても不平を漏らしたりはしない。ところで、私が言おうとしていたのは、ジミーと私はもう十五年以上会っていなかったから、積もる話が山ほどあるということだ。とりあえず〈エムズワース・アームズ〉へ連れていって一杯やろうと思っていた。ビールを一口、飲みたいだろう、ジミー？」

「ああ！」スクーンメイカー氏は舌なめずりしながら言った。

「そういうわけで、君を車に押し込んだら、われわれは後から歩いていくよ」

エムズワース卿を自動車に押し込むのは、いつだって楽な仕事ではない。いつも彼の長い脚が蛸《たこ》の触手のごとく絡み合うからだ。それでもようやく仕事をやり遂げて、イッケナム卿は旧友を庭の木陰のテーブルへ誘《いざな》った。ティルベリー卿と、ダンスタブル公爵と、ラヴェンダー・ブリッグズが商談を繰り広げた、あの庭である。

「ああ！」しばらくして、スクーンメイカー氏は空の大ジョッキを置きながらまた言った。

「もう一杯？」

「そうしよう」スクーンメイカー氏は、G・アヴンズの自家醸造ビールを初めて飲んだ者の例に漏れず、畏敬の念を込めた声で答えた。このビールはパンチが効いていると付け加え、イッケナム卿も同意し、相当なパンチだと言った。イッケナム卿は、何か爆発性の強い成分をG・アヴンズが入れているのだろうと言い、スクーンメイカー氏も、そうかもしれないと同意した。

その頃には積もる話もだいぶ捗り、イッケナム卿はそろそろ話を過去から現在へ移す頃合いだと感じた。自家醸造ビールがそのありがたい効果を発揮し始めていることを、いくつかの兆しから見てとったのだ。あと一パイントもあれば、この旧友を打ち明け話の段階へ進ませられるだろう。イッケナム卿は豚係のジョージ・シリル・ウェルビラヴドと胸襟を開いて語り合ったことがある。エムズワース卿が自らのエデンの園から炎の剣でジョージ・シリルを追放する前のことだ。豚係は、アヴンズの醸造品一クオート（一・一三六リットル）が持つ不可思議な特性について論評し、かなり苦々しい口調で、その分量を飲んだ際に地元警察の巡査クロード・マーフィーに極秘情報を漏らしてしまったと語った。後になって、漏らしたことを心底後悔したらしい。

二パイント目が到着し、スクーンメイカー氏はグビグビとそれを飲み干した。蒸し暑かった道中のせいで、喉がひどく乾いていたのだ。周囲を満足げに見回し、滑らかな芝生と、生い茂った木々と、それらを縫って銀色に光る小川を眺めた。

「ここはいいところだね」

「君がいるから、余計いいよ、ジミー」イッケナム卿が礼儀正しく答える。「ところで、ここへ何をしに来たんだい？」

「レディ・コンスタンスから至急電報を受け取ってね」スクーンメイカー氏は、ハッとして言った。「マイクに何かあったんじゃないだろうね？」

「私の知る限り何も。パットも無事だ。マイクとは誰だ？」

「マイラさ」

「マイクという名で何か問題でも起こしたのかい。私と会わなくなった後でそう呼び始めたのだろう。いや、マイラは元気だ。つい先日、婚約したよ」

スクーンメイカー氏は派手に跳び上がった。ビールを飲んでいるときには常に危険な動作である。咳き込みが治まってこぼれたビールを拭いたあと、彼は「そうか？　どうしてそんなことを？」

「恋だよ、ジミー」イッケナム卿はやや非難がましく言った。「こういうロマンティックな環境で、若い娘に恋に落ちるなと言っても無理さ。ブランディングズ城の空気には、人の感情を余すところなく開放する何かがあるんだ。屈強な男たちが、結婚のことなど思いもせずにここを訪れて、一週間もしないうちに詩をつづり始め、木の幹にハートを刻みつけるようになる。おそらく、オゾンのせいだね」

　スクーンメイカー氏は眉根を寄せていた。この状況を喜んでいいか、皆目見当がつかない。娘の衝動的な性格は、知りすぎるほど知っている。

「相手は誰だ？」スクーンメイカー氏は詰問口調だ。ナイフ・靴磨き係の少年だと言われようとは思わなかっただろうが、最悪の場合に備えていた。「あの子が婚約した相手はどんな男だ？」

「姓はギルピン、名はアーチボルド。ダンスタブル公爵の甥だ」イッケナム卿がそう言うと、スクーンメイカー氏の眉間のしわは魔法のように消え去った。義理の息子の名がアーチボルドというのはいただけないが、こういう場合は清濁併せ飲むべきであることは承知していたし、公爵という位には大いに敬意を抱いている。

「いやはや、そうか！　うむ、それはいい」

「君が喜ぶと思ったよ」

「いつそうなったんだい？」

「ああ、ごく最近さ」

「レディ・コンスタンスが電報でその件に触れなかったのは妙だな」

「料金を抑えたかったんだろう。電報の一語ごとにいくら課金されるか、知ってるだろう？　一ペニーの節約は一ペニーの儲け。彼女をレディ・コンスタンスと呼んでいるのか？」

「もちろん。いけないか？」

「ずいぶん堅苦しいじゃないか。知り合ってもう長いんだろう？」

「うん。長年の友人だし、実際、かなり親しい。素晴らしい女性だよ。しかし、どこか冷ややかで貴族的な威厳があって……どことなく近寄り難い……どう言えばいいかわからないが、彼女とはどうしても第一段階に進めないような感じがするんだ」

「それでも、彼女と第一段階に進みたいんだね？」相手をじっと見ながら、イッケナム卿が言った。スクーンメイカー氏は二パイント目を飲み終えたばかりで、なぜか、今こそ待ち望んだ瞬間だという気がしていた。ジョージ・シリル・ウェルビラヴドも、やはり二パイント目を飲み終えたときにクロード・マーフィー巡査に秘密をいくつも明かしてしまったが、そのなかには自ら編み出したキジの密猟法も含まれていた。

しばしの間、スクーンメイカー氏は寡黙を貫くかと思われたが、アヴンズの自家醸造ビールには勝てなかった。彼の顔中がピンク色に染まった。特に両耳が真っ赤にほてっている。

「うん、そうだ」と答えるスクーンメイカー氏は、何か文句でもあるかと反問するかのようにイッケナム卿を軽く睨みつけている。「いけないか？」

「わがよき友よ、批判なんかするものか。心から共感し、理解している。血気盛んな男なら誰でも、コニーと第一段階まで進みたいだろう」

スクーンメイカー氏は跳び上がった。

「君は彼女をコニーと呼んでいるのか？」

「もちろん」

「どうすればそんなことができる？」

「自然にそうなる」

「僕もそうできればいいのだが」スクーンメイカー氏は自分の大ジョッキを覗き込み、それが空なのを見て長いため息をついた。「そうだとも。僕にも君のような勇気があればいいのだが、フレディ。もしあの人が結婚を承諾してくれれば、僕はこの世で一番の幸せ者だ」

イッケナム卿は友人の腕に優しく手を置きながら、もっと幸せになる男が一人だけいる、と考えていた。コニーの兄、クラレンスだ。

「よく言った、ジミー。その情報をそっくりそのまま彼女に伝えるんだ。女性はそういう言葉を聞くのが好きだからな」

「だけど、言っただろう。その勇気がない」

「馬鹿言え。七歳の子供だってできるぞ、失語症にかかっていない限り」

スクーンメイカー氏はまたため息をついた。G・アヴンズの自家醸造ビールは陽気さを――時にはジョージ・シリル・ウェルビラヴドの場合のように、無分別な陽気さを――引き出すのが常だが、この日、その使命を果たし得なかったのは明らかだった。

「僕が抱えているのはまさにそれだ。彼女に求婚しようとすると、言葉が出てこなくなる。もう十回以上、そんなことがあった。あのすました貴族的な横顔が目に入ると、舌の先まで出ていた言葉が引っ込んでしまう」

「横から彼女を見ないようにしろ」

「彼女とは階級が違う。それが問題だ。しょせん高嶺の花なんだ」

「スクーンメイカーと本邦最高峰の女性は、ぴったりの組み合わせじゃないか」

「誰がそんなことを言う?」

「私が言う」

「いや、僕は言わない。どうなるか見えるようだ。彼女はとても優しく応じながら、僕を凍りつかせるだろう」

イッケナム卿は友人の腕から離していた手を元に戻した。

「いいや、君は間違っていると断言するよ、ジミー。彼女が君を愛していることを、私はひょんなことから確信した。コニーは私に隠し事ができない」

スクーンメイカー氏は目を丸くした。

「まさか、彼女が君にそう言ったのか?」

「むろん、言葉で言ったのではない。いくら私のような昔からの友人にでも、普通は言わない。だが、君の名が出るたびに彼女がハッと息をのみ、目をきらきら輝かせるのを見るだけで、どういうことかすぐにわかる。私の見たところ、それは愛しい人への思いを吐露する女性の反応だ。まあ、あからさまな吐露ではないかもしれないが、明明白白に表現されている。会話の流れでたまたま君の名が出ただけで、彼女が両手を固く、関節が白くなるほど握りしめるのを目撃した。イッケナム方式を試みれば、失敗するはずはないと確信しているよ」

「イッケナム方式?」

「私はそう呼んでいる。独身時代に泥縄で編み出した、ちょっとした手法さ。女の子を抱きしめ、ちょっと揺すって、上向きになった彼女の顔にキスの雨を降らせ、『君と僕は一心同体さ!』とかなんとか言う。もちろん、歯を嚙みしめながら言うんだ。真実味が加わる」

スクーンメイカー氏の目が大きく見開かれる。

「それをレディ・コンスタンスにやれと言うのか?」

「やって悪いわけがあるか」

「ある」

「たとえば――？」

「そもそも、最初の段階から無理だ」

「男の度胸はどこへ行った？」

「どこにもない、彼女に関しては」

「しっかりしろ。彼女もただの女だ」

「いや、違う。彼女はレディ・コンスタンス・キーブル、エムズワース伯爵の妹、ノアの大洪水の時代まで遡る家柄だということは、忘れられない」

イッケナム卿は黙り込んだ。障害が発生したという事実を認めたが、しばらく考えて、袋小路にいるわけではないことに思い至った。

「ジミー、君に必要なのは、一パイントか二パイントの『五月の女王』だ」

「え？」

「イッケナム方式を思い切って試すのを躊躇する臆病な求婚者に、いつも勧める飲み物だ。正式な名は『明日は一年中で一番にぎやかで楽しい日、だって私が五月の女王になるんだもの、お母さん、五月の女王になるの』（アルフレッド・テニスンの詩「五月の女王」より）というが、普段の会話では便宜上、省略した名で呼ばれている。ベースは辛口のシャンパンで、そこに良質のブランデーと、キュンメルと緑色のシャルトルーズ（いずれもハーブリキュール）を加える。魔法のように効くことを請け合うよ。引っ込み思案で鼻眼鏡をかけた小男たちが、この酒で景気をつけたおかげで、最高に気位の高い美女たちを口説き落とし、全面的に降伏させてきた。ビーチに言っておくよ、夕食の前にも最中にも君にそれをたっぷり飲ませてくれと。そして、君はコニーをテラスに連れ出し、月明かりの下、イッケナム方式の実践に及び、あとは『タイムズ』紙に吉報が掲載されるのを待つばかりというわけだ」

「ふうむ」スクーンメイカー氏はその案を検討していたが、明らかにあまり乗り気でなかった。

「彼女を抱きしめる?」

「そうだ」

「そして、彼女の体を揺する?」

「そういうことだ」

「そして、『君と僕は一心同体さ』と言う?」

「好みの台詞が他にあれば別だ」常に譲歩の用意があるイッケナム卿は言った。「言葉に詰まりそうなら、脚本に忠実でなくて構わないが、動作は変えちゃいかん。肝心なのはそこだ」

3

旧友が到着した翌朝、イッケナム卿がハンモックに身を委ねていると、しわがれた声に名を呼ばれ、スクーンメイカー氏が傍らに立っているのに気づいた。上体を起こして鋭い一瞥を投げかけると、あまり好ましくない様子が見てとれた。ジェイムズ・スクーンメイカーは顔色が悪く面やつれし、その物腰からは、彼がこの世で一番幸せな男のようにはとても見えない。むしろ、イッケナム卿が幼少のみぎり暗唱を得意とした、あの帆船ヘスペラス号の詩を彷彿させた。シーツをまとった幽霊よろしくノーマンズ・ウォー岩礁（マサチューセッツ州グロスター沖にある岩礁）に流される難破船のような有り様だったのである。船長と、彼が道連れとした幼い娘を添えれば、ノーマンズ・ウォー岩礁へまっしぐら、激突して一巻の終わりとなりそうだった（ロングフェローの詩「ヘスペラス号の難破」より）。

　とはいえ、育ちのいいイッケナム卿は、そんな感想を言葉にはしなかった。代わりに、受け取った印象からはかけ離れた、はつらつたる調子で言った。

「ジミー！　来てくれるのを待っていたよ。いい報告かい？　万事順調だろう？　君への結婚祝いのプレゼントを買うために貯金を始めたよ」

　スクーンメイカー氏は首を横に振ると同時に悲痛な叫び声を発した。イッケナム卿が察したとおり、首を振るのも辛いのだ。どれほど鈍感な人間の目にも、海を渡ってきたこの男が最悪級の二日酔いに見舞われているのは明らかだった。

「あの『五月の女王』は強烈だな」スクーンメイカー氏がそう言ったので、見立ては裏づけられた。

「新たな日の夜明けと共に悔恨をもたらすときもある」イッケナム卿は同意した。「主な原因はシャルトルーズだと思う。それでも、効果があったなら……」

「いや、なかった」

「おい、おい、ジミー。君がコニーをテラスへ連れ出すのを、私はこの目で見たぞ。月も煌々《こうこう》と輝いていた」

「うん。それで、どうなった？　いつもどおりの展開、これからもいつも同じ展開なんだ。やはり気後れしてしまった」

　イッケナム卿はため息をついた。一歩後退だ。こういう失望が人間の精神性を高めるためにもたらされるということは承知していたが、やはり、がっかりしてしまう。

「彼女に結婚を申し込まなかったのか？」

「そこまでには到底至らなかった」

「それじゃ、一体全体、何の話をしていたのだ？　天気の話か？」

「マイクと、彼女が婚約した例の青年の話だ。なぜ電報に彼のことを書かなかったのか、彼女に尋ねた」

「彼女は何と答えた？」

「僕が自分の目で彼を見るまで待ちたかったそうだ。なんだか奇妙だな」

「ちっとも奇妙じゃないさ。これ以上君と離れているのが耐えられないから電報を打ったんだとは、とても言えなかったのだよ。慎み深い人だから」

一瞬、スクーンメイカー氏の顔が明るくなった。

「本当にそう思うか？」

「もちろんさ。彼女は全身全霊で君を愛している。君にぞっこんだ。だから、元気を出せ、ジミー。気分がよくなったら、再挑戦しろ。経験上、『五月の女王』の二日酔いは、ちょっと眠れば治る。このハンモックを試してみろ」

「君はいいのか？」

「君のほうがこれを必要としている」

「それじゃ、遠慮なく」スクーンメイカー氏は言った。瞬間的な明るさはハンモックに横たわると共に雲散霧消し、彼は元の悲観論者に戻って、ため息を漏らした。「やっぱり、君は完全に間違っているよ、フレディ。もう望みはない。引き際は心得ている」

「大英帝国から独立を勝ち取ったアメリカの精神とは言えんな」

「彼女は僕なんかには鼻も引っ掛けない。彼女と僕は同じリーグでプレイしてはいないんだ。まあ、ともかく」スクーンメイカー氏はもう一度ため息をつきながら言った。「いつだって、僕には仕事がある」

　イッケナム卿の目が、ふいにきらりと光った。何かひらめいたらしい。

「今どんな仕事をしているんだい、ジミー？　何か大きな事業だろうね、もちろん？」

「かなり大きい。フロリダを知っているか？」

「詳しくはない。アメリカ時代はおもに西部とニューヨークで暮らしていたから」

「それじゃ、ジュピター・アイランドは知らないだろうね」

「聞いたことはある。億万長者の冬の別荘地のような場所だろう？」

「そんなところだ。クラブがあり、ゴルフ場があり、テニスも海水浴もできる。シーズン単位でコテージを借りるんだ」

「それで法外な金を払うわけだ？」

「うん、かなり高い。今、もっと南の海岸に同じようなリゾートを開発している。ヴィーナス・アイランド開発会社という名だ。きっと大当たりする」

「資本を求めているわけではないのか？」

「そっちは問題ない。なぜだい？」

「ちょっと考えたんだ、ジミー。君の娘が公爵の甥と結婚するんだから、その事業に参加するよう公爵を誘ってやればいいんじゃないか。公爵は金を唸るほど持っているが、いつだって、もう少し欲しいと思っている。その事業は彼の好みに合いそうな気がする」

スクーンメイカー氏は眠りに落ちるところだったが、公爵のためになるなら喜んで、と答えるだけの意識はあった。彼が提案に感謝すると、イッケナム卿は、常に一日一善を心掛けていると答えた。イッケナム卿は、自分の母親がボーイスカウト団員の善行に驚かされていたと言った。

「この世に生きていられるのは一度だけだろうから、善い行いができるときはすぐさま実践するのを旨としているんだ、ジミー。団員からそう教わった。ハンモックの具合はどうだい？」

スクーンメイカー氏はかすかにいびきをかき、イッケナム卿は公爵と話すためにその場を離れた。

第十一章

1

ダンスタブル公爵はテラスに座っていた。彼は今、ただテラスの上にいるだけでなく、両肩に虹を背負って世界の頂上にいた。自分の幸せを一つ一つ数え、これほど順調だったことはいまだかつてなかったという見解に達していた。まだエンプレスの件をエムズワース卿に持ちかけてはいないものの、行動に移しさえすれば、売り手市場の有利な立場に立てるとわかっていた。さらに、どのような金額になろうと、すべては純益となり、あの不愉快な代理手数料を支払う必要はないと考えて安堵した。ラヴェンダー・ブリッグズに危うく五百ポンドをもぎ取られるところだったと思うと、いまだに身震いがする。

それに加えて、善き人間に天恵が注がれ始めたら限りがないという証拠に、これまで経済上の嘆かわしい負担だった甥のアーチボルドが、億万長者の一人娘と結婚の約束をしたのだ。あの役立たずの若造がどうやってそこまで漕ぎ着けたのかはわからないが、ともかく、そのおかげで公爵は深い満足感に浸っていたため、イッケナム卿が隣の椅子に腰を下ろしても、口髭を吹き上げもしなかった。イッケナム卿を嫌い、あの馬鹿にふさわしいのはお粗末な精神病院のクッション壁の個室だと思いはしたものの、この日の朝は、世界中が彼の友だった。

イッケナム卿は厳粛な表情だった。

「お邪魔でなかったかな、ダンスタブル。クロスワードパズルをやっている最中では？」

「いやいや、まったく」公爵は愛想よく答えた。「ちょっと考え事をしていただけだ」

「私が来たせいで考え事が増えてしまうな」イッケナム卿が言う。「しかも、あまり楽しくない考え事だ。歳月が人によくない変化をもたらすのは実に悲しいと思わないか？」

「誰が？　俺は違うぞ」

「いや、君じゃない。君はいつも安全な水準を保っている。私が考えていたのは気の毒なスクーンメイカーのことだ」

「あいつの何が気の毒なんだ？」

イッケナム卿の顔に苦痛の表情が浮かんだ。彼はしばらく口をつぐみ、人生の悲劇について思索しているかのように考え込んだ。あるいは、そのように見えた。

「何もかもだ」イッケナム卿は答える。「十五年前、私がニューヨークで知っていたスクーンメイカーは輝かしい未来のある男で、しばらくはきわめて羽振りがよかったはずだ。だが、それもすべて過去の話。今では丸裸だ」

「裸？　服はどうした」公爵はいつものみ込みが悪い。

「すっかり落ちぶれてしまったのだ。もう手元には三十セントしか残っていない。誰にも言わないでほしいが、今さっき、彼が金を借りに来た。実に心が痛んだよ」

公爵は立ち上がった。今回は口髭を吹き上げるのを忘れなかった。髭はあらぬ方向へ流れる滝のようになびいた。

「しかし、あいつは億万長者だろう！」

イッケナム卿は悲しげに微笑む。

「彼はそう信じさせたがっている。だが、向こうの知り合いの近況を折々伝えてくれるニューヨークの友人たちが、すべて教えてくれた。彼は資金が尽き、破産も時間の問題らしい。ああいうアメリカの資本家がどんなふうか、君も知っているだろう。大風呂敷を広げすぎるのだ。さばききれないほどに手を広げ、その挙句に案の定、破綻する。今じゃ五ポンドだってスクーンメイカーにとっては大金さ。差し当たり十ポンド必要だというから、くれてやったよ、気の毒に。断りきれなかった。もちろん、この件は絶対にここだけの話だ。広めてほしくないのだが、君には警告しておくべきだと思ってね」

公爵の両目がカタツムリの目のように飛び出た。口髭はなびきっぱなしだ。ジョージ少年でも、公爵の口髭がこれだけ盛大に動くのを見たことはない。

「俺に警告？　この俺から何か助言を得ようとしても、がっかりするだけだ」

「彼は助言よりもっと多くを望んでいる。危うい企みに投資するよう君に持ちかけるつもりだと思う。私が見当をつけたところでは、どうやら南部フロリダの不動産事業らしい。ヴィーナス・アイランド開発会社と言っていた。名前からして怪しげだろう？　ヴィーナス・アイランドだと！　そんな場所は実在しないのではないかな。心配なのは、君が投資する気になるんじゃないかということだ。彼は言葉巧みに誘いかけるだろうな、とても口がうまいから。だが、手を出そうなんて夢にも思っちゃいけない。用心しろよ」

「用心するよ」公爵は荒い息を吐きながら言った。

イッケナム卿は相手が彼の気遣いに感謝するかもしれないと思って少し待ったが、公爵が荒い息を吐き続けるだけだったので、ハンモックまで戻った。スクーンメイカー氏は上体を起こし、顔色も明るくなっていた。うたた寝が効果的だったと聞いて、イッケナム卿は喜んだ。

「頭痛も治ったかい？」

スクーンメイカー氏はそれについて考えた。

「そうだな、治ったとは言えない」彼は言葉の正確さにこだわる男なのだ。「だが、だいぶましにはなった」

「それなら、ジミー、公爵のところへ行って、君のそのヴィーナス・アイランド事業の全容を説明するといい。今さっき彼と話したら、奇妙な偶然だが、彼はちょっとした投機の機会があればなあと言っていたよ。根っからのギャンブラーなんだ」

スクーンメイカー氏は彼の言葉の選択が気に入らなかった。これほど重症の二日酔いに苦しむ男にとって反論するのは至難の業だが、彼は最善を尽くした。

「ギャンブラー？　どういう意味だ、ギャンブラーとは？　ヴィーナス・アイランド開発会社はきわめてまともで堅実だぞ」

「もちろん、そうだろう」イッケナム卿はなだめるように言った。「それを印象づけろ。大いに売り込め」

「なぜだ？」スクーンメイカー氏は苛立ちを拭いきれずに言った。「彼の金なんか欲しくないぞ」

「もちろん、そうだろう。彼に投資させれば、大きな恩を売ることになる。しかし、絶対にそれを気取られないように。公爵という人種のプライドがどれほど高いか、知っているだろう。人に借りがあると感じるのは真っ平ごめんなのだ。だから必死に売り込んでいるように見せろ、ジミー」

「ああ、わかった」スクーンメイカー氏は渋々言った。「それにしても妙だな。一年もしないうちに資金が四倍になる投資をさせてやるために、人をおだて倒すなんて」

「いずれ笑い話になるさ」イッケナム卿は請け合った。「公爵はテラスにいる。君が訪ねてくるかもしれないと言っておいたよ」

イッケナム卿は空になったハンモックに身を落ち着け、再び批判的になった守護天使に弁解を始めた。真実から多少それるのも、立派な大義のためであれば害がないし、スクーンメイカー氏とダンスタブル公爵との会談はおそらく前者の感情を害するだろうが、頭痛を忘れさせてはくれるだろう。頭の中でそんな弁解をしていると、傍らにアーチー・ギルピンがいるのに気づいた。

アーチーは常にも増して美しく、だが、不安そうに見えた。

「あの」と彼は切り出した。「あなたがアラリック伯父さんと話しているのを見かけたものですから」

「うん、二言三言、言葉を交わしたよ」

「伯父さんのご機嫌はどうです?」

「少々苛立っているように見えた。金を搾り取られそうになって気分を害していた」

「ああ、なんてこった!」

「というか、そういう企てがありそうだと予想していた。そういうことがあると、繊細な老人は神経過敏になるものだ。『アルフォンスの告白』という本を読んだことはあるかね? フランスのウェイターの回想録だ。いや、ないだろうね。ずいぶん昔に出た本だ、君が生まれるずっと前に。その中にアルフォンスがこう言うくだりがある。『金の無心をされた途端に、その人が嫌いになる。親譲りなんだ。血統は俺自身よりも強い』。公爵も同様さ」

アーチー・ギルピンは髪に手をやり、頭皮マッサージの癖にひとしきり耽った。ようやく口を開いたとき、彼の声は暗かった。

「それじゃ、例の千ポンドの話は今持ち出さないほうがいいと思いますか?」

「全面的には賛成しかねるね。しかし、なぜ急ぐ?」

「なぜ急ぐか、お話しします。今朝、リッキーから手紙が来ました。金ができるまで一週間しか待てないと言うんです。それまでに金を渡さないと、他の人間と組まざるを得ないそうです」

「たしかに困ったな。その種の最後通告はいつだって不快なものだ。それでも、一週間のうちには何が起こるかわからない。しいて言えば、一日のうちにだって、何が起こるかわからないのだ。私の助言は——」

しかし、大きな価値があったかもしれないその助言を、アーチーは受けられない運命だった。ちょうどそのとき、スクーンメイカー氏が現れて、アーチーはこそこそと立ち去ったからだ。この婚約者の父親にはもう紹介されたが、彼と会うといつも緊張してびくびくしてしまい、彼が側にいるとまったくくつろげない。おもに鼈甲縁の眼鏡のせいだとアーチーは思っていたが、角張った顎もいささか寄与していたかもしれない。

スクーンメイカー氏は、あたかも雷雲のようにハンモックに覆いかぶさった。

「君も、あの公爵とやらも、人を馬鹿にしやがって!」スクーンメイカー氏は言い、イッケナム卿は驚いて眉を上げた。

「おいおい、ジミー！　考えすぎかもしれんが、その剣幕は、ダンスタブルとの会談が快いものでなかったことをほのめかしているようだな。何があった？　ヴィーナス・アイランド開発会社の件を切り出したのか？」

「ああ、そうしたよ」と言うと、スクーンメイカー氏はいったん言葉を切って鼻息を漏らしたが、その音量は世界中に轟きわたる銃声さながらだった。「そうしたら、公爵から詐欺師扱いされた。君は彼に、僕が君から金を借りたと言ったそうだね？」

　イッケナム卿は目を大きく見開いた。ひたすら困惑している。

「私から金を借りたと？　まさか」

「君がそう言ったと、公爵は言ったぞ」

「とんでもない。私がいくら貸したというんだ？」

「十ポンド」

「笑わせてくれるじゃないか！　君ほどの男なら、昼食後にウェイターへのチップとして皿に置くような金額だ。一体全体、どうして公爵がそんな思い込みをしたのか？」イッケナム卿の顔が明るくなった。「私の言葉が誤解を招いたようだよ、ジミー。今思い出した。彼にニューヨーク時代の思い出話をしたんだ。二人とも若くて金欠で、どちらの財布になけなしの金が入っているかによって、私が君にわずかな金をせびったり、君が私にわずかな金をせびったりした、なんてね。公爵は全部混同しちまったとみえる。まったくおつむの弱い男だから。たしか父親もそうだった。姉も妹たちも、従兄弟たちも、叔母たちもそうだったな。うむ、君ほどの名士が私に十ポンドを乞うなどと考えるなんて、よっぽどだ。億万長者にそんな無礼をはたらく人間は、そうはいない。ダンスタブルとはどうなった？」

「頭がおかしいんじゃないかと言って、出てきた」

「きわめて適切だ。さて、今日の予定は？」

スクーンメイカー氏の顔全体が少し赤らんだ。

「レディ・コンスタンスのところへ行って、庭園の散歩にでも誘えたらと思っていた」

「コニー」イッケナム卿が訂正した。「彼女をコニーと思わないことには、前に進めないぞ」

「そう思っても、進めないさ」スクーンメイカー氏は苦々しく言った。

朝の空気はすでに心地よい暖かさとなり、田園の虫たちが立てる羽音や遠くで庭師が芝生を刈る音など、心を和ませる小さな音に満ちていた。スクーンメイカー氏が立ち去るとまもなく、イッケナム卿の目は閉じられ、呼吸は静かに規則的になった。寝息を二度もたてないうちに、声が聞こえた。

「ホォイ！」という声に、イッケナム卿は起き上がった。

「やあ、ダンスタブル。穏やかじゃないな」

公爵の目は飛び出し、口髭は微風に踊っている。

「イッケナム、お前の言うとおりだった！」

「何のことだい？」

「あのヤンキー、シューキーパーとかいうやつのことだ。お前が警告してから十分も経たないうちに、動き始めた。俺のところに来て、やつの『なんとかアイランド』計画に金を投じさせようとした」

イッケナム卿は低く口笛を吹いた。

「まさか！」

「本当だ」

「手が早いな！　少なくとも、もう少し親しくなるまで待つのが普通だろう。やはり口がうまかっただろう？」

「ああ、相当なもんだ」

「そうだろう。ああいった手合いは言葉巧みな売り口上の専門家だからな。引っかかったりはしなかっただろうね？」

「この俺が？」

「もちろん、そんなはずはないな。君は冷静な男だから」

「嫌みを言って、追っ払ってやった。とんでもないやつだ！」

「そうか。君に非はない。それでも、気まずいことになったな」

「誰が気まずい？　俺は何ともないぞ」

「君の甥っ子が彼の娘と結婚するわけだから、と思って……」

公爵は口をあんぐりと開けた。

「しまった！　それを忘れていた」

「私だったら、それを心に刻んでおくよ、かなり深刻な影響を被るだろうからね。君が裕福でよかった」

「え？」

「そうさ、援助が必要なのはアーチーと彼女だけじゃない。スクーンメイカーとその姉妹もいるからな。姉妹はたしか三人いるはずだ」

「援助なぞするもんか！」

「飢えさせるわけにもいかんだろう」

「構わん」

「われわれは皆、最近食べ過ぎているというわけか？　たしかにそうだが、彼らがパン屑を求めて物乞いして歩き、その理由を人に語るとすれば、君のためにもならない。ティルベリーの新聞のゴシップ欄を知らないのか？　あることないこと書き立てられるぞ」

公爵はハンモックを鷲摑みにし、イッケナム卿は揺すぶられて船酔い気味になった。そういう側面を公爵は見落としていた。あんなやり取りがあった後でマンモス出版社の社主がどれほど遠慮のない意趣返しに及ぶか、公爵は誰よりもよく知っていた。

ある考えが公爵の頭に浮かんだ。

「なぜアーチボルドがパン屑を求めて物乞いするのだ？」

「空腹に耐えかねれば、誰でもするだろう？」

「あいつは給料取りじゃないか」

「今は違う」

「はあ？」

「引導を渡されたのだよ」

「引導？　引導って何だ？」

「別の言い方をすれば、彼は先週でお役御免になったのだ」

「何だと！」

「彼がそう言った」

「あいつは俺にはそんなことを一言も言わなかった」

「君を心配させたくなかったんだろう。とても思慮深い青年だからね」

「役立たずの金食い虫だ！」

「髪形はいい、そう思わないか？　まあ、そういう状況だから、君もずいぶん物入りだろう。年収二千や三千ではやっていけないかもしれん。この先何年も、何年も、何年も。君の資産にとっては大損失だな。アーチーに婚約を破棄するよう命じられないのは、はなはだ残念だ。婚約さえ破棄すれば、万事解決するのだが。しかし、もちろん、命令はできない」

「できるさ。素晴らしい思いつきだ。今すぐ彼のところへ行って、ちょっとでも口答えされたら、背骨が帽子を貫通するくらい蹴飛ばしてやる」

「いや、待て。君はこの状況の重大な点にまだ気づいていないから、注意を喚起しておく。婚約不履行裁判のことを忘れている」

「どの婚約不履行裁判だ？」

イッケナム卿の説明は、あたかも辛抱強い家庭教師が、何の落ち度もないのに赤ん坊のときに頭から床に落とされてしまった子供に、初歩的な計算問題を教えるかのような口調で行われた。

「明明白白じゃないか？　アーチーが婚約を破棄したら、娘はすぐさま、婚約不履行で訴えるだろう。たとえ自分で思いつかなくても、スクーンメイカーのような男なら娘にそうさせるだろうし、陪審員たちは協議のために席を立つまでもなく、彼女に多額の損害賠償を与えるだろう。アーチーは彼女に手紙を沢山書いたと言っていたからな」

「どうして一つ屋根の下に滞在しているのに、そんなに手紙を書いたんだ？」

「メモというほうが適当かもしれん。熱っぽい言葉を書きつけて、昼は彼女の手の中に滑り込ませ、夜は彼女の部屋のドアの下に差し込む。恋人たちとは、そういうものさ」

「馬鹿馬鹿しい」

「いや、よくあることだと思うよ、心が若いときには」

「結婚については何も書かなかったかもしれん」

「あまり期待できそうにないよ。以前、彼から『ハネムーン』のつづりを尋ねられたから、彼の思考の流れは推して知るべしだ。女の子への手紙にハネムーンのことを書くなんて、自ら災いを招くに等しい。骨つき肉とトマトソースと書いただけでピクウィック氏の身に何が起こったかを考えれば――」（チャールズ・ディケンズ作『ピクウィック・クラブ』で、主人公ピクウィック氏の手紙が婚約不履行裁判の証拠品とされる）

「ピクウィック氏とは誰だ？」

「話がそれてしまった。そういうメモが法廷で読み上げられたら、君に迷惑がかかると言いたかっただけだ」

「なぜ俺に？　アーチボルドが婚約不履行裁判に巻き込まれるほど馬鹿だとしても、糞食らえ、あいつの損害賠償を支払う義務は俺にはない」

「払わなければ、ゴシップ欄で体裁が悪いことになるだろう。アーチーは君の甥っ子だからな」

公爵は激しい呪いの言葉をありとあらゆる甥に向けて発し、イッケナム卿も甥たちが試練をもたらすことに同意しつつ、自分の甥のポンゴの見解によれば、この世のあらゆる災いは叔父たちによって引き起こされるそうだと付け加えた。

「希望の光が一筋だけ見える」

「何だ、それは？」一筋の光さえ見つけられない公爵が尋ねる。彼の出目が微かに光った。このイッケナムという男は馬鹿かもしれんが、時には頭が冴える瞬間もあるようだと思ったのだ。

「彼女に手切れ金を渡すんだ。彼女はアーチーを愛していないから、こっちが有利だ」

「あんな役立たずを愛する女がいるものか」

「むしろ悲しい話だよ。メリウェザーを知っているね？」

「あの顔が目立つ男か？」

「きわめて的確な表現だ。彼の心は素晴らしいが、それは目には見えない」

「彼がどうした？」

「彼女が結婚したい相手は、彼なのだ」

「メリウェザー？」

「そうだ」

「それなら、なぜアーチボルドと婚約した？」

「ダンスタブル君！　父親が破産の瀬戸際にある娘は、自分で自分の面倒を見ざるを得ない。心が頭を支配できる立場にはないのだ。結婚によって君みたいな男と親戚になる機会があるなら、それに飛びつくのが人情さ」

「なるほど」

「便宜的結婚などしたくはないだろうが、愛する男とは幸せになれる望みもない。彼女とメリウェザーの縁組を阻むのは、金だ」

「彼には金がないのか？　ブラジルから来たという話じゃないか。ブラジルでは金儲けができるんだろう」

「彼はできなかった。ブラジルのナッツが病気で全滅し、彼は全資本を失った」

「能なしのクズめ」

「人に同情できるかどうかが評判の決め手だぞ。うん、彼に金がないことが問題なのだ。マイラ・スクーンメイカーはうまい話に飛びつくと思う。大儲けできそうなオニオンスープの店に投資するチャンスが、メリウェザーに巡ってきたから」

公爵は突かれたように跳び上がった。オニオンスープという言葉を聞くと、いつも神経がひどく高ぶる。

「甥のアラリックがオニオンスープの店をやっている」

「まさか、本当かい？」

「それを飯の種にしている。詩を書き、オニオンスープを売っている。俺はクラブで恥をかきっぱなしだ。『君のあの甥っ子は何をしている？』と仲間が訊いてくる。外交官になったとかいう答えを期待してな。それなのに、オニオンスープを売っていると答えなきゃならん。どういう顔をしたらいいか、わからん」

「気持ちはわかるよ。あのスープは栄養満点だとは思うが、私の知る限り、オニオンスープを売って銅像が建てられた人間はまだいないからな。それでも、あの商売は儲かるし、私の知り合いは実に羽振りがよく、事業を拡大したがっていて、メリウェザーに千ポンド出資して株の三分の一を持たないかと申し入れた。だから、あの娘にその金を出してやれば……」

「千ポンド?」

「メリウェザーが私にそう言った」

「大金だぞ」

「だから必要なんだ」

公爵は考えた。彼は頭の回転が遅く、物事をゆっくりとしか把握できない。それでも、このイッケナムという男の意図を理解し始めた。

「つまり、俺があの娘に千ポンドやれば、彼女はそれをあのガーゴイル男に渡し、そうすればアーチボルドには引導を渡して、ガーゴイル男と結婚するだろうってことだな」

「そのとおり。よくぞ簡潔にまとめたね」

ふと、心安らぐ考えが公爵の頭に浮かんだ。あのアホ娘に手切れ金として千ドルやっても、肥満豚の代金としてエムズワースから三千ドルせしめれば、かなりの黒字ではないか。感謝の表情を浮かべる能力が公爵にあれば、彼はイッケナム卿に向かってそうしていただろう。彼が解決策を見つけてくれたと思ったからだ。

「早速、小切手を書くとするか」公爵は言った。

2

公爵が立ち去ったあと、ハンモックでまどろんでいると、天使の声で名を呼ばれ、イッケナム卿は一瞬、知らぬ間に火の戦車に乗せられて天国へ昇ってきたのかもしれないと思った（旧約聖書列王記〔下〕第二章第十一節より）。しかし、天使の気配りがいかに細やかだとしても、知り合ったばかりの彼に「フレッドおじさん」と呼びかけるわけはなかろうと、理性が告げた。そこで起き上がり、寝ぼけ眼をこすると、傍らにマイラ・スクーンメイカーが立っているのが見えた。彼女の容姿はいつもながら魅力的だったが、田園で過ごす朝にはふさわしくない服装に思えた。

「やあ、マイラや。どうしてそんなに着飾っているんだい？」

「これからロンドンへ行くの。お土産にご所望のものがあるか訊きに来たのよ」

「煙草くらいしか思いつかないよ。ロンドンへは何をしに行くんだい？」

「お父様がたっぷりお小遣いをくれて、買い物でもしておいでって」

「優しいパパだね。君はあまり心が弾んでいないようだ」

「この頃は心が弾むことがなくて。何もかも滅茶苦茶よ」

「そのうちにすっきりするさ」

「自信たっぷりね！」

「見通しは明るい」

「どうしてそう思えるのかわからないけれど、その考えをビルに分けていただきたいわ。彼にはカンフル剤が必要だから」

「士気が低下しているのかい？」

「とっても低下しているのよ。ビクビクしているのよ。爆発を待っているときの気持ち、わかるでしょう？」

「不安なのか?」

「その言葉がぴったりだわ。彼は、なぜレディ・コンスタンスが何も言ってこないのか、理解に苦しんでいるの」

「彼女に何か言われると思っていたのか?」

「ええ、彼の立場なら当然でしょう? 彼はエムズワース卿に自分の正体を告白したから、エムズワース卿はレディ・コンスタンスにその告白を伝えたはずよ」

「そうとも限らない。きっと忘れたんだろう」

「そういうことを忘れるなんてあり得る?」

「エムズワースが忘れるものに限りはない、ことにあの豚に気をとられているときは」

「豚がどうかしたの? 最後に見たときは元気そうに見えたけれど」

「豚がどうしたかって。公爵がエムズワースからあの豚を取り上げたんだ」

「どうやって?」

「話せば長くなる。いつか別の機会に教えてあげよう。何時の汽車に乗るんだい?」

「十時三十五分よ。ビルもこっそり駅へ来て一緒に行ってくれたらよかったのに。そうすれば結婚できると思ったのだけれど」

「もっともだ。彼は乗り気じゃなかった?」

「ええ。良心が咎めているのよ。アーチーに悪いから、駄目だって」

イッケナム卿はため息をついた。

「良心の呵責か! なかなか抑えきれないらしいな。気を楽にするよう彼に言ってくれたまえ。アーチーの心からの望みはミリセント・リグビーという娘と結婚することだよ。彼女と婚約しているんだ」

「でも、アーチーは私と婚約しているわ」

「どちらとも婚約している。気の毒なアーチーにとって、きわめてまずい状況だ」

「それじゃあ、どうしてさっさと婚約破棄しないの？」

「アーチーはオニオンスープの店に出資するため、公爵から千ポンド引き出したいが、億万長者の娘を捨てれば、資金が得られなくなると思った。ただ最善を期して大人しく待つしかないと感じていた。そして、君のほうは、ジミーにアメリカへ連れ戻されるだろうから、婚約を破棄できない。今朝までは、このうえなく微妙な状況だった」

「今朝、何があったの？」

「公爵が、なぜか君の父親が破産の瀬戸際にあるという妙な考えを抱き、君とアーチーのみならずスクーンメイカー家の全員を養わねばならなくなると思い込んだ。彼はそれがたまらなく嫌だったから、今さっき、君宛てに千ポンドの小切手を書くために立ち去った。君への手切れ金のつもりだ」

「手切れ金？」

「君がアーチーを婚約不履行で訴えないようにね。公爵に会ったら、全額分の小切手を受け取り、アーチーに裏書譲渡して、彼の銀行口座に払い込むんだ。汽車が遅れなければ、それだけの時間はちょうどある。必ず今日中に済ませるのだよ。公爵には小切手の支払いを停止する悪い癖があるからね。それに、事情を説明すれば、ビルもその十時三十五分の汽車に一緒に乗れるかもしれない。そして、明日、君たちは、今度は同じ場所を選ぶようによく気をつけて、登記所で落ち合う。そうすればすべて丸く収まる」

沈黙があった。マイラが深く息を吸う。

「ねえ、全部フレッドおじさんが仕組んだの？」

イッケナム卿は驚いた顔をした。

「仕組んだ？」

「おじさんが公爵に、父が一文なしだと言ったの？」

イッケナム卿は考えた。

「うむ、そう言われれば、私が何か不注意な言葉遣いをしたせいで彼にそういう印象を与えた可能性があるかもしれない。そう、今思い返せば、そういう意味のことを言ったような気がする。そうすれば、甘美と光明が振りまかれることになると思った。皆が幸せになると考えたのだ、たぶん公爵だけは例外だが」

「まあ、フレッドおじさん！」

「何でもないよ、マイラや」

「おじさんにキスしたい」

「邪魔するものは何もなさそうだね」キスが終わると、イッケナム卿は言った。「ところで、ビルの良心の呵責は克服させられそうかい？」

「私が克服させるわ」

「それでは、彼もブランディングズ城を去ることになりそうだね。歓迎が尽きるまで長居するなというのが、わが座右の銘だ。あとは、レディ・コンスタンスに礼を尽くした短い手紙を書くだけだね。

彼女のもてなしに感謝し、彼女に事実を明かし、どうか悪しからず、と結ぶ。手紙はビーチに託すといい。彼女に渡してくれるだろう。その薄笑いは、何だい？」

「それを読むレディ・コンスタンスの顔を想像したら、ついニヤニヤしちゃった」

「悪い子だね。でも気持ちはわかる。コニーは面白くないだろう。甘美と光明を振りまき始めると、どうしてもそういう問題が起きる。全員には行き渡らず、誰かが取り残されてしまう。フルハウスを完成させるのは至難の業だね」

3

公爵と、スクーンメイカー氏と、アーチー・ギルピンと、マイラとの会見を終えたイッケナム卿は、朝食のベーコンエッグを消化するのにぜひとも必要な安らぎと孤独にようやく浸れると思ったが、それは間違いだった。まどろみを邪魔したのは、今度は天使の声ではなく、近所の年老いた羊が言葉を与えられて話しているかのような哀れっぽい声だった。こんな哀れっぽい声を出せる人間は一人しか知らないから、起き上がって声の主がエムズワース卿だとわかっても、驚きはしなかった。第九代伯爵はハンモックの傍らで力なくうなだれている。何者かに容赦なく背骨を抜かれてしまったかのような有り様だ。

イッケナム卿は、起床直後の接見を習わしとした旧体制下のフランス国王さながらの境遇を今や受け入れ、迷惑そうな顔もせずに温かく微笑んで挨拶し、いい日だねと言った。

「太陽が」と言って太陽を指差した。

　エムズワース卿は太陽を見上げ、同意のしるしにうなずいた。

「君に渡すものがあって来た」

「それはいい心がけだ。今日は誕生日ではないが、プレゼントはいつもありがたく頂戴するよ。どんなものかな？」

「すまん、忘れた」

「残念だ」

「そのうち思い出すだろう」

「待ち遠しいな」

「それと、君に知らせたいことがある」

「だが、忘れたと？」

「いや、覚えている。エンプレスの件だ。よく考えてみたよ、イッケナム。それで、エンプレスをダンスタブルから買い取ると決めた。ためらいがなかったとは言わん。彼の言い値は法外だったからね。三千ポンド要求された」

　イッケナム卿の日頃の冷静さはめったなことではかき乱されないが、その金額に、さすがの彼も思わず息をのんだ。

「三千ポンド？　豚一頭に？」

「エンプレスに」エムズワース卿は厳かな声で訂正した。

「公爵の腹を蹴飛ばしてやれ！」

「いいや、エンプレスを手放すことはできん、いくら代償を払っても。彼女がいないと、どうすればいいかわからん。これから会いに行く」

「ウェルビラヴドがいなくなったあと、誰が世話をしているんだ？」

「ああ、ウェルビラヴドは連れ戻した」エムズワース卿は後ろめたいことをした人のように、おどおどと言った。「そうする他はなかった。エンプレスはつきっきりで世話をし、気を配ってやらねばならん。これまで雇ったなかで、ウェルビラヴドほど彼女のことを理解していた豚係はいない。ただし、ちゃんと説教もしたぞ。そうしたら、やつが何と言ったと思う？　気が動転するようなことを言われた」

　イッケナム卿はうなずいた。

「ああいった野卑な百姓は言葉遣いにあまり気をつけないからな。ときどきシェイクスピア風の物言いに傾くきらいがある。彼に何と呼ばれた？」

「何とも呼ばれてはいない」

「それじゃあ、どうして気が動転したんだ？」

「やつが言ったことのせいだ。あのブリッグズめが彼に金をつかませてエンプレスを盗ませようとしたが、その金の出所がダンスタブルだというのだ。ダンスタブルが、あの女を操っていた。生まれてこのかた、これほど驚いたことはなかったぞ。この件で彼に苦言を呈するべきだろうか？」

「値を少し下げてもらうためにか？」イッケナム卿は頭を振った。「そんなことをしても何もならないと思う。彼は、私が誰にでも常に助言するとおり、断固たる否認を通すだろう。君はウェルビラヴドの言葉を繰り返すしかなく、それでは信憑性に欠ける。ジョージ・シリル・ウェルビラヴドは面白い男で、私は日頃から彼と意見を交わすのを楽しんでいる。だが、彼の言葉は、たとえ皿に載せてクレソンで飾り立てて出されたとしても、信じられない。今回だけは生涯の信条に逆らって真実を述べたかもしれないが、それがどうした？　ダンスタブルがどんな男かは君も知っている、私も知っている。こだわりも道徳も持たず、腹をすかせた孤児から二ペンスを騙し取るために雪の中を十マイルでも歩く男だが、証拠がないことには、われわれは何もできない。仮に彼が指示書のようなものを書いていて、下劣な計画を具体的に描写した手紙でもあれば――」

「あ！」エムズワース卿が言った。

「え？」イッケナム卿が言った。

「たった今、君に渡すものが何だったか、思い出したよ」エムズワース卿はそう言いながらポケットを探った。「この手紙だ。わしの郵便に交じっていた。さて、エンプレスに会いに行くとするか。一緒にどうだ？」

「一緒に？　ああ、わかった、あそこか。せっかくの誘いだが、今は結構。後で行くかもしれないが」

イッケナム卿は気もそぞろだった。手紙を開いて署名を一瞥し、興味深い内容かもしれないと悟ったからだ。

差出人はラヴェンダー・ブリッグズだった。

第十二章

レディ・コンスタンスの私室のドアがバタンと開き、大きな物体が眼鏡と共に飛び出てきた。あまりの勢いに、ちょうどそこを通りかかったビーチは、巧みなステップを駆使して破滅的な衝突をかろうじて避けた。

「おっと！」スクーンメイカー氏が言った。眼鏡と共に飛び出してきた大きな物体とは、彼だったのだ。「失礼」

「失礼いたしました、スクーンメイカー様」ビーチが言う。

「いや、いや、こっちこそ、失礼した」スクーンメイカー氏が言う。

「いえいえ、お気になさらずに、スクーンメイカー様」ビーチが言う。

ビーチは、危うく一緒にダンスのステップを踏む羽目になりかけたこの男を驚いて見つめたが、満月のような顔に驚きは表さなかった。執事組合の規則は、驚きの表明を許さない。その朝、スクーンメイカー氏は頭でも痛むかのように青白くやつれた顔をしていたため、執事は懸念していたのだが、今は魔法にかかったように一変し、明らかに素早い回復を遂げていた。頰は艶やかで、溶解する寸前の牡蠣《かき》のようだった目は、今や明るく輝いている。欣喜雀躍という言葉をビーチが知っていれば、今のこの資本家を描写するのに使っただろう。かつてイッケナム卿が「活を入れられて元気はつらつ」

という表現を使うのを聞いたことがあったので、ビーチは今のスクーンメイカー氏の状態を心の中でそう呼んだ。活を入れられたに違いないという結論を下した。

「あ、ビーチ」スクーンメイカー氏が言う。

「はい、スクーンメイカー様」ビーチが言う。

「いい日だね」

「たいへん気持ちのいい日でございます、スクーンメイカー様」

「イッケナム卿を捜しているんだ。どこかで見かけたかい？」

「ほんの少し前に、いなくなったエムズワース卿の秘書の仕事部屋に入っていったのを見ました」

「いなくなった？」

「亡くなったわけではございません。ミス・ブリッグズは職を解かれました」

「ほう、そうか。クビになったのだな？　その部屋というのはどこだ？」

「上の階の廊下の突き当たりでございます。ご案内しましょうか、スクーンメイカー様？」

「いや、それには及ばん。行けばわかるだろう。あ、ビーチ」

「はい？」

「これを」と言うと、スクーンメイカー氏はビーチの手の中に紙片を押し込んで去ったが、その足取りを、ビーチは浮かれまくった春の仔羊のようだと思った。

ビーチはその紙片に目をやり、辺りは無人で執事組合に密告する者はなかったため、安心して大きく息をのんだ。それは十ポンド紙幣で、しかも、この半時間の間に心づけとして受け取った三枚目の大枚だったからだ。一枚目は、あの魅力的な若い女性、スクーンメイカー嬢が、レディ・コンスタンス宛ての書状を彼に託す際につけてくれた五ポンド札。そのすぐ後で、メリウェザー氏があたかも別れの挨拶のように彼の手に金を押しつけたが、出発するという話は聞いていなかった。ビーチにはすべてがひどく謎めいて感じられたが、けっして不快ではなかった。

いっぽう、スクーンメイカー氏は、不規則な間隔で床に触れながらラヴェンダー・ブリッグズの仕事部屋に到着した。机の前に座るイッケナム卿を見つけると、すぐさま堰を切ったようにしゃべり出した。

「おお、フレディ。執事から、君がここにいると聞いた」

「まったくそのとおり。彼の言葉どおり、ほら、私はここにいる。椅子に掛けたまえ」

「椅子に掛けるなんてとんでもない、気持ちが昂ってしまって。こうして部屋の中を歩き回っても構わないかい？　君に会いたかったよ、フレディ。この知らせを最初に聞いてほしかった。レディ・コンスタンスを妻にできたらこの世で一番幸せな男になると僕が言ったのを、覚えているか？」

「覚えているよ。君はまさにそう言った」

「実は、そうなったんだ」

ビーチが先ほど見せたのと同じ当惑が、イッケナム卿の顔に浮かんだ。まったく予期せぬ展開だった。鋭い観察眼の持ち主であるイッケナム卿には、この旧友の勇気を固めて猛烈な求婚者にするには、無限の忍耐と説得力ある激励の数々が不可欠だと踏んでいたが、どうやら目標は達成されたようだ。前に話したときにはウェディングベルを鳴らせる男ではないように思え、幸福な結末への望みはほぼ絶えていた。最愛の人を横から眺めるたびに求婚者たるべき勇気が失せる男には、結果を出せる可能性はあまりない。それにもかかわらず、何らかのきっかけが、ジェイムズ・スクーンメイカーをあの臆病なウサギから、かのドン・ファンさえも恥じ入って握手を遠慮するほどの情熱家に変身させたのだ。イッケナム卿の頭にたちまちひらめいたのは、この謎の答えとして唯一考えうるものだった。

「ジミー、また『五月の女王』をやったな」

「やってない！」

「本当に？」

「もちろん、本当さ」

「それはよかった。こんな早い時間にはあまり勧められないからな。それでもなお、君は求婚し、嬉しいことに大成功を収めたのだね。例の気後れをどうやって克服したんだい？」

「克服する必要はなかった。彼女があそこに座って泣き崩れているのを見たら、気後れなんかすっかり消えちまった。自分が強くて包容力のある人間になった気がした。座っている彼女に駆け寄った」

「そして彼女を抱きしめた？」

「まさか」

「彼女を揺すぶった？」

「そういうことはしていない。彼女のほうへ身を屈めて優しく手をとった。そして『コニー』と言った」

「コニー？」

「そうだ」

「やっとだな！　遅かれ早かれ、そうなると思っていたよ。それから？」

「彼女が言った。『おお、ジェイムズ！』」

「これまでの会話は大したことがないが、きっと、後からだんだん艶っぽくなっていったのだろう。それで、何と言ったんだい？」

「『コニー、愛しい人。どうしたんだい』と言った」

「そりゃ、知りたくもなる。それで、彼女はどうしたんだって？」

スクーンメイカー氏はそれまで動物園の虎さながら室内を行ったり来たりしていたが、急に歩みを途中で止め、スイッチを切ったかのように顔から高揚感が失せた。不快なことを突然思い出したような顔になったが、実際にそうだったのだ。

「あのメリウェザーという男は何者だ？」彼は詰問した。

「メリウェザー？」と言ったイッケナム卿は、その名が遠からず持ち出されるだろうと予想していた。

「コニーから聞かなかったのかい？」

「君が彼をここへ連れてきたということだけは聞いた」

イッケナム卿は、彼女の口がなぜ重いのか理解できた。二人の直近の話し合いでその件が持ち上がり、それについては沈黙を守るのが得策だと彼女が決めたことを思い出したのだ。彼女が述べたように、彼に事実を明かして、なぜビルを城の客人としてもてなし続けたのかを説明するのは難しかっただろう。

「いかにも、私が彼をここへ連れてきた。彼は私の若い友人だからね。本当の名はベイリーだが、彼はいつもお忍びで旅をしている。牧師補なんだ。ロンドンの片隅のボトルトン・イーストで教区民の魂を清め、磨き、おおむね尊敬を集めている。ビル・ベイリーについて教えてやろう、ジミー。彼が君の娘マイラにかなり惹かれていると、私は踏んでいる。確かなことはわからないよ、彼は表情を表に出さないからね。彼が彼女に惚れていないとしても、驚きはしない。一度か二度、ごくわずかな兆候に気づいただけだ。マイラがアーチー・ギルピンと結婚すると知って、気の毒なビルはショックを受けたに違いない」

スクーンメイカー氏は鼻を鳴らした。こんなふうに紙袋が破裂するような音を立てる彼の癖は、イッケナム卿には目新しかった。おそらく富裕層の仲間入りをしてから身につけたお決まりのジェスチャーなのだろう。億万長者には、そのように振る舞わざるを得ない不文律のようなものがあるに違いない。

「違う」スクーンメイカー氏が言った。

「何が？」

「マイラはアーチー・ギルピンと結婚しない。今朝、メリウェザーと駆け落ちした」

「驚かせるなよ。本当か？　どこで聞いた？」

「マイラがコニーに置き手紙をした」

「いやあ、素晴らしい知らせだ」イッケナム卿は顔を明るませて言った。「どうりで、君は足が地に着かずに城じゅう踊り回っていたわけだ。彼は立派な若者だ。オックスフォード大で三年間、ボクシング選手をしていて、たいがい信頼できる筋によれば、対戦相手をたちどころにやっつけていたらしい。おめでとう、ジミー」

スクーンメイカー氏は友人の熱狂的な歓喜をなかなか共有できないようだ。

「僕にとっては災厄だ。コニーもそう思っている。だから泣き崩れていたのだ。そして、彼女は、君のせいだと言っている」

「誰の――私の？」イッケナム卿は驚いて言ったが、この言い回しの著作権がジョージ・シリル・ウェルビラヴドにあるとは知らなかったのだ。「私が何をしたと？」

「君が彼をここへ連れてきた」

「彼が元気をなくしているのを見て、田園の空気を吸わせてやりたいと思っただけだ。嘘じゃないよ、ジミー」そして、イッケナム卿はややきつい口調で続けた。「何が不満なのか、わからないね。もしも私が彼をここへ連れてこなければ、彼はマイラと駆け落ちせず、したがってコニーが泣き崩れることにもならず、したがって君が気後れを捨てて彼女の手を優しくとり、『コニー、愛しい人』と言うことにもならなかった。そうした外部からの刺激がなければ、君はいまだに彼女をレディ・コンスタンスと呼び、彼女の横顔を見るたびに塩をかけられたカタツムリみたいに萎れていたのだ。君はひざまずいて私に感謝すべきだよ、もしも寄る年波で関節がこわばっていなければね。ビル・ベイリーのどこが気に入らない？」

「コニーが、彼は自分の金を一銭も持っていないと言っている」

「なあ、君が皆の分もたんまり持っているだろう？　富の共有という言葉を聞いたことがないのか？」

「マイラが牧師補と結婚するのが気に入らない」

「娘の夫として願ったり叶ったりの男じゃないか。資産家に必須なのは、一家に一人の聖職者さ。今度上院委員会が君を喚問し、捜査を始めたら、どうする？　君はこう言う。『皆さん、私が清廉潔白である証に、言わせてください。わが娘は牧師補と結婚しております。牧師補が、胡散臭いと感じた男の娘と結婚するなんて、あり得ないでしょう』すると、委員一同、間抜け顔で謝罪する。それに、もう一つ言っておきたい」

「え?」押し黙っていたスクーンメイカー氏が言った。

「君が心に刻んでおくべきことがもう一つあると言ったのだ。マイラがダンスタブル公爵の甥と結婚したらどんなことになるか、考えてみたか?　ダンスタブルと永遠に縁が切れないぞ。毎年、クリスマスの贈り物を期待されるだろう。昼食を共にし、夕食を共にし、始終つきあわざるを得ない。彼はニューヨークへやって来て君のところに長逗留するだろう。子供がもし生まれたら、彼を『アラリック伯父さん』と呼ぶようしつけなくてはならない。ジミー、君はとんでもなく運がよかったと思うよ。シャム双生児のごとくダンスタブルと共に過ごす人生を、想像してみろ」

　スクーンメイカー氏には言い返したいことがいろいろとあったかもしれない。イッケナム卿の洞察は鋭いものではあったが、スクーンメイカー氏は完全に納得したわけではなく、望みうる最高の世界における最高の状況だとまでは思えなかった。しかし、そのとき、空気をつんざいて「ホォイ!」という大音声が響きわたり、二人はダンスタブル公爵がそこに立っているのに気づいた。

「ほう、お前、ここにいたのか?」と公爵は言い、戸口に立ったままスクーンメイカー氏を陰険な目つきで見た。

　スクーンメイカー氏は陰険な目つきを倍返しして、そうだと答えた。

「お前一人だとよかったんだがな、イッケナム」

「ジミーはちょうど出て行くところだったよ、なあ、ジミー?　今日は忙しい日だろう?　対処すべきことが山のようにある。それで」イッケナム卿はドアを閉めながら言った。「何かご用かな、ダンスタブル?」

公爵は親指でドアを指した。

「あいつはお前に何かしようとしたのか?」

「いや、いや。われわれは話していただけだ」

「ほう?」

公爵は視線を室内へ移し、嫌悪と非難を込めて眺めた。彼にとっては不快な記憶のある場所だ。机を、タイプライターを、録音機を、椅子を、忿懣やる方ないという目で見た。こうした調度に囲まれて、あの眼鏡女に危うく五百ポンド巻き上げられそうになったことを、思い出さずにはいられなかった。

「ここで何をしている?」その場にイッケナム卿がいるのを見て憤慨したかのように公爵は言った。

「ミス・ブリッグズの仕事部屋で、ということかい? 今朝、彼女から手紙を受け取って、彼女の代わりにいくつか用事を済ませるよう頼まれたんだ。覚えているかな、彼女はかなり急いでここを去ったからね」

「どうしてお前に手紙を寄越したんだ?」

「きっと、私がブランディングズ城で唯一の友だと感じたからだろう」

「お前が彼女の友?」

「結構、気が合ってね」

「それなら忠告するが、友人はもっと慎重に選んだほうがいいぜ、それが俺の忠告だ。気が合うだと!」

「才媛ブリッグズ嬢が嫌いなのか?」

「いまいましい女だ」

「まあ、まあ」イッケナム卿が鷹揚に言った。「誰にでも欠点はある。私ですら、批判されるときがある。ところで、何の用か教えてくれないのかい?」

早く打ち始めろとでも言いたげにタイプライターを睨みつけていた公爵は、少し落ち着きを取り戻した。うがいのような奇妙な音は、どうやら含み笑いらしい。

「ああ、そのことか?　すべてうまくいったと言いに来ただけだ」

「それは何より。何がうまくいったのだ?」

「あの娘っ子のことだ」

「どの娘っ子?」

「シューキーパーの娘さ。小切手を受け取った」

「そうか?」

「全額だ」

「うん、それは吉報だ」

「これで、婚約不履行訴訟の心配はない。あの娘はロンドンへ行ったよ」

「うん、出発前にちょっと会ったよ。手切れ金を渡したわけだね?」

「そうだ。『さあ、これを』と言って、目の前に小切手をちらつかせた。あの娘はためらいもしなかった。魚の切り身にありつこうとするアシカみたいに、引っつかんだ。思ったとおりさ。金には逆らえない。それからアーチボルドのところへ行って、彼女が……何だったかな、あいつが仕事をクビになったと俺に知らせたときにお前が使った言い回しは?」

「引導を渡した?」

「そうだ。あいつに、彼女が引導を渡したぞと言ってやった」

「彼は意気消沈していたか?」

「そうは見えなかった」

「『得やすいものは失いやすい』とでも思っただろう」

「だろうな。あいつもロンドンへ行ったよ」

「スクーンメイカー嬢と同じ汽車で?」

「いや、自分の小さな自動車で行った。友人を夕食に連れて行くと言っていた。リグビーとかいう名の仲間だそうだ」

「そうそう、私にも友人のリグビーの話をしていた。互いに惚れ込んでいるようだね」

「アーチボルドみたいな役立たずに惚れ込むとは、間抜けなろくでなしに決まっている」

「まあ、蓼食う虫も好き好きさ。君ももうすぐ出発するんだろう?」

「俺が?　なぜ?」

「ここの居心地も、あまりよくないものになるだろう、君がミス・ブリッグズを使って豚を盗ませようとしたのをエムズワースが知ったからには。張り詰めた空気が生じる。緊張感。気まずい沈黙」

公爵は呆然とした。衝撃の大きさは計り知れなかった。開いた窓から隕石が飛び込んできて彼のやや大きな耳の後ろに当たったら、もう少しうろたえるかもしれないが、さほどの違いはないだろう。再び口がきけるようになったのはしばらく経ってからだった。「何だって……何の話だ?」

「事実ではないと?」

「もちろん、事実じゃない」

イッケナム卿は咎めるように舌打ちをした。

「ダンスタブル君、私は常日頃から、断固たる否認の支持者だが、今回ばかりは、それは無駄だと思う。エムズワースはジョージ・シリル・ウェルビラヴドから洗いざらい聞かされている」

ダンスタブル公爵はまだすっかり立ち直ってはいなかったものの、気力を奮い立たせてやっと言った。「ふん！　あいつの言うことなんか、誰が信じる？」

「彼の供述はミス・ブリッグズが裏づけている」

「あの女の言うことなんか、誰が信じる？」

「誰も彼も、と言っておこう。とりわけエムズワースは確実に信じるよ、この録音を聴いたら」

「え？」

「今朝、才媛ブリッグズ嬢から手紙を受け取ったと言ったろう？　その中で彼女は私に、テープレコーダーのスイッチを入れてみてくれと頼んだ――これはテープレコーダーという機械なのだよ。あの老いぼれの卑劣漢――君のことではないかな――にも思い当たる節があるはずだというのだ。今からやってみよう」イッケナム卿は言った。ボタンを押すと、声が部屋中に響き渡った。

「私ことダンスタブル公爵アラリックはここに、あなた、ことラヴェンダー・ブリッグズに、固く約束します……」

公爵は出し抜けに腰を下ろした。口をあんぐりと開け、急にエムズワース卿と同じくらい骨抜きになってしまったように見えた。

「……あなたがエムズワース卿の豚、ブランディングズ城のエンプレスを盗み、ウィルトシャーの拙宅まで運んだら、あなたに五百ポンドを支払うと」

「これは」イッケナム卿が言った。「君の声だね、ラ・ブリッグズと会談中の。そのとき、彼女は当然ながら、念のためにこの機器を作動させた。こういう口頭契約があるほうが安全だというのが世の常だ。さて、君がこの状況をどう受け止めるかはわからないが、私の目には、君とエムズワースが、マラミュート・サルーンで互いを狙って同時に銃を構える二人のカウボーイみたいに見える。君はジョージ少年のフィルムを持っているし、彼はこのセロハンテープ、いや、録音テープを持っている。私は公正な取引を提案する。それとも、エムズワースをここへ連れてきて、この録音を彼に聞かせようか？　あまり勧められんが。その結果、君はきわめて不快な思いをするだろうから」

公爵は唖然として凍りついた。こいつの言うとおりだ。この一件が明るみに出れば、自分の名が噂されて笑いものになり、今後、招待なしに押しかけた館で主人と女主人が慌てて貴重品を頑丈な箱にしまって蓋の上に腰を下ろすのみならず、エムズワースは陰謀もしくは予謀の犯意やら何やらのかどで彼を訴え、多額の賠償金を求めるだろう。公爵はほとんど躊躇なくポケットに手を突っ込み、ジョージ少年から受け取って以来肌身離さず持っていたフィルムを取り出した。

「ほら、やるよ、糞ったれ！」

「おお、ありがとう。これでみんな幸せだ。エムズワースは彼の豚と、マイラは彼女のビルと、アーチーは彼のミリセント・リグビーと共にある」

公爵は跳び上がった。

「彼の何リグビーだって？」

「ああ、そうだった、言っておくべきだったかな。彼はロンドンへ、ミリセント・リグビーというとても優しい女の子と結婚するために行った。少なくとも彼は優しいと言ったし、おそらくそう実感しているだろう。ところで、それで思い出した。君がここを出て行く前に、一つ教えてほしいことがある。なぜアーチーとマイラ・スクーンメイカーが結婚するのをあんなに嫌ったのだい？　それが最初からさっぱりわからなかった。マイラは魅力的だし、魅力的なのを別としても、アメリカ屈指の富豪の相続人だ。相続人が嫌いなのか？」

公爵の口髭が激しく揺れた。彼は常日頃、頭の回転が速いほうではなかったが、どうも怪しい成り行きだと勘づき始めていた。このイッケナムが彼に一杯食わせたのではないか、そうに違いないと感じた。

「スクーンメイカーは一文なしだと言ったじゃないか！」

「まさか？」

「お前は、あいつから十ポンドせびられたと言った」

「いや、いや、私が彼に十ポンドせびったんだ。きっと、君はそこを取り違えたのだね。ジェイムズ・スクーンメイカーのような男が、人から金を借りるもんか？　彼は億万長者だぞ、ブラッドストリートもそう報告している」

「ブラッドストリートって誰だ？」

「億万長者に関する権威だ。いわばデブレット貴族名鑑のアメリカ版さ。ブラッドストリートは、ジェイムズ・スクーンメイカーについてとても明確に述べている。たしか、とんでもない大金持ちという表現を使っていたな」

公爵は依然としてこの問題に関して頭をひねっていた。だまされたという確信は強まるばかりだった。

「それじゃ、なぜあの娘は小切手を受け取ったのだ?」

「ああ、それは永遠の謎だ。若い娘は威勢がいいからな」

「威勢ならこっちも負けないぞ!」

「答えになるかもしれないことを思いついたから、教えてやろう。彼女はアーチーが結婚する予定で物入りなのを知っていて、何しろ心の優しい娘だから、小切手をもらってそれを彼に譲渡したのではないかな、君からの結婚祝いのようなものとして。どこへ行く?」

公爵はドアへ向かってのしのしと歩いていた。ノブに手をかけて立ち止まると、イッケナム卿を脅すような目で見た。

「どこへ行くか教えてやるよ。電話のところへ行って小切手を支払い停止にする」

イッケナム卿は頭を振った。

「私ならやめておくね。テープはまだ私の手元にあることをお忘れなく。君に渡すつもりだったが、君が小切手の支払いを停止するなら、たいへん遺憾ながら考え直さざるを得ない」

沈黙が訪れたが、狭い部屋で公爵が口髭を吹き上げ続けている限り、静寂は訪れなかった。

「小切手の支払いが無事に済んだら、明日の夜、渡すよ。君を信用していないからではないよ、公爵。君をまったく信用していないからだ」

公爵は喘いでいた。好きになれない人間は多かったが、今目の前にいる男ほど嫌いな人間を心の中で探してみても虚しかった。

「イッケナム」公爵は言った。「卑劣な野郎め!」

「ご親切な言葉を、どうも。その台詞はあの少年団のためにとっておくんだね」イッケナム卿はそう言うと椅子から立ち上がり、エムズワース卿のところへ向かった。彼はラヴェンダー・ブリッグズを失い、妹とダンスタブル公爵も失おうとしているが、シュロップシャー農業品評会の肥満豚部門で三年連続、銀の優勝メダルに輝いた豚を失う心配はないと告げるためだ。

イッケナム卿の端正な顔には微笑が浮かんでいた。奉仕した後でいつも浮かべる、あの微笑である。

訳者あとがき

Service with a Smile（1961, Simon & Schuster）

本書はP・G・ウッドハウスの長編小説Service with a Smile（一九六一）の全訳である。一九八八年刊行のインターナショナル・ポリゴニクス社版を底本とした。

この底本の扉にはイギリスの作家イーヴリン・ウォー（一九〇三―一九六六）のこんな言葉が記されている。「ウッドハウス氏の牧歌的な世界はけっして色褪せない。彼は、現代よりもさらに強くなるかもしれない束縛から未来の世代を解放し続けるだろう。われわれが生き、楽しむことのできる世界を、彼は創ってくれた」

作者ペラム・グレンヴィル・ウッドハウスは一八八一年イギリス生まれ。父親は香港の治安裁判所判事で、ウッドハウスは当時の植民地官僚の子弟の例に漏れず、幼少期から兄たちと共に両親の元を離れてイギリスの全寮制の学校で学んだ。この時期に親戚のカントリーハウスで休暇を過ごした経験が、後年、手強いおばたちや大勢の使用人がいる館を作品に描く際に活かされたようだ。オックスフォード大進学を目指すが経済的理由で断念、十八歳で香港上海銀行に就職する。銀行勤めの傍ら執筆に励み、二十一歳で銀行を退職してからは筆一本で生計を立て、イギリスとアメリカを行き来しながら活躍した。長編、短編のみならずミュージカルの楽曲の作詞も手掛け、一九七五年に九十三歳で死去するまで生涯現役で、多数の作品で読者を楽しませ続けた。「ブランディングズ城」シリーズの他に、「ジーヴズ」シリーズ、「ゴルフ」シリーズ、「マリナー氏」シリーズ、「スミス」シリーズ、「ユークリッジ」シリーズ等々がある。本作第二章冒頭に登場する〈ドローンズ・クラブ〉を舞台とするシリーズもあり、同クラブは彼の生み出したキャラクターたちがシリーズを超えて行き交う交差点のような場所となっている。

ウッドハウス研究家D・R・ベンセン氏が本書の底本に寄せた序文によれば、ウッドハウスは同時代人アインシュタインも唱えた時間の伸縮性を、「ブランディングズ城」シリーズで見事に描いてみせた。エムズワース卿の愛豚ブランディングズ城のエンプレス（女帝）が登場する長編『ブランディングズ城の夏の稲妻』（一九二九）から遺作『ブランディングズ城の黄昏（Sunset at Blandings）』（一九七四、刊行は一九七七）に至るまで、実世界では四十五年の歳月が流れているが、物語の中では三年ほどしか時間が経っていないからだ。この序文に引用されているJ・H・C・モリス氏の著書『ありがとう、ウッドハウス（Thank You, Wodehouse）』（一九八一）によると、エンプレスが君臨するブランディングズ城の黄金時代は一九二三年から一九二六年で、本作に記された出来事が起きたのはおそらく一九二五年七月と推測されるそうだ。ちなみに、シリーズ第一作と第二作にあたる『ブランディングズ城のスカラベ騒動』（一九一五）と『スミスにおまかせ』（一九二三）には愛豚エンプレスは登場しない。エンプレスが初めてお目見えした作品は短編「豚、よォほほほほーいー！」（一九二七。『エムズワース卿の受難録』〔岩永正勝、小山太一・編訳、文藝春秋、二〇〇五年〕所収）である。
「ブランディングズ城」シリーズの長編は十作余り刊行されており、本作は八作目にあたる。作者ウッドハウス八十歳、まさに円熟期の作品である。出世作となった第一作『ブランディングズ城のスカラベ騒動』を一九一五年に発表したとき、彼はシリーズ化を考えていなかったというが、それから一九七五年に死去するまでちょうど六十年間にわたり、このシリーズを書き続けた（遺作『ブランディングズ城の黄昏』は未完だったが、作者の死後、加筆されて出版された）。作者が慈しみ、読者に愛された幸福なシリーズである。

本作で大活躍するフレッド叔父さんことイッケナム卿は、伯爵という身分こそエムズワース卿と同じで年齢も近いようだが、性格はほぼ正反対だ。エムズワース卿は都会を嫌い、田園で花々に囲まれてエンプレスを愛でることを至福とするが、イッケナム卿は心身共に機敏で、首都ロンドンと冒険をこよなく愛する粋な紳士である。悪戯好きな少年がそのまま歳を重ねたような快男子、遊び人風だが愛妻家で、妻のジェイン（「ポンゴのジェイン叔母さん」）には頭が上がらないらしい。ポンゴが思い出しただけで身震いする「ドッグレース」で何があったかは、シリーズを通じて語られておらず、読者の想像を掻き立てている。「微笑と奉仕」をモットーとし、次々と騒ぎを起こしながらも最後には丸く収めるフレッド叔父さんは、愉快な作品で読者を笑顔にし続けた作者の分身のような人物と言えるかもしれない。

イッケナム卿が登場する他の作品は、「ブランディングズ城」シリーズの『春どきのフレッド伯父さん』（森村たまき訳、国書刊行会、二〇二一年）のほか、長編『ダイナマイトおじさん（Uncle

Dynamite)』、『カクテルの時間（Cocktail Time)』、短編「天翔けるフレッド叔父さん」（一九三五。『エムズワース卿の受難録』〔岩永正勝、小山太一・編訳、文藝春秋、二〇〇五年〕ほか所収）だ。本作第二章や第三章でほのめかされる前回のブランディングズ城訪問の一部始終は『春どきのフレッド伯父さん』で語られている。

このシリーズでお馴染みの登場人物たちが、本作でも騒動を繰り広げる。性格もマナーも最低のダンスタブル公爵もその一人だ。彼とレディ・コンスタンスは幼少期から互いを知り尽くしているとの記述があるが、『春どきのフレッド伯父さん』によれば、二人は若かりし頃、恋仲だった時期があるらしい（！）。それを念頭に置いて読むと、二人の間で交わされるやり取りの面白みが増すのではないだろうか。

「ブランディングズ城」シリーズの魅力は、登場人物それぞれの個性が際立ち、時代や文化を超えたユーモアが感じられる点だろう。ウッドハウスの人間観察眼は、鋭いと同時に優しい。吝嗇な貴族や頼りない青年にも憎めない部分を見出し、女性に対しては敬意を忘れない。恐るべき女主人たるレディ・コンスタンスの恋心も、本作では微笑ましく描かれている。シリーズのどの作品も単独で読んでも楽しめるが、複数の作品を通じて「推し」のキャラクターを見つけるのも一興と思う。

二〇二三年現在、日本語で読める「ブランディングズ城」シリーズの作品は以下のとおり（長編に関しては原著の刊行順）。

『ブランディングズ城のスカラベ騒動』（論創社、二〇二二年）
『スミスにおまかせ』（創土社、一九八二年）
『ブランディングズ城の夏の稲妻』（国書刊行会、二〇〇七年）

『ブランディングズ城は荒れ模様』（国書刊行会、二〇〇九年）
『春どきのフレッド伯父さん』（国書刊行会、二〇二一年）
『エムズワース卿の受難録』（文藝春秋、二〇〇五年）［短編集］

訳出の際と、あとがきを書くにあたり、右記の書籍および『ジーヴスの世界』（森村たまき著、国書刊行会、二〇一九年）、Wikipediaを参考にさせていただいた。

コロナウイルスによるパンデミックは収まりつつあるものの、世界各地から紛争や災害のニュースが絶えない。そんななか、本書に触れて、まさに巻頭のイーヴリン・ウォーの言葉どおり、ウッドハウスののどかな世界に遊び、心を和ませてもらった。現実の世界がブランディングズ城のような地上の楽園に少しでも近づくことを願わずにはいられない。

この愛すべき作品を訳す機会を与えてくださった論創社の黒田明さんと、解説の労をとってくださった二階堂黎人さんには大変お世話になり、この場を借りてお礼を申し上げます。どうもありがとうございました。

二〇二三年十月

佐藤絵里

ブランディングズ城では一瞬たりとも退屈な時がない

二階堂黎人（作家）

1

世の中には、二種類の小説がある。一つは、解説を必要とする本。もう一つは、解説を必要としない本である。

そして、Ｐ・Ｇ・ウッドハウスのすべての作品が、後者の解説を必要としない本なのである。

何故か。

ただただ面白いからである。

彼の作品はコメディに始終し、二行に一回は機知に富んだ表現か冗談があり、ギャグやユーモアが溢れている。だから、つい、「クスクス」「ゲラゲラ」と、笑ってしまう。

「抱腹絶倒！」

この言葉が見事に似合うのは、古今東西、ウッドハウスの作品と決まっている。

本稿を書くにあたって題名とした「ブランディングズ城では一瞬たりとも退屈な時がない」は、今回、訳出された『ブランディングズ城の救世主』（一九六一年）の中に出て来る一節だが、この本、あるいは、このシリーズを表わすのに、これほどぴったりな文言はない。

「何か面白い本はないかな？」

と、誰かに聞かれたら、

「ウッドハウスの本ならどれでも面白いよ。愉快で、楽しくて、しっちゃかめっちゃかだから」

と、答えればいい。

それ以外に、何を説明する必要があるだろうか。

2

——というわけで、詳細な解説は訳者の「あとがき」に任せて、私は少し思い出話を書かせていただく。

私が高校生の頃——今から四十五年ほど前のことだが、世の中は本格推理小説の大氷河期だった。まだハヤカワミステリ文庫も創刊される前で、国内ものも海外ものも、新刊で出るのは、本格以外の広義のミステリーばかりだった。

当時の私は（今もだが）、手塚治虫の漫画を収集していて、毎週のごとく、神田の神保町や、早稲田の古本屋街がある高田馬場へ出かけていた。そして、手塚漫画の古本を渉猟しながら、本格推理小説の絶版本も探し求めていた。

すなわち、初期のポケミスとか、「別冊宝石」とか、ブラック選書とか、雄鶏ミステリーズとか、六興キャンドルミステリーズとか、創元推理文庫の絶版本とかをである。何しろ、エラリー・クイーンの後期ものや、アガサ・クリスティの一部の作品ですら、絶版があり、私が好きになったジョン・ディクスン・カーに至っては、新刊書店で手に入るのはせいぜい十冊程度という有様だった。

　そうして苦労しながら、私は本格推理小説を読破していったが、時々、ある作家の名前が目に入った。ウッドハウスがそれである。私が読んでいる本の作家自身が好きだったり、小説内の登場人物がウッドハウスの書いた小説が好きだったりする。特に、ジーヴズ（訳者によっては、ジーヴス）という名前の執事だか従者だかが、富裕有閑階級の青年主人を助けて活躍するシリーズが人気があるようだった。

　各種の解説や評論によれば、多くのミステリー作家がウッドハウスの本をお気に入りに上げており、影響を受けているとのことだった。いや、ミステリー作家に限らず、一般の作家や哲学者や思想家などにも愛読者が多く、ウッドハウスは二十世紀最高のユーモア作家という、高い評価を得ているらしい。

　となれば、私も、ウッドハウスの本を読んでみたい。しかし、いくら新刊書店を探しても翻訳本がない。古本屋にもない。調べて解ったのは、戦前の「新青年」や戦後の「ＥＱＭＭ」などの雑誌に短編が翻訳されて載ってはいるが、単行本の翻訳はまだないらしいということだった（当時はインターネットもなかったから、これくらいのことを調べるのも手間だった）。

　そのような訳で、私は、長らくウッドハウスの本が翻訳されることを望んでいた。けれども何故だか、ぜんぜん出版されない。一九九二年に私は作家デビューして、翻訳書を出している出版社の人に会うと、「ウッドハウスを出してほしい」と頼んだものだ（他には、カーの未訳本、アン・ラドクリフの『ユードルフォの秘密』、アレクサンドル・デュマの『パリのモヒカン族』と『ある医師の回想』四部作、マイケル・ボンド『くまのパディントン』シリーズの未訳、を頼んだ）。

幸いにも――私とはまったく関係のない所で――ウッドハウスの本が、二〇〇五年から、文藝春秋社と国書刊行会から相次いで出ることになった（不思議なのだが、こういう企画はかち合うことがよくある）。

無論、私は飛び付くようにして、両社が翻訳出版した〈ジーヴズ〉ものを買い込んだ。読んでみて。なるほど、これは、ミステリー作家が喜ぶわけだと――特に、カーが――納得したのである（理由は後述する）。

今や、かつてのウッドハウス日照りはどこ吹く風で、〈ジーヴズ〉シリーズを中心に、かなり多くの作品が手軽に読めるようになった。

ただ、〈ジーヴズ〉シリーズに匹敵するウッドハウスのもう一つの代表作〈ブランディングズ城〉シリーズの方は、国書刊行会が二冊出しただけで、少し物足りなかった（創土社『スミスにおまかせ』〔一九二三年〕を入れたら三冊）。『ブランディングズ城の夏の稲妻』（一九二九年）と『ブランディングズ城は荒れ模様』（一九三三年）がそれで、どちらも恒例の混線ぶりが爆発しており、かけねなしに面白い。しかし、そうなると、シリーズ全体を読みたくなるではないか。

幸いにも、つい最近になって、論創社が、シリーズ第一作の『ブランディングズ城のスカラベ騒動』（一九一五年）を出してくれたし、その好評を得て、今回は『救世主』が訳出される。面白さ、楽しさは折り紙付きだから、『スカラベ騒動』を読んだ人は、間違いなく『救世主』に手を伸ばしてくれるだろう。その点は心配していない。

とにかく、ウッドハウスには、全作品を読みたくなるような中毒性があるので、〈ブランディングズ城〉シリーズの残りの作品も出版してほしいと、論創社にはお願いしておく。

3

文学的に見ると、ウッドハウスは、チャールズ・ディケンズの後継者であろう。それも、明るく、ユーモア度が強かった前期のディケンズのだ。

ディケンズは、多くの登場人物を、個々の特徴を強調して描ききることができる名人だった。だから、その人物の名前が英語の比喩になるようなキャラクターをたくさん生んだ。嫌な性格の男ならユーライア・ヒープ、貧乏でも呑気者ならミコーバー氏（共に『デイヴィッド・コパフィールド』）と言った具合だ。

ウッドハウスも同じで、彼の描く登場人物や物語は最上のステロタイプであり、マンネリである。もっと言えば、彼の作品全体がどれも良い意味で変わり映えしない。内容的にもたいして違いはない（だから、読者にすれば安心感がある）。主人公たちが問題をかかえ、それが騒動を起こし、最後に解決する、というのが、彼の作品の共通項だ。〈ブランディングズ城〉シリーズであれば、金銭問題、恋愛問題、相続問題、盗難事件が、毎回、入り乱れると思っていい。

主人公たちを悩ませる事件、問題、難題が、重層的に巻き起こるのが、ウッドハウスの作品の特徴である。〈ブランディングズ城〉シリーズは、その点がことに顕著で、いったいどうやって事件が解決されるのか、と、読者は困惑するしかないし、期待感も増す。

たとえば、『スカラベ騒動』では、貴族の放蕩息子と富豪の娘の婚約問題があるところに、エジプト産出のスカラベ型宝石の盗難事件が起きて、その大波がブランディングズ城へと押し寄せる。しかも、盗難事件の方は、中心的人物のエムズワース卿がぼんやりして、宝石の持ち主である富豪の所から勝手に持ち帰ってしまったものなのだ。あげくの果てに、自分で記憶を改竄し、もらったことにしてしまう。

富豪はスカラベを取り返そうと人を雇い、彼の娘の友人までもが奪還戦に参加する。放蕩息子は賭博の胴元から大金を借りていて、こちらの問題もエムズワース卿の元へと波及していく。何人かの関係者たちは変名を使って城を訪れ、ごった煮のように入り乱れるわけだ。

ちなみに、第一作『スカラベ騒動』には、まだエムズワース卿の妹のレディ・コンスタンス・キーブルや、高貴なる飼い豚エンブレスは出て来ない（エムズワース卿のこの豚に対する執着ぶりも、シリーズの見所だ）。執事のビーチや秘書のバクスターの性格も以降の作品とは若干違っているけれど、そうした変化を探すのも、シリーズものを読む醍醐味である。

4

ウッドハウスが、ミステリー界（特に本格推理小説界）に与えた影響を見ておこう。

ウッドハウスの作品は、ガチガチの本格推理小説であるものはほとんどないが、広い意味ではミステリーと呼べるものは多々ある。中でも〈ジーヴズ〉シリーズは、後世に与えた影響が大きい。この作者が、当初から、ミステリーというものをかなり意識していたことは、『スカラベ騒動』を読んでも解る。

というのも、『スカラベ騒動』では、冒頭にミステリー作家が重要な登場人物として出て来て、一九一〇年代のイギリスで、すでにミステリー出版が隆盛なジャンルとして確立されていたことが示される。

従来の私の印象では、一九一〇年代のイギリスは、ホームズものに代表される短編が歓迎されており、長編の本は、A・E・W・メイソン『薔薇荘にて』（一九一〇年）やE・C・ベントリー『トレント最後の事件』（一九一三年）など、散発的にしか出版されていないと思っていた（長編ミステリーは、ガボリオ、ルルー、ルブランを擁するフランスの方が明らかに主流だった）。

しかし、『スカラベ騒動』を読み、そうした認識に、修正を加える必要があると反省するに至った。

児童小説『くまのプーさん』（一九二六年）で有名なA・A・ミルンが、ウッドハウスの友人であったのは有名な話だ。ミルンは、『赤い館の秘密』（一九二二年）という推理小説を書いているが、この長編は、探偵役と助手役の微笑ましい会話や、飄々としたユーモアが滲み出た文章が高く評価されている。そうした特徴は、ウッドハウスの流儀にあやかったものだと考えられる。

同じように、ドロシー・L・セイヤーズの、名探偵ピーター・ウィムジイ卿と従僕マーヴィン・バンターという組み合わせも、〈ジーヴズ〉シリーズにおける、主人バーティー・ウースターと従者ジーヴズの組み合わせから誕生している（セイヤーズ自身がそう認めている）。

また、アントニイ・バークリーの場合には、初期にウッドハウスのパロディを書いたり、代表作の一つ『試行錯誤』（一九三七年）には、ウッドハウスに対する献辞があったりする。この作品では、主人公の探偵アンブローズ・チタウィックに難題が重層的に降りかかり、登場人物たちがあわてふためく様が面白おかしく描かれている。まさにウッドハウス風である。

バークリーは多彩な作家だから、A・B・コックス名義で『黒猫になった教授』(一九二六年、論創社)でSFチックな作品を、フランシス・アイルズ名義で『殺意』(一九三一年)のような犯罪心理小説を書いている。バークリー名義では、探偵役にロジャー・シェリンガムを登場させることが多いが、この探偵は誤った推理を披露することもあり、話し好きで社交的な人物だ。『試行錯誤』のチタウィックも同様で、ホームズのような天才探偵ではない。つまり、バークリーの描く探偵はやたらに人間臭く、このあたりは、明らかに〈ジーヴズ〉シリーズの影響が感じられる。

ただし、ミルンもセイヤーズもバークリーも当時の探偵小説の形式から逃れることはできず、探偵と助手(主人と従者)の上下関係は、ホームズとワトソン流である。〈ジーヴズ〉シリーズのように逆転はしていない。

献辞と言えば、あのアガサ・クリスティもウッドハウスを愛読するファンであることを公言しており、『ハロウィーン・パーティー』(一九六九年)は、彼に捧げられている。二人の間に交流があったことも、その献辞から解るし、残っている書簡などの資料も証明している。

なお、探偵小説研究家の真田啓介による解説「探偵小説とウッドハウス」(国書刊行会『エムズワース卿の受難録』)によれば、他にも、ロナルド・ノックス、グラディス・ミッチェル、マイクル・イネスなども、ウッドハウスの愛読者だったらしい。

けれども、誰が一番、ウッドハウスの影響を受けたかと言えば、それは、不可能犯罪の王者であるジョン・ディクスン・カーであろう。彼はもともと、舞台や映画で活躍したコメディ・グループのマルクス兄弟と、ユーモアもののウッドハウスの大ファンであった。

カーは、密室殺人を中心に据えて、オカルト趣味や恐怖で物語を彩った。と同時に、ファルス（笑劇）やドタバタ・コメディを、自作に積極的に取り入れた。それは、マルクス兄弟とウッドハウスの流儀を取り入れて熟成された作風だ。

カーは、本名でギディオン・フェル博士、カーター・ディクスン名義でヘンリー・メリヴェール卿（H・M）という、二大名探偵を生み出した。どちらもかなりの肥満体で、見識豊かな老人なのだが、フェル博士は紳士然と、H・Mは傍若無人なタイプと描き分けられている。

H・Mは、難事件をいとも簡単に解決するほどの優れた頭脳を持ちながら、やたらに滑稽な振る舞いをする。大臣を馬面呼ばわりし、秘書をアメチョコと呼ぶ。部下に対して意地悪なことも平気で言う。また、場違いなパナマ帽を被るなど、ひどく悪趣味な服装も平気だ。

挙げ句の果てに、H・Mは、弁護士役を買って出たのはいいが、立ち上がった途端に法服の裾を踏んで破いてしまう。果物を積んだ二輪手押し車を、下着とバスローブ姿で押していて、警察の車に跳ねられる。船の進水式で、シャンパンの瓶を市長の頭にぶつける。子供に葉巻をやる。車椅子で追いかけっこをする――など、道化を地で行き、見事なコメディ・リリーフを演じるのである。

この、実は気の優しい人物なのだが、表面的に偏屈な老人という設定は、ウッドハウスのエムズワース卿に似ているし、ドタバタ・コメディの主役じみた振る舞いは、マルクス兄弟を真似たものだろう。

カーに関してもう少し言うと、最初期の長編四作は、パリの予審判事バンコランを名探偵役に起用しており、彼はメフィストフェレスのような男と紹介されていて、凄惨な殺人事件を厳しい態度で捜査する。よって、物語にユーモアが侵食する部分がほぼ存在しない。

その後、一作を挟んで、フェル博士とH・Mの登場となり、ここからファルス的作品が生まれ、コメディ色も濃くなる。フェル博士ものの『剣の八』（一九三四年）、『盲目の理髪師』（一九三四年）、『アラビアンナイトの殺人』（一九三六年）などはファルスを全面的に押し出したものだ。H・Mものの方も、『一角獣の殺人』（一九三五年）、『パンチとジュディ』（一九三六年）でドタバタ劇を描いた後、H・M自体が、今述べたように、盛んにコメディを演じるようになる。

何故、カーの作風にそういう変化が生じたのか、私には長い間謎だった。だが、ウッドハウスの本が翻訳されて読んだことで、ようやく理解ができた。簡単に言えば、物語の流れに緩急を作るために、恐怖一辺倒ではなく、ユーモアも混ぜ合わせることにしたのだろう。それに、作風の幅も広がる。

ウッドハウスの『スカラベ騒動』では、スカラベの宝石を求めて、様々な人間が――変名も使い――ブランディングズ城に集まり、混乱が混乱を呼ぶ。そこでの錯綜した状況は、何だかカーの『一角獣の殺人』に似ていると思った。この作品の場合、多数の人間が嵐によって古城に閉じ込められ、その中には、パリ警視庁の覆面探偵と稀代の怪盗がひそんでいる。そして、異様な殺人が起きて、訳が解らなくなる――というか、こちらの方が後発だから、カーが〈ブランディングズ城〉の方式を真似したのではないかと想像できる。

ウッドハウスの『夏の稲妻』の中では、若い頃には遊び人だったというエムズワース卿の弟、ギャラハッド・スリープウッドが登場する。彼は、多彩な武勇伝の持ち主で、高貴な人たちが表に出したくないような内容を羅列した回顧録を書いている。

カーの『殺人者と恐喝者』（一九四一年）という作品でも、H・Mが、事件の捜査の合間に、自分の回顧録を口述筆記している。子供時代の自分の悪戯だとか、叔父との確執だとか、結婚時の騒ぎとか、いろいろな話が出て来て、これが抱腹絶倒の面白さなのである。このあたりの部分も、カーがウッドハウスを参考にしたのではないだろうか。

これらは過去の欧米の話だけれども、実は、現代日本の本格推理小説世界にも、ウッドハウスは大きな影響を与えている。

〈ジーヴズ〉シリーズでは、従者ジーヴズが、主人のかかえる生活上の問題を――混乱や窮地も――鮮やかに解決する。基本的には、殺人事件などの解明ではない。犯罪めいた事を扱っていても、せいぜい「ロヴィルの怪事件」のような盗難くらいだ。その点では、北村薫が流行らせた〈日常の謎〉派の走りと言えるのではないだろうか。

先に述べたように、〈ジーヴズ〉シリーズでは、推理小説のホームズ／ワトソンという主従関係を逆転して、問題解決の手腕を介することで、従者／主人という立場に意外性をもたらしている。この方式は、昨今、東川篤哉の〈謎解きはディナーのあとで〉シリーズや、麻耶雄嵩の〈貴族探偵〉シリーズで再発見され、読者の好評を得た。どちらも、〈ジーヴズ〉シリーズ同様、事件を解決するのは主人ではなくて雇用人の方だ。

――という具合に、ウッドハウスの作品群は、ミステリー界に大きな影響を与えてきたのだった。

ウッドハウスという作家は、本を書き始める前に、しっかりとプロットを練り上げたという。それは、最大四百ページにも及ぶメモだったらしい。それから、シナリオ（下書き）も書いた。だから、〈ブランディングズ城〉シリーズのように事件や問題が錯綜した作品でも、伏線をすべて回収して、最後にしっかりと着地が出来たのだろう。

念入りなプロットを作るという方法は、本格推理小説を書く作家が必ず行なうことだ。他の広義のミステリーと違って、本格推理小説は結末が決まっている（というか、ほとんどの場合、結末を先に考える）。トリックも物語も、背景も、人物配置も、結末をどういうものにするかという狙いのために案出されるものだ。

そうした点も、ウッドハウスの作品がミステリー（特に本格推理小説）と似通っている理由なのだ。なお、余談ではあるが、シャーロック・ホームズが活躍した頃のイギリスは（十九世紀末から二十世紀初頭）、完全なる階級社会であった（今もある程度そうだが）。貴族層、富裕層、庶民、労働者など、区別がはっきりしており、階級や職種によって、生活環境、習慣、服装、食事、立ち入り場所などがはっきりと分かれていた。

ホームズがよく、依頼者の身分や境遇を推理によって当てることができたのも、そうした区分に基づいた細かい観察を行なった結果である。

ウッドハウスが描いた〈ブランディングズ城〉シリーズや〈ジーヴズ〉シリーズの世界も、ホームズとほぼ同じ時代を扱っている。そして、貴族層や富裕層を庶民の目から見ておおらかに揶揄しているわけで、対象者たちの言動が生真面目であればあるほど、滑稽さが浮き彫りになる仕組みである。

5

この『救世主』に関連して、いくつか気づいたことを書いておこう。

・シリーズ第一作の『スカラベ騒動』が一九一五年の作品。『救世主』は一九六一年の作品。実時間では四六年も経っているが、作品世界ではたいして時間が経っていない。シリーズ全体を通しても数年以下である。

・シリーズ八番目の『救世主』を出した時、ウッドハウスは八十一歳だったが、まったく衰えを感じない。

・『救世主』で活躍するのは（というか、事態を引っかき回して騒動を膨れ上がらせるのは）、フレッドおじさんこと、イッケナム卿（伯爵）だ。彼は、ウッドハウスの生み出した主要人物の中でも特に人気があり、四つの長編と一つの短編に登場する。『救世主』は、その最後の長編である。

・その短編に関して、『ジャングル・ブック』（一八九四年）で有名な作家ラドヤード・キプリングは、「私が今まで読んだ中で最も完璧な短編小説の一つ」と賞賛したらしい。

この『救世主』もそうだが、ウッドハウスの作品は、どれも、大騒ぎが繰り広げられた後は、「すべて世はこともなし」という、誰もが幸福を感じる瞬間に帰結して終わる。

それを踏まえて、最後にもう一度、こう述べて締め括ろう。

ブランディングズ城では一瞬たりとも退屈な時がない——。

〔著者〕
P・G・ウッドハウス
ペラム・グレンヴィル・ウッドハウス。1881年、英国サリー州生まれ。パブリックスクールを卒業後、香港上海銀行ロンドン支店へ就職。在職中から小説を書いており、1902年に第一著書 *The Pothunters* が発売された。翌年に銀行を退職して作家活動に専念し、ユーモア小説を中心とした短編で作家としての地位を築く。09年にアメリカへ移住してニューヨークに居を構え、55年にアメリカ国籍を取得する。1975年死去。死の直前、エリザベスII世からナイトの栄誉称号を与えられた。

〔訳者〕
佐藤絵里（さとう・えり）
東京外国語大学外国語学部フランス語学科卒業。英語、フランス語の翻訳を手がける。訳書に『紺碧海岸のメグレ』、『バスティーユの悪魔』、『ブランディングズ城のスカラベ騒動』（以上、論創社）、『綿の帝国』（共訳、紀伊國屋書店）などがある。

ブランディングズ城《じょう》の救世主《きゅうせいしゅ》
——論創海外ミステリ 310

2023年12月10日　初版第1刷印刷
2023年12月25日　初版第1刷発行

著　者　P・G・ウッドハウス
訳　者　佐藤絵里
装　丁　奥定泰之
発行人　森下紀夫
発行所　論 創 社

〒101-0051 東京都千代田区神田神保町2-23 北井ビル
TEL:03-3264-5254　FAX:03-3264-5232　振替口座 00160-1-155266
WEB:https://www.ronso.co.jp

組版　加藤靖司
印刷・製本　中央精版印刷

ISBN978-4-8460-2345-4
落丁・乱丁本はお取り替えいたします